I0732837

¡NOCHE DE CHICAS NUNCA FUE TAN DELICIOSA!

Bombón & Nuevas Tomas

BEEF CAKE INC.

JUDI FENNELL

Engáñame una vez...

Juliet Chambers solo quiso una cosa: ser la señora de Tanner Wentworth. Enamorados desde niños, con ranchos colindantes y con sus padres como socios comerciales, el matrimonio para esta hermosa pareja era inevitable. Pero el engaño de Juliet, combinado con la pérdida de un hijo, destruyó su oportunidad de ser felices.

Engáñame dos veces...

Tanner Wentworth solo quiere dos cosas: tener acceso a su fondo fiduciario y sacar a su esposa de su vida para siempre. Sus sensuales movimientos de baile en el escenario de BeefCake, Inc. podrán cautivar a todas las mujeres, pero a Tanner no le interesa. Tiene sueños más grandes. Y ninguno de ellos incluye a su traicionera futura exesposa.

¿La tercera es la vencida?

Pero cuando la querida abuela de Juliet sufre un derrame cerebral, Tanner accede a fingir ser un matrimonio feliz una última vez, solo hasta que ella esté lo suficientemente bien como para soportar la noticia de que su pareja favorita se separa para siempre. Pero siete años de separación han cambiado muchas cosas. ¿Será suficiente para que Tanner, gato escaldado del agua fría huye, lo reconsidere y se arriesgue a darle otra oportunidad a la única mujer que nunca dejó de amarlo?

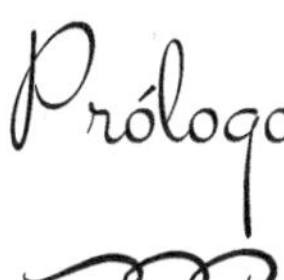

Prólogo

—Ahora los declaro marido y mujer. Puede besar a la novia.

Tanner miró fijamente a la mujer que tenía delante. *Su esposa.*

¿Cómo demonios se había metido en esto?

—¿Tanner? —dijo Juliet con voz suave, el final de su nombre entonado como una pregunta.

Él no sabía cómo responderle.

—Eh, puede besar a la novia —dijo el juez de paz, tosiendo al decirlo.

Sí, sí, Tanner conocía el protocolo. Solo que no sabía *por qué* estaba ahí parado, teniendo que hacerlo.

Pero, de todos modos, se inclinó con la intención de que fuera algo agradable y rápido.

Juliet hizo que fuera más que agradable y, definitivamente, nada rápido.

Maldita sea.

Ella sabía exactamente cómo besarlo. Sabía cómo encender el calor en su entrepierna. Sabía cómo envolver su cuerpo endemoniadamente sexi alrededor del suyo y hacer que toda la sangre se le fuera para abajo.

Maldita sea.

Tanner hundió las manos en su cabello mientras metía la lengua en su boca con fuerza. ¿Quería ponerlo caliente y cachondo como el infierno?

Perfecto. Pues más le valía estar preparada para afrontar las consecuencias, porque, como su esposa, tendría que afrontar *muchísimas* consecuencias.

No, no lo haría.

Tanner apartó su boca de la de ella bruscamente, con la respiración entrecortada, y la miró a esos ojos azules en los que se había perdido antes. En la época en la que había creído en el amor y en los «y vivieron felices para siempre» entre ellos.

Dios, era un idiota.

—¿Me permite ser el primero en felicitarlos? —El maldito juez no dejaba su rollo de la boda por amor. Por supuesto, esa había sido la estipulación de *Tanner*. Ya era bastante malo tener que hacer esto; no quería que la gente supiera la verdadera razón por la que lo estaba haciendo.

Mientras Juliet sí lo supiera.

Sacó los dedos de su cabello y le arrebató el certificado de matrimonio al funcionario. Listo. Hecho. Siguiente.

Por suerte, también se acordó de tomar la mano de su *esposa* antes de salir a grandes zancadas de la oficina del juzgado con un breve —muy breve— saludo a sus respectivas familias.

Le soltó la mano en el instante en que estuvieron afuera.

Tenía que hacerlo, por su propio bien.

Porque cada vez que tocaba a Juliet, su corazón terminaba hecho pedazos.

Juliet tuvo que correr para seguirle el paso a Tanner. No era que eso fuera algo nuevo; siempre había estado tratando de seguirle el paso. Desde el primer momento en que lo vio —bueno, quizá no entonces, dado que tenía dos semanas de vida, pero desde que tuvo edad para fijarse en él—, había estado corriendo detrás de él.

Había comenzado con las escondidas y había progresado al monopatinaje, a las bicicletas y a la natación. Tuvo que seguirle el ritmo durante toda su infancia porque él había sido su mejor amigo. Sus padres eran mejores amigos, sus ranchos colindaban y Tanner había sido extraordinario.

Claro que su cuerpo era bastante grande de por sí. Tanner tenía la complexión de un jugador de fútbol americano, los abdominales de un nadador y el rostro de un dios griego. Para ella había sido hermoso desde la pubertad y ese sentimiento solo había crecido con los años.

Habían sido la pareja de oro. Rey y reina del baile de bienvenida. Los más guapos. Los más propensos a triunfar. El equipo del anuario incluso había añadido su apellido después del de ella bajo su foto de último año, porque *por supuesto* que se casarían.

—Tanner, espera.

Él ni siquiera aminoró el paso. —Tenemos un horario que cumplir.

No, *él* tenía un horario que cumplir. Últimamente siempre estaba en movimiento, siempre ocupado. Era para evitar pasar tiempo a solas con ella, lo sabía. Tenía tan poca estima por ella que últimamente nunca tenían la oportunidad de tomarse un respiro juntos.

Esa noche cambiaría las cosas. La próxima semana las cambiaría. Había usado lo único que se le ocurrió para conseguir algo de tiempo a solas con él y no estaba orgullosa de ello. Pero, carajo, necesitaban estar a solas. Tener tiempo para hablar y aclarar lo que había pasado: la escena que ella había montado para que su padre entrara...

Eso los había llevado al juzgado y al avión a Fiyi, donde papá había pagado una fortuna por la cabaña de luna de miel sobre el agua. Si tenía que llevar a su marido al fin del mundo para conseguir algo de tiempo a solas con él, entonces eso es lo que haría.

—Tanner, por favor. No puedo correr con estos tacones.

—Entonces quítatelos. No parece que hayan sido diseñados para caminar de todos modos.

Ella se tragó una respuesta furiosa. No quería empezar su luna de miel con una pelea. Ya había habido demasiadas palabras duras entre ellos.

Se tomó unos segundos extra de su «horario» para quitarse los zapatos y luego corrió tras él, deseando haberse entrenado para esa media maratón a la que Tricia había intentado convencerla.

Llegó a la limusina unos segundos después de que él le abriera la puerta, apenas con tiempo suficiente para que se le formara el ceño fruncido.

—El avión no va a esperar, Juliet.

De hecho, sí lo haría. El dinero de su padre garantizaba que lo haría, pero no iba a discutir con él.

Cerró la puerta de un tirón y luego sacó su celular en el instante en que el chofer se alejó de la acera.

Estuvo pegado a esa cosa todo el maldito camino hasta el aeropuerto, a través de seguridad y hasta la pista de aterrizaje. Incluso lo tenía encendido cuando la azafata les entregó el champán.

—Señor Wentworth, partiremos en breve —dijo ella cuando él le hizo un gesto para que pusiera la copa en la mesa entre ellos.

Tanner tecleó un par de letras más en su mensaje de texto, correo o, diablos, quizá solo estaba jugando a algún estúpido juego para no tener que hablar con ella, pero luego apagó su celular.

Por fin. Juliet no pudo contener su sonrisa. Su luna de miel podía empezar por fin y la sanación podía comenzar.

Pero entonces Tanner se puso de pie.

—¿Tanner? ¿Qué haces?

—Espera un momento, Juliet. —Se guardó el celular en el bolsillo del pantalón y se dirigió hacia la cabina del piloto.

Juliet se quedó mirando su ancha espalda que se estrechaba tan increíblemente bien hasta una cintura delgada. El aspecto y el físico de Tanner eran solo la guinda del pastel del hombre del que se había enamorado hacía tanto tiempo...

El mismo hombre que se estaba bajando del avión.

Capítulo Uno

Siete años después

El hombre tenía un cuerpo hermoso.

Y Juliet Chambers-Wentworth recordaba cada uno de sus relieves, planos y músculos. Especialmente cómo la había envuelto con él —cómo *él* la había envuelto— la noche en que le tendió una trampa para obligarlo a casarse con ella.

—¿*Ese* es él? ¿Me estás *bromeando*? —Su amiga Sandy le dio un sorbo a su bebida mientras estaban sentadas en el comedor tenuemente iluminado del lugar donde trabajaba Tanner, BeefCake, Inc—. Con *razón* quieres que vuelva.

Su marido tenía un cuerpo increíble y sabía qué hacer con él, pero no, no era por eso que lo quería de vuelta. Sin embargo, dejaría que él y todos los demás lo pensaran. Porque era conveniente. Porque funcionaba.

Porque la verdad era algo demasiado desgarrador en lo que pensar.

Los bailarines en el escenario se abrieron paso con movimientos de cadera hasta formar una línea recta; todos esos pantalones negros con la raya de seda en el costado estaban pidiendo a gritos que se los quitaran. Juliet había visto suficientes espectáculos de striptease como para saber lo que venía, y había visto a Tanner lo suficiente debajo de su ropa como para saber lo que venía, pero aun así, cuando sucedió, cuando se arrancaron esos pantalones con velcro, su corazón revoloteó como la primera vez que él se quitó los pantalones.

—Madre santísima. —Sandy se recostó en su silla, arrojó el popote de su bebida sobre la mesa y se bebió el resto de un trago—. Por favor, dime que sabe qué hacer con eso.

Sí, Tanner sabía. Los muslos de Juliet hormiguearon al recordarlo. También otra parte de ella. Y le dolían los pechos. No había habido nadie desde Tanner. Ochenta y siete largos meses de celibato inducido por la falta de interés en cualquier otra persona. Probablemente no era una buena idea aparecer aquí de esta manera. No cuando tenía que hacer lo que tenía que hacer.

Los seis hombres musculosos y aceitados en el escenario, cada uno tan delicioso como el otro, se giraron, sus caderas y otras, um, partes, asegurándose de que nadie les mirara la cara.

Pero Juliet sí lo hacía. Observaba cada expresión de Tanner. Lo vio mirar al público, pero sin verlos realmente. Cierto, las luces del escenario probablemente tenían mucho que ver con eso, pero cuando lo comparaba con el resto de los bailarines que intentaban interactuar con el público, hacer esa conexión y centrarse en cada mujer para crear la fantasía de que bailaban solo para ella, Tanner no lo conseguía.

Hasta que la vio.

Supo el minuto en que lo hizo. Perdió un paso. Tanner nunca perdía el paso, ni en el baile, ni en la vida, ni en el ámbito romántico... hasta que *ella* lo hizo, y había sido el mayor paso en falso de su vida. Lo había perdido.

Pero ahora lo necesitaba de vuelta.

—Uh, ¿te vio? —Sandy se inclinó y le susurró al oído—. Nos está mirando fijamente.

Juliet tragó saliva. No estaba lista para esto. Había pensado que sí, pero no lo estaba.

Los ojos de Tanner se entrecerraron y rápidamente volvió al ritmo de los otros chicos, pero no dejó de mirarla, con la boca en una línea recta; esos hermosos y talentosos labios que podían curvarse en la sonrisa más bella justo antes de lanzar los comentarios más hirientes de su vida.

Su ancho pecho y sus hombros aún más anchos brillaban bajo las luces del escenario. Se había depilado el pecho. No es que le importara, pero había disfrutado enroscando sus dedos en la cantidad justa de vello que normalmente tenía, todo rubio dorado como el resto de él.

La cicatriz era nueva. Hizo una mueca al verla. Parecía una cicatriz de apendicectomía. Y ni siquiera se lo habían dicho.

Bueno, ¿qué podía esperar? Era su esposa solo de nombre. Aunque si hubiera sido una apendicectomía de emergencia, podría haber sido su viuda y nunca lo habría sabido.

Se estremeció. No podía pensar en una vida sin Tanner en ella. Incluso si estaba a mil quinientos kilómetros de distancia.

Se había dejado crecer el pelo. Vaya si su padre no tendría algo que decir al respecto si lo viera... Pero bueno, su padre siempre había tenido mucho que decir sobre Tanner.

El suyo también.

Juliet bloqueó esos pensamientos. Su padre era la razón principal por la que estaba aquí y no quería pensar por qué.

Otra razón sería la persona que la miraba desde el otro lado, a través de una docena de luces del escenario.

Comenzaron los bailes en solitario. Tanner estaba en el fondo, rotando las caderas, contrayendo los abdominales, un músculo en su mandíbula cuadrada marcando el ritmo de la música. Estaba distraído. Con Tanner siempre podía saberlo. Conocía cada uno de sus estados de ánimo, lo había conocido durante los veintinueve años que lo conocía. Nunca había habido ninguna duda en su mente sobre con quién terminaría en la vida. Los Chambers y los Wentworth. Eran como uña y carne, aunque a su padre le daría un infarto si usara una comparación tan mundana. Pero los Chambers y los Wentworth habían sido amigos en sociedad y socios en los negocios durante tres generaciones. Ella y Tanner fueron los dos primeros en unir a las familias.

Hasta que ella tomó la fatídica decisión que los había llevado hasta aquí.

—Vamos, Juliet. Suéltalo. No puedes decirme que sea lo que sea por lo que pelearon no se puede arreglar con una conversación. Digo, mira eso, por favor.

Lo *estaba* mirando. A él. Ese era el problema. Debería haber recordado cómo se derretía con Tanner. Al diablo con los deseos y necesidades de sus familias; ¿qué pasaba con los de ella? Había fantaseado con Tanner durante toda su adolescencia, universidad y vida adulta, y cuando finalmente lo llevó al altar —bueno, ante el juez de paz— había sido una fantasía hecha realidad.

Durante aproximadamente una hora, hasta que él se bajó de ese avión.

—¡Oh, *cielo*!

Sandy gritó a su lado cuando Tanner enganchó sus pulgares donde debería haber estado una hebilla de cinturón pero no estaba e hizo un pequeño baile que hizo que a todas las mujeres se les hiciera agua la boca. Luego giró lentamente, los ajustadísimos shorts de spandex sin ocultar n-a-d-a a los ojos de nadie. Jesús, si con esas cosas se le notaba hasta la religión.

Y luego sacudió el trasero y, oh, vaya, el público enloqueció. Sandy le daba palmadas en el hombro con tanta fuerza que Juliet tuvo que mover su silla o terminaría con un moretón.

—Por favor, dime que tiene un hermano. ¿Un primo? Diablos, me conformo con el que le limpia la piscina.

Tanner no tenía un chico de la piscina. Ya no. No tenía nada. No desde que su padre lo había perdido todo en el juego... y el de ella había recogido los pedazos.

Un clavo más en el ataúd de su matrimonio.

Tanner balanceó las caderas y sacudió el trasero con tanta fuerza que se habría preocupado por lastimarse la espalda si no quisiera echarle un pecado más a los pies de Juliet Chambers. ¿Qué diablos estaba haciendo ella aquí?

La señorita Juliet Chambers, reinita de belleza mimada. Le había dado una segunda oportunidad cuando ella se lo suplicó, pensando que había cambiado.

Se había equivocado.

Otra vez.

Se dio una palmada en el trasero entonces, sabiendo que a las mujeres les resultaba sexy. Posó, flexionando lo justo para mantener su interés —y sus gritos—, luego giró lentamente, dándoles a todas una buena vista de los abdominales que trabajaba dos horas al día, y los pectorales que podía hacer bailar como le había enseñado su abuelo. Siempre se había reído, ¿pero las mujeres? Ellas gritaban.

Mantuvo otra pose, haciendo contacto visual —o eso pensaban ellas— a través de las humeantes luces del escenario, guiñando el ojo un par de veces. A cualquier mujer menos a Juliet.

Sin embargo, ella lo estaba mirando; podía sentirlo. Siempre había sentido sus ojos sobre él. Desde el momento en que decidieron darse su primer beso, siempre supo cuándo Juliet lo estaba mirando.

Él la había mirado con la misma intensidad. La mujer era preciosa y, desafortunadamente, ella sabía el efecto que tenía en él.

Pero ya no más. Podía mirarla fijamente el resto de la noche y eso no borraría la desilusión que había sufrido por su culpa.

Juliet era todo un caso. Nunca lo había visto antes, nunca se había dado cuenta de lo egoísta y superficial que era hasta el momento en que descubrió...

Mierda, se equivocó en un movimiento. Tanner volvió a concentrarse en la rutina y se sincronizó con la música. No iba a permitir que Juliet Chambers-Wentworth —y se encogió al unir su nombre al de ella— alterara una parte más de su vida. Cuarenta y cinco días y luego se iría para siempre.

Comenzó la última estrofa de la canción y Tanner inclinó el sombrero de vaquero sobre un ojo, todo parte de la rutina. Funcionaba cada vez.

¿Funcionaría con Juliet?

¿Por qué diablos le importaba?

Se dio la vuelta de nuevo, con el trasero en primer plano. Esa era realmente su mina de oro y normalmente la usaba como tal. Esa noche, lo estaba sacudiendo por todas las razones equivocadas.

Que se muriera de envidia. Si tan solo se hubiera guardado su secreto, él nunca lo habría sabido y Juliet podría haberlo tenido comiendo de la palma de su mano de por vida.

Dobló las rodillas y empujó la pelvis como si estuviera bailando en un tubo, jugando con la cinturilla de los shorts. Llevaba puesta la tanga banana debajo; la tentación de simplemente arrancárselos y alardear exactamente de lo que ella se estaba perdiendo era una tentación muy fuerte.

Ella había destruido lo que podrían haber tenido. Primero, con su mentira, luego confesándola. Todo mientras él todavía se estaba recuperando del peor golpe de su joven vida.

Nunca podría perdonarla por hacerlo pasar no por una pérdida, ni siquiera dos, sino por tantas que había perdido la cuenta a lo largo de los años.

Los piropos soeces seguían llegando, así que Tanner siguió trabajando el tubo imaginario, lanzando su característica mirada de ojos humeantes por encima del hombro. Conocía el poder de esa mirada; sabía las propinas que le traería, así que cuando se dio la vuelta y se deslizó de rodillas hacia el frente del escenario, sombrero en mano, no le sorprendió encontrarlo llenándose de billetes.

Muérete de envidia, Juliet.

Capítulo Dos

—Oye, Tan, hay una chica guapísima aquí afuera que quiere verte.

—Estoy ocupado.

—Amigo, está *buenísima*. O sea, que echa humo.

—Sigo ocupado.

Adam negó con la cabeza, murmurando mientras se alejaba. Tanner se encogió de hombros. Los chicos ya deberían estar acostumbrados. Él nunca ligaba con una de las clientas; era la regla de oro de Gage y Bryan en el trabajo. Sin embargo, una vez que estaban con ropa de calle en el club de otro, cualquier cosa podía pasar. Y a menudo pasaba. Pero no con él. Juliet había puesto su marca en él con la misma seguridad con que le había puesto ese anillo de bodas que él se había quitado a la fuerza de su dedo no más de cinco minutos después. Pero seguía casado y lo que pasaba con Tanner era que, en realidad, cumplía su palabra. Sin tramas secundarias, sin subterfugios, sin pequeños planes alternos.

No, él ponía sus cartas sobre la mesa. Y en cuarenta y cinco días, lanzaría un cheque gordo encima de ellas y la sacaría a ella —y a su padre— de su vida para siempre.

Gage asomó la cabeza por el camerino. —Oye, Tan…

—No me interesa.

—Bien. Ya conoces la regla.

¡Mira quién habla! Gage había ido directo hacia Lara una noche en una despedida de soltera y eso había sido todo para él. Pero los socios no tenían nada de qué preocuparse en ese aspecto cuando se trataba de Tanner.

—Sin embargo, dice que te conoce y que no se irá hasta que salgas. No necesitamos una escena.

Tanner exhaló y perdió la cuenta de los billetes de diez que estaba desdoblando del Stetson. Una de sus mejores recaudaciones, así que, por supuesto, Juliet tenía que interrumpir. —Está bien. Salgo en un momento. Déjame vestirme.

Gage, afortunadamente, no hizo preguntas y asintió antes de cerrar la puerta del camerino.

Tomando otra bocanada de aire, Tanner se levantó y se desató la toalla de la cintura. Al menos Gage le había advertido para no encontrarse con Juliet por primera vez en siete años casi sin nada encima.

Aunque ciertamente ella ya había visto bastante desde el público.

Se preguntó qué habría pensado ella al verlo bailar para otras mujeres como una vez había bailado para ella.

Una vez había hecho muchas cosas por ella, con ella y a ella... Y todo se había construido sobre una mentira.

Tanner se sacudió los malos recuerdos. Lo había dejado atrás y había seguido con su vida; Juliet era parte del pasado y en otras seis semanas y media, ahí es donde se quedaría. Ya tenía los papeles en proceso de redacción.

—Oye, Tan. La rubia. Si no te interesa, ¿puedo pedirle su número? —Markus entró en el camerino que compartían, quitándose la toalla de un blanco impoluto de su cuerpo oscuro demasiado lejos de su ropa para el gusto de Tanner. Markus siempre estaba dispuesto a demostrar el estereotipo. Bueno, con todos menos con él.

Tanner se rio entre dientes. A Markus le había fastidiado mucho no ser el más grande del club y constantemente le reprochaba que estaba desperdiciando la oportunidad.

—No quieres su número, Markus. Confía en mí. Lo tengo y no es para tanto.

—No dije que quisiera casarme con ella, solo quiero, ya sabes...

Tanner apartó la mirada antes de que Markus se contoneara. Lo había visto más veces de las que le gustaría admitir.

Se puso la camiseta por la cabeza y luego le dio un puñetazo a Markus en el bíceps mientras se dirigía a la puerta. —Me lo agradecerás algún día, hermano.

—Te lo agradecería *hoy mismo* si me dieras su número.

—Ni lo sueñes —dijo, cerrando la puerta tras de sí. Markus era un amigo y no le echaría a Juliet ni a su peor enemigo.

—Hola, Tanner.

Estaba de pie al pie de los escalones que llevaban al escenario.

Maldita sea, se veía bonita con esta luz, sin la iluminación oscura y llena de humo del club que le había proyectado sombras en el rostro.

Juliet siempre había sido preciosa. Gran sonrisa, grandes ojos azules, abundante cabello rubio, grandes pechos, cintura diminuta. Era la quintaesencia de la reina de belleza texana. Cosa que había sido. Habían sido la pareja perfecta.

Luego ella lo arruinó.

—No esperaba verte hasta dentro de mes y medio.

—¿Un mes y medio? ¿Por qué? Podría haber aparecido en cualquier momento.

—Pero no lo has hecho. —Se puso el sombrero de vaquero en la cabeza al pasar a su lado, algo simbólico y práctico a la vez. No tenía que mirarla, y le hacía saber que no quería hacerlo. Subió los escalones del escenario de dos en dos. Era más fácil salir por el club que responder a las preguntas de los chicos en la parte de atrás.

—Tanner, tenemos que hablar.

Siguió caminando por el escenario. —*Nosotros* no tenemos que hacer nada, pero si tú sientes la necesidad, no puedo detenerte. Es un país libre.

Saltó del escenario y luego se giró para asegurarse de que ella pudiera bajar.

Maldita fuera su caballerosidad innata.

Y maldito el hecho de que tocarla todavía tenía la capacidad de enviar lava fundida a través de sus venas.

La ayudó a bajar del escenario, luego le soltó los brazos y se hizo a un lado para dejarla pasar.

Ella se dio la vuelta y le bloqueó el paso entre las mesas. —¿Podemos ir a algún sitio a hablar?

—No. —Rodeó una mesa y eligió otra ruta hacia la puerta principal.

—Tanner, por favor.

Se detuvo. Maldita sea. Cuando su voz se volvía suave así, como si fuera a llorar...

Dios, seguía siendo un idiota cuando se trataba de Juliet. —Juliet, déjalo ya. Nos queda otro mes y medio, y luego todo habrá terminado. Voy a usar mi fondo fiduciario para pagar la hipoteca de mi padre a tu padre y entonces podremos finalizar las cosas.

—No tengo un mes y medio.

Se giró bruscamente, mirándola. *Realmente* mirándola. ¿No tenía un mes y medio? ¿Por qué? —¿Qué te pasa? ¿Qué tienes? ¿Es curable?

Esa hermosa boca en forma de arco se torció hacia un lado, sus cejas naturalmente perfectas y arqueadas se juntaron en uve hacia el puente de su nariz, una mirada que haría que otras mujeres se vieran, bueno, si no feas, definitivamente no en su mejor momento, pero para Juliet, era solo una expresión más en su hermoso rostro. Una que había aprendido a leer años atrás porque la había mirado durante horas. Días. Semanas. Meses. Nunca se había cansado de mirar a Juliet.

—¿De qué estás hablando, Tanner?

—De ti. Dijiste que no tienes un mes. ¿Qué te pasa?

Su expresión cambió a una sonrisa así de rápido. Como si lo hubiera ensayado...

Maldita sea. Había vuelto a caer.

—No estás enferma en absoluto, ¿verdad? Solo querías que me detuviera y te escuchara. Pues puedes olvidarlo, Juliet. No voy a volver a caer en tus juegos. Engáñame una vez, es tu culpa; engáñame dos, es mi culpa. ¿Engáñame una tercera vez? Mejor sácame y pégate un tiro.

—Tanner, espera. No dije que estuviera enferma. Tú sacaste esa conclusión.

—Claro. Échame la culpa a mí. ¿Por qué hoy tendría que ser diferente? —Se quitó el sombrero de vaquero y se pasó los dedos por el pelo. Tenía un maldito dolor de cabeza y solo había estado cerca de ella por menos de diez minutos.

—Tan, por favor, solo dame la oportunidad de explicarte...

—Llegas unos diez años tarde para las explicaciones, Juliet. Mira, mi abogado se pondrá en contacto con el tuyo a finales del próximo mes. —En su cumpleaños. Por suerte, había nacido a las nueve de la mañana, así que el abogado de ella no podría objetar que en realidad no tendría treinta hasta la media noche. Todo estaría finiquitado fácil y rápido para la hora del almuerzo, y esa noche tendría la mejor celebración de cumpleaños de su vida. Juliet

Chambers-Wentworth y su padre estarían fuera de su vida y de la de sus padres para siempre. No le quedaría ni un centavo de su fondo fiduciario, dinero que se suponía que pagaría la maestría que estaba cursando a duras penas mientras ganaba el dinero, pero valdría la pena ser libre.

—*Yo* sí tengo un mes y medio, Tanner, pero mi abuela quizás no.

Oh, demonios. Tanner apretó los dientes y dejó de caminar. La abuela de Juliet había sido una participante tan involuntaria en todo este lío como él. —¿Qué le pasa a Nana? —El nombre se le escapó con demasiada facilidad, pero ella había sido como *su* abuela, ya que él no había tenido abuelos desde tercer grado.

—Tuvo un derrame cerebral.

—¿Cuándo?

—Hace dos semanas. No está muy bien.

Tanner se pellizcó el puente de la nariz. Odiaba que Nana estuviera pasando por esto, pero, en serio, ¿por qué no podía haber pasado dentro de dos meses, cuando toda su pesadilla hubiera terminado?

Vaya, qué mierda de su parte. No le deseaba eso a ella en ningún momento. Su ira hacia Juliet no debería disminuir su humanidad.

Se dio la vuelta. —Siento mucho oír eso.

—Gracias. Sabes que todavía se preocupa por ti.

Tanner no respondió. A pesar de lo que Juliet había hecho, su abuela siempre había sido amable con él, y como posible miembro de la familia en su día, se había dado cuenta de que podría haberle ido mucho peor que tener a «la matriarca», como ella se llamaba a sí misma, en su familia. —¿Entonces qué quieres de mí, Juliet? ¿Por qué venir aquí ahora?

Juliet miró a su alrededor. Los chicos no estaban allí, pero estaban escuchando. Los conocía. También conocía su reputación. El hecho de que tuviera a una mujer aquí preguntando por él... Y el hecho de que ella estuviera a punto de soltar la sopa sobre cuál era realmente su relación...

—Vamos. —Le agarró la mano, ignorando la chispa fulminante de deseo que crepitó desde su palma, subiéndole por el brazo, sobre el hombro y hasta su cavidad abdominal, donde estaba haciendo efecto en unas terminaciones nerviosas muy curtidas. No necesitaba que los chicos oyeran lo que fuera que Juliet le iba a decir. Porque los chicos nunca lo habían visto con una mujer, y vaya sorpresa se llevarían al descubrir que la única con la que finalmente lo veían era su esposa.

Capítulo Tres

Había una limusina estacionada en la entrada.

Por supuesto.

—¿Tu padre sabe que viniste a verme? —Tanner señaló con la cabeza la limusina, cuyos faros brillaban a través de la intensa lluvia.

—La verdad es que no. No lo sabe. No se lo tomaría nada bien.

Quedarse corto era poco.

No quería hacer esto para nada, pero una vez más, no parecía que tuviera otra opción. —¿Lista para correr hasta allá? —No le hacía mucha gracia estar en un espacio tan reducido con ella, pero si querían tener privacidad, esto era lo más privado que podían conseguir sin ir a la habitación de hotel de alguien. Y dado que él no tenía una y no estaba dispuesto a poner un pie en la suya, la limusina era su única opción.

Le abrió la puerta bruscamente. —¿Y cómo conseguiste que te prestara su coche y su chófer?

—En realidad —se deslizó ella en el interior tenuemente iluminado—, esta no es de papá. Vine en avión y la alquilé.

Tanner se sentó en el asiento trasero y cerró la puerta detrás de él. —Sabes, hay unas cosas que se llaman taxis. Mucho más baratos. A tu padre le va a encantar recibir esta factura.

Ella dio un golpecito en el separador que los dividía del chófer y el coche salió del estacionamiento. —Pago mis propias cuentas.

Ajá. Con el dinero de su padre. Y el dinero que él le enviaba. Puede que no fuera la esposa que él quería, pero *era* su esposa y nadie podía decir que no la mantenía... hasta el día en que cumpliera treinta años y la echara a ella y a su padre de su vida para siempre.

—Quería poder hablar contigo en lugar de concentrarme en manejar.

—Pues habla. No tengo toda la noche. —En realidad, sí la tenía. Vaya estado lamentable el de su vida en los últimos años. Tanto trabajo y estudio hacían de Tanner un chico muy aburrido. Pero sin duda era mejor que la supuesta emoción que había sentido cuando Juliet formaba parte de su vida.

Podía prescindir de esa clase de emoción.

Juliet alargó la mano hacia la botella de vino que estaba en la hielera integrada en el interior del coche, junto con una copa de vino que colgaba boca abajo del soporte fijado al techo. —¿Quieres un poco?

Tanner se la descorchó con el sacacorchos que estaba de su lado. —No. —Necesitaba tener la mente despejada cuando trataba con Juliet. Podría ser una bomba rubia, pero definitivamente tenía cerebro.

—Vamos, Juliet. Para esto bastaba con una llamada. Y cuando sucedió, no dos semanas después.

Ella le dio un sorbo al vino, tan largo que no se podía considerar sorbo, lo que le hizo preguntarse de qué se trataba todo aquello. Juliet nunca había sido de beber mucho.

—Lo sé. Pero necesito pedirte un favor, Tan.

—¿Un favor? ¿A mí? ¿Por qué piensas que aceptaría, y qué demonios tienes que pedirme que no puedas pedirle a cualquiera de los cientos de personas que trabajan para tu padre?

—Porque tú eres el único que puede hacerlo. —Juliet se terminó el vino, lo que preocupó a Tanner.

—¿Qué está pasando, Jules?

Suspiró y dejó la copa de vino. —Es que... —Volvió a suspirar. Parpadeó varias veces—. Nana no está... no sé; es como si estuviera... como si se hubiera rendido. Simplemente se sienta en su habitación del hospital y mira por la ventana. Habla de mi abuelo y de mi mamá como si todavía estuvieran aquí, y es simplemente...

A Tanner se le oprimió el pecho. La madre de Juliet se había marchado cuando ella era un bebé para vivir una vida sin hijos en Europa con un playboy rico que había conocido sabe Dios cómo, así que Nana, la madre de su padre, la había criado. Su madre había sido un punto delicado en la vida de Juliet, uno del que rara vez hablaba. El hecho de que siquiera mencionara a la mujer lo decía todo.

—Y mi papá... Esto lo está matando. Lo veo cuando cree que no estoy mirando. Apenas va a trabajar y, bueno, Tanner, simplemente creo que si pudiera darles algo de esperanza, Nana se animaría. Tendría una razón para luchar, ¿sabes?

—No te sigo. —Porque su mente todavía estaba procesándolo todo. Se había marchado hacía siete años y nunca había vuelto; no debería haber esperado que todo siguiera igual, pero ahora se daba cuenta de que sí lo había hecho.

—Necesito tu ayuda. Como técnicamente todavía estamos casados, tiene sentido. No puedo lograr esto con cualquiera y que ella se lo crea.

—¿Lograr qué? ¿Creer qué? —En el momento en que la pregunta salió de su boca, supo la respuesta—. ¿Quieres que finja que estamos felizmente casados?

—Sí.

—Nadie se lo va a tragar, Juliet. No he estado presente en los últimos siete años; ¿quién crees que va a creer que de repente nos hemos reencontrado y queremos pasar el resto de nuestras vidas juntos? —Incluso mientras decía las palabras, esa vieja sensación inundó su pecho. Cuando era adolescente, no había deseado nada más que envejecer con Juliet.

Y entonces había sucedido. Ella había quedado embarazada en el último año de preparatoria y estaban organizando una boda. Le había aterrorizado tener un hijo a su edad, pero la alegría de poder llamar a Juliet su esposa, de vivir con ella, dormir con ella y verla en la mesa del desayuno el resto de su vida había superado su aprensión y la tristeza de tener que renunciar a su beca para jugar al béisbol.

Sorprendentemente, sin embargo, en aquel entonces había sido feliz. Pero once años era mucho tiempo y no podía recordar cómo se sentía la felicidad porque, en los años transcurridos, había intentado olvidar todo sobre ella. Cómo se veía con el primer vestido de novia que se suponía que no debía haber visto, pero que vio cuando se asomó por la puerta de su habitación mientras ella se lo modelaba a su amiga, Tricia.

Le había quitado el aliento, al igual que esa preciosa pancita que había vislumbrado cuando ella se quitó las mangas del vestido y salió de él.

Su bebé.

Había sido tan feliz. *Habían* sido tan felices. La vida habría sido un lecho de rosas...

Si tan solo no hubiera perdido al bebé.

Hasta el día de hoy, el pensamiento de aquel momento, cuando se enteraron de que habían perdido a Keegan y Tanner había temido perderla a ella también, tenía el poder de ponerlo de rodillas. Los había amado a ambos con tanta ferocidad y cuando su hijo nació demasiado pronto y sin respirar, Tanner no había sabido qué hacer.

Allí estaba Juliet, pareciendo muerta ella misma, toda conectada a tubos y monitores y vías intravenosas con la horrible bata de tela donde debería haber habido un vestido de novia... Había deambulado aturdido, cuestionando todo lo que creía saber sobre la vida. Sobre cómo podían haberlo tenido aparentemente todo solo para perderlo en el lapso de unas pocas horas.

Le había sostenido la mano mientras ella yacía en esa cama de hospital, contando cada una de sus respiraciones mientras la gente le preguntaba sobre los servicios funerarios, ataúdes, nombres y lápidas. Todo lo que él quería era que su Juliet se despertara y le dijera que todo era un mal sueño.

Solo que... se convirtió en una pesadilla cuando ella *sí* se despertó y estaba tan inconsolable que soltó que se había quedado embarazada a propósito, desviando su vida por sus propias razones egoístas y atrapándolo para que se casara con ella justo al salir de la preparatoria.

Y luego, increíblemente, cuatro años después, había vuelto a caer en sus mentiras.

Negó con la cabeza, más para deshacerse de los recuerdos en los que no quería volver a pensar nunca que para decirle que *no*. Pero le diría que *no*. Cuarenta y cinco días más y luego nunca más tendría que pensar en lo más doloroso de su vida.

—¿Qué te hace pensar que tu abuela siquiera se lo creerá? Tu padre seguro que no lo hará.

—Lo harán porque quieren hacerlo. Es de lo único que Nana solía hablar; de verme felizmente casada y con una familia propia. Obviamente, no te voy a pedir que llegues tan lejos, pero solo ven por un ratito. Dale algo de esperanza. Deja que se mejore. Luego, cuando lo esté, podemos decirle que no está funcionando y podemos seguir adelante. Pero si le digo que nos vamos a divorciar ahora, eso *sí* la matará.

—¿Qué tal si en lugar de eso retraso el divorcio? —La idea le dio un puñetazo en el estómago. Se había preparado para la idea de terminar su matrimonio una vez que saldara la deuda de su padre; no quería prolongarlo. Pero si eso ayudaba a Nana...

—Así estamos ahora y no la está ayudando. He intentado pensar en otra cosa, Tanner, pero no puedo. ¿Sería realmente tan malo hacer esto?

En tantos niveles. —Lo siento, Juliet, pero no puedo mentir por ti. No *voy* a mentir por ti.

—No es una mentira, Tanner...

—Oh, sí que lo es. No estamos felizmente casados. Apenas *estamos* casados, un hecho que pretendo solucionar en seis semanas.

Juliet se quedó en silencio, sus ojos azules llenándose de lágrimas.

Tanner endureció su resolución. No iba a caer en la trampa de las lágrimas. No volvería a manipularlo de esa manera nunca más. Se había vuelto inmune a las lágrimas de una mujer en los años transcurridos desde la última vez que la vio.

La limusina se detuvo junto a una acera y el chófer paró. —¿Dónde estamos? —Tanner miró por las ventanas tintadas pero no podía ver nada con este tiempo. No le extrañaría que los hubiera llevado al hotel más elegante de la ciudad... y que su padre apareciera en el momento justo, o más bien, *inoportuno*.

Otra vez.

Así era como había conseguido que se casara con ella la segunda vez, cuando realmente lo hicieron. Su padre se había enfadado tanto por el escándalo que rodeó el embarazo de Juliet en primer lugar, luego el mortinato dos días antes de la boda, la cancelación de esa boda y la partida de Tanner de la ciudad el día después del funeral de Keegan, que cuando el señor Chambers entró y los encontró a él y a Juliet en la cama cuatro años después...

Tanner se había considerado afortunado de que el tipo no hubiera sacado una escopeta.

Sin embargo, sí sacó un acuerdo prenupcial y el nombre del abogado que iba a usar para ejecutar la hipoteca de la propiedad del padre de Tanner si Tanner no hacía lo correcto esta vez.

Así que Tanner había tenido que aceptar. Había firmado los papeles que querían, se había opuesto a una gran boda y había tratado de sacar lo mejor de una situación que no era exactamente mala, pero que no había sido óptima.

Hasta que escuchó a Juliet admitirle a Tricia que los había engañado a todos para que sucediera.

Si me engañas una vez, la culpa es tuya; si me engañas dos veces, la culpa es mía.

Una tercera vez *no* iba a suceder.

Alcanzó la manija de la puerta. Prefería enfrentarse al mal tiempo que a una de las intrigas de Juliet. —Lo siento por tu abuela, Juliet, pero mentir no la mejorará.

—Tanner, por favor. —Le puso la mano en el brazo cuando él iba a salir —. Por favor, haz esto por ella. No por mí. Por ella. Por favor, Tanner. Ella te quiere. Siempre te ha querido. Te consideraba el nieto que nunca tuvo, y todo este tiempo que hemos estado separados, todavía te considera de la familia. Solo necesita algo de esperanza. Es todo. Solo por un ratito, te lo prometo. La ayudará, sé que lo hará. Por favor, Tanner. ¿Por mi abuela? ¿Por Nana?

Deseaba tanto decir que no. No quería hacer esto.

Pero ¿cómo podía negarse? No era como si tuviera que vivir esta mentira por el resto de su vida y si ayudaba a Nana...

Abrió la boca para decir que sí cuando Juliet le puso una mano en el brazo.

—Incluiré la hipoteca de tu padre si eso ayuda en tu decisión.

Se quedó helado. —¿La hipoteca? ¿Harás borrón y cuenta nueva?

Ella asintió. —Lo que sea necesario. Tú haces algo por mi familia; yo haré algo por la tuya.

Recuperaría su fondo fiduciario. Podría terminar de pagar la universidad, lo que significaba que podría dejar de bailar, y tendría dinero para ofrecerles a Bryan y a Gage ser un tercer socio. Habían estado hablando de querer expandir BeefCake, Inc., pero el flujo de caja era ajustado, y como cada uno de ellos se había casado recientemente, no estaban muy entusiasmados con la idea de acumular una gran deuda. Con su dinero, eso podría suceder para todos ellos.

Nana, él, Gage, Bryan, incluso Juliet... Todos salían ganando. Solo había una decisión que podía tomar.

—Está bien. Lo haré. —Después de todo, no sería por mucho tiempo. Iría allí, interpretaría el papel, Nana se mejoraría, y luego podría irse con la hipoteca de su padre pagada y su fondo fiduciario intacto. ¿Qué podría salir mal?

Capítulo Cuatro

Todo estaba saliendo mal.

La historia se había filtrado y él estaba en Texas; dos cosas con las que se había esforzado por no tener que lidiar en los últimos siete años. Sin embargo, gracias a Juliet —una vez *más*—, su vida ya no estaba bajo su control.

Mierda.

Tuvo que decírselo a Bryan y a Gage para que pudieran cubrir sus turnos. Ellos ataron cabos y llegaron a una conclusión tan cercana a la verdad que Tanner no la negó. Y cuando les dijo que quería asociarse con ellos... Estuvieron tan a favor de que fuera a Texas como Juliet.

Luego estaba su casera. Sabía que algo pasaba porque lo había oído de casualidad (escuchado a escondidas) decirle al cartero que reenviara su correspondencia, así que, por supuesto, recibió una avalancha de preguntas de su parte.

Habría muchísimas más una vez que apareciera en su pueblo natal.

Miró por la ventanilla mientras el avión carreteaba hacia la terminal, trayéndolo de vuelta a la escena del crimen. Y sí, fue un crimen: el embarazo le había robado la oportunidad de jugar en la universidad.

Cuando descubrió la verdad, la amargura casi lo mató. Si tan solo ella no hubiera hecho eso, sus vidas nunca habrían tomado el rumbo que tomaron. Y

¿quién sabe? Podrían haber estado felizmente casados en este momento con un par de hijos.

Y para colmo, todo el mundo en el pueblo conocía cada minúsculo detalle de la peor parte de su vida. Él y Juliet habían sido la idea que todos tenían de la pareja perfecta. Incluso la suya, así que no había querido enfrentar las miradas y los chismes, por no hablar de Juliet, al volver a casa durante la universidad; de su escuela de segunda opción. Claro, había jugado, pero no donde quería, y no lo había llevado ni cerca de ser profesional.

Un pecado más que poner a los pies de la mujer con la que se había visto obligado a casarse.

La que lo estaba esperando cuando salió del aeropuerto. Maldición. Había querido más tiempo para prepararse. La semana pasada había estado demasiado ocupado con los exámenes finales, el trabajo y los arreglos para ausentarse tanto tiempo que no había tenido esa oportunidad. Verla de nuevo era un arma de doble filo: era tan hermosa que le dolía de tanto desearla cuando la miraba, pero verla encerraba recuerdos tan dolorosos que no quería volver a mirarla nunca más.

—Habría ido a buscarte al rancho, ¿sabes? —dijo mientras arrojaba su equipaje de mano en el asiento trasero cuando ella detuvo un sedán Mercedes junto a la acera. No había limusina esta vez. Vaya sorpresa; se había salido con la suya, así que no había necesidad de sacar la artillería pesada.

Sacudió la cabeza. Solo en el mundo de Juliet un Mercedes no se consideraría artillería pesada.

Ella puso su bolso en el suelo detrás de su asiento mientras él se sentaba en el del copiloto. —Recuerdo cómo te pones en los aeropuertos. No voy a correr ningún riesgo.

Él puso su sombrero vaquero en el tablero mientras se abrochaba el cinturón. —Si crees que vas a hacerme sentir culpable por eso, no lo haré.

—¿Culpable? ¿Por qué deberías sentirte culpable? Enviaste a tu esposa sola a su luna de miel. Lo menos que podrías haber hecho era arreglar que alguien me esperara allá. No fue exactamente para morirse de risa estando sola.

—Sí, porque íbamos de luna de miel para morirnos de risa. Después de coaccionarme para casarme contigo. ¿De verdad crees que habría sido mejor si yo hubiera estado allí? —Tanner tomó su sombrero y lo puso en su regazo.

—Habría sido bueno averiguarlo.

—Oh, no, Juliet. No vas a usar ese truco conmigo. La única razón por la que nos casamos fue por tu pequeña «sorpresa».

—¿La única razón? —Juliet inclinó la cabeza hacia un lado, de modo que su cabello colgaba sobre un hombro, dejando el otro al descubierto. Para que él lo mordisqueara en los viejos tiempos. Pero estos eran los tiempos nuevos y mejorados, y él no iba a volver atrás.

No le respondió; la pregunta no requería respuesta. En su lugar, tomó su celular y abrió su correo electrónico. Su banquero, su abogado, el tipo que tenía buscando algunos locales para ayudar a Gage y a Bry a expandir el negocio... Tenía suficiente trabajo para mantenerse ocupado durante todo el viaje a casa y así no tener que lidiar con ella.

Sin embargo, cuando llegaran allí, sería harina de otro costal.

La estaba ignorando. Juliet nunca se acostumbraría. Tanner nunca la había ignorado. Diablos, siempre había sido el Sr. Atento hasta que...

Odiaba pensar en ello. Sí, había cometido errores. Enormes. Pero no por malicia. Simplemente, había estado tan asustada de que él encontrara a otra chica en la universidad y se olvidara de ella. No había pensado bien la decisión de quedar embarazada a propósito; ciertamente nunca esperó que él tuviera que renunciar a su beca. Solo había pensado que iría con él a la universidad y se quedaría en un pequeño apartamento mientras él iba a clases y jugaba. No sabía que había una cláusula de moralidad en su contrato, y ciertamente no esperaba que su padre insistiera tanto en una boda antes del nacimiento del bebé como lo hizo. Demonios, todo el mundo sabía que Juliet Chambers y Tanner Wentworth estarían juntos para siempre. Era tan inevitable como respirar. Se casarían más tarde. Cuando él terminara la universidad y pudieran tener una boda adecuada, una casa adecuada y una familia adecuada.

Pero entonces perdió a Keegan y tuvo algunas complicaciones. Por eso ella, en su estado debilitado y con emociones hormonales descontroladas, soltó la bomba de que se había embarazado a propósito.

Tanner lo había visto como la traición máxima. Ella lo había considerado la máxima señal de su amor por él.

Cierto es que, mirando atrás más de una década después, entendía que había sido algo increíblemente egoísta y desconsiderado para todos, incluido el bebé. Pero cuando intentó disculparse, Tanner no quiso escucharla. Y definitivamente no la perdonaría, aunque no estaba tan segura de que fuera por el embarazo y no por el aborto espontáneo.

Tanner había querido a ese bebé.

Se incorporó al tráfico. —Tenemos que repasar nuestra historia.

—Jesús, Juliet, ¿le mientes a todo el mundo o solo soy yo el afortunado?

Contó hasta diez antes de responder. Le había dado a Tanner un incentivo para hacer esto por ella, pero él podía abandonarlo todo en un abrir y cerrar de ojos gracias a su fondo fiduciario. Era ella quien lo necesitaba a él, y no al revés.

La historia se estaba repitiendo.

—Mira, Tanner, Nana no es tonta. Tenemos que hacer que esto funcione. Nuestras historias tienen que estar perfectamente sincronizadas o solo vamos a causarle más dolor.

—Corrección: *tú* le vas a causar más dolor. Yo no fui el que tuvo esta idea y, francamente, no estoy tan seguro de que deba seguir con ella. Lo que a ti te puede parecer una amabilidad podría ser mucho peor si la verdad sale a la luz.

—Por eso tenemos que asegurarnos de que no lo haga. Tenemos que saber exactamente lo que vamos a decir y ser creíbles.

—Oh, créeme, Juliet, tus dotes de actriz son las mejores. Solo ten cuidado de no tener un ataque de llanto y tu secreto debería estar a salvo. ¿Yo? Bueno, no soy actor, pero por Nana, haré lo mejor que pueda. No quiero herirla más de lo que quieres tú.

A Juliet se le encogió el estómago. Realmente había querido que él sintiera algo por ella. Había esperado que así fuera. Que tal vez, al hacer esto por su abuela, podría ser bueno para ellos. Podría demostrarle a él que todavía la amaba, y ella tendría la oportunidad de mostrarle que había cambiado.

Y lo había hecho. Verlo bajar de ese avión, dejándola para ir a uno de los lugares más románticos del mundo sola, la había hecho enfrentar la verdad.

Al igual que la lástima del conserje, la ama de llaves y los camareros. Había pasado los dos primeros días en la hamaca con vistas al mar en una neblina de borrachera por los mai-tais. Los dos siguientes habían estado llenos de autorrecriminación, y los tres últimos habían sido un tiempo de reflexión. De descubrir qué quería hacer con su vida; una vida que no iba a incluir a Tanner.

Oh, planeaba recuperarlo, pero como una mujer con la que él quisiera estar, no como la chica insegura que lo había engañado no una, sino dos veces. Si iba a terminar con Tanner, tenía que ser digna de él.

Así que fue a la universidad. Nana la había apoyado, pero su padre se había mostrado escéptico; a Juliet nunca se le había dado bien lo académico. Pero se aplicó y obtuvo no solo su licenciatura, sino también un máster en Administración de Empresas en los últimos siete años.

No podría haber llegado en mejor momento. Estaba aprendiendo cómo funcionaba todo cuando Nana tuvo su derrame cerebral, y ahora papá quería —y podía— estar ahí para su madre. Así que *ella* estaba ahora dirigiendo los negocios familiares. Petróleo, ganado, transporte... Se había sumergido tanto en cada aspecto que sus amigos se sorprendían al saber que todavía estaba en el pueblo, porque se había vuelto una ermitaña —incluso más de lo que había sido cuando Tanner se fue—, estudiando contratos, hojas de cálculo y balances.

Había encontrado la hipoteca del padre de Tanner que su propio padre había comprado al banco, unos días antes de que los pillara a los dos juntos en la cama. Se estremeció; eso le había dado la moneda de cambio perfecta. Y, efectivamente, funcionó; Tanner se casó con ella.

Y luego la dejó.

No lo culpaba. No, todo esto era culpa suya. Y, por lo tanto, dependía de ella arreglarlo todo.

Pero «arreglarlo» no significaba perder a Tanner de su vida. Pertenecían el uno al otro y, si tan solo hubiera tenido fe en lo que él sentía por ella en aquel entonces, estarían juntos.

Bueno, ahora tenía esa fe; fe en que lo que él había sentido una vez todavía estaba allí y que todo lo que se necesitaría era que él viera que ella había cambiado.

—¿Así que cuál es nuestra historia? ¿Cómo vas a explicar los últimos siete años de silencio entre nosotros?

Juliet se incorporó a la autopista y aceleró el Mercedes. —Tu nombre no se mencionaba mucho en casa.

—Sí, seguro que abandonarte en el aeropuerto me hizo ganar el cariño de tu padre y tu abuela.

—Ellos no saben nada de eso.

Él se giró en su asiento y arqueó una ceja. —¿No se lo dijiste?

—No fue exactamente mi momento más brillante en una carrera de momentos estelares en lo que respecta a nuestra relación, ¿sabes?

—Oh, no sé, Jules. Fue bueno por un tiempo.

Antes de que ella lo arruinara. No lo dijo. Pero tampoco tenía que hacerlo;

la idea flotaba entre ellos como un tercer pasajero.

Pero el hecho de que recordara que hubo buenos momentos era prometedor. Le daba esperanza; cuando la esperanza era prácticamente lo único a lo que podía aferrarse.

—¿Entonces qué les dijiste cuando no volví a casa contigo? —Él jugueteaba con el ala de su sombrero negro.

Se veía tan increíblemente bien con sombreros vaqueros. Había tenido uno favorito en la preparatoria, tan usado que prácticamente se había blanqueado por el sol hasta igualar su cabello. Estaba a punto de tirarlo entonces, dijo que parecía demasiado femenino, pero ella le dijo que parecía de oro, una corona para su príncipe. Se lo había regalado a ella.

Todavía lo conservaba.

—Les dije que necesitábamos algo de espacio. Que el dolor de lo que habíamos pasado y los años que estuviste en la universidad eran difíciles de superar para nosotros. Que necesitábamos tiempo.

—¿Siete años? ¿Qué dijeron cuando no aparecí para las fiestas? ¿Cuando nunca llamé?

Juliet se encogió. —Eh... en realidad sí llamaste. Y yo te visité en las fiestas. En cualquier país en el que estuvieras trabajando.

Él se giró en su asiento. —Mentiste. Otra vez.

—Los estaba protegiendo.

Él la señaló con el sombrero vaquero. —Te estabas protegiendo a ti misma.

Sí, eso también. Pero no su reputación; esa la habían arrastrado por el barro cuando se quedó embarazada. No, estaba protegiendo su corazón, porque si hacía que todos pensaran que ella y Tanner estaban arreglando las cosas, tal vez podrían hacerlo.

—No has cambiado nada.

—Sí, he cambiado.

Él exhaló y tamborileó los dedos en la copa del sombrero mientras miraba por la ventanilla. —No, no lo has hecho. Sigues manipulando a la gente y las situaciones para tu propio beneficio. Un ejemplo claro —la taladró con esos preciosos ojos azules con los que había soñado desde siempre—. Si esto no fuera por tu abuela...

—Lo sé. Lo entiendo. Y te lo agradezco, Tanner. De verdad. Pero he cambiado.

Él volvió a mirar por la ventanilla, murmurando por lo bajo: —Sí, bueno, me creeré eso cuando lo vea.

Lo vería; se lo demostraría.

—¿Así que cuál es el plan? Mantuvimos nuestra reconciliación en secreto para todos, ¿por qué?

Le había dado muchas vueltas a esta historia y una cosa era segura al crear una mentira: era mejor apegarse lo más posible a la verdad. —Necesitábamos arreglar nuestras cosas. Encontrarnos a nosotros mismos fuera de lo que pasó entre nosotros. Por eso te fuiste; demasiada gente nos conoce aquí.

—¿Y no viniste conmigo porque...?

—Porque fui a la universidad.

—¿Qué? —Su cabeza giró bruscamente para mirarla—. ¿Fuiste a la universidad? ¿Cómo vas a hacer que eso cuele, Jules? Sabes que hay facturas de matrícula que no desaparecen sin más. Títulos que no se pueden falsificar si alguien mira de cerca.

—Fui a la universidad. De hecho, obtuve un título. Dos.

—Dos. Tú. —Arqueó las cejas—. Fuiste a la universidad.

—Oye, que haya tomado algunas decisiones estúpidas no significa que sea estúpida. En realidad soy bastante buena académicamente cuando me lo propongo. No soy una cabeza hueca. —Le produjo una no pequeña satisfacción demostrar eso. Y no solo a sí misma.

—Nunca dije que lo fueras. —La miró fijamente—. ¿De verdad obtuviste un título?

Ella asintió, contenta de que esto no fuera mentira. —Licenciatura en Economía y un Máster en Finanzas.

—*Tú* tienes un máster.

—Sí, yo. Y es algo bueno, porque ahora puedo dirigir el negocio mientras mi padre cuida de Nana. Está semirretirado.

Tanner la miró fijamente unos segundos más antes de sacudir la cabeza. —Nunca habría pensado que dirigirías el imperio.

Ella sonrió al oír el apodo que le habían puesto al negocio de su padre. Juntas, sus familias habían tenido una sociedad de cría de ganado durante generaciones, pero su padre había querido más, así que se había diversificado. Ella y Tanner bromeaban al respecto cada vez que papá llegaba a casa con una nueva aventura empresarial.

También habían disfrutado de algunas de las ventajas de esas aventuras, concretamente las cabinas de más de un camión cuando no había otro lugar para estar a solas.

Los recuerdos avivaron el mismo calor que los pensamientos de Tanner siempre habían encendido. Incluso cuando la dejó, bastaba un solo recuerdo de su sonrisa para desearlo de nuevo. Eso nunca había desaparecido.

Él no había cambiado nada. Seguía tan guapo, tan grande, tan fuerte y carismático como cuando se había enamorado de él tantos años atrás.

—Papá no estaba precisamente emocionado de ponerme al mando, pero su director financiero tuvo una emergencia familiar, así que no había nadie más en quien confiara lo suficiente. —Había estado planeando que Tanner fuera esa persona, pero, gracias a ella, eso no había sucedido. Ella *tuvo* que intervenir y ayudar—. Y de esta manera, puede supervisarme de una forma que no podría con otro empleado, al tiempo que permite que esa persona realmente dirija el negocio.

—Pensé que no te gustaba el negocio.

Ella se encogió de hombros. —No sabía lo que quería hacer con mi vida más allá de ser tu esposa. He tenido que decidir.

Aunque todavía quería ser su esposa. En todos los sentidos de la palabra.

Juliet lo miró de reojo. Dios, podía recordar como si fuera ayer lo que se sentía al estar envuelta en sus brazos. Que él apoyara la barbilla sobre su cabeza y la abrazara contra su pecho. Cómo olía, cómo se sentía. Cómo sabía...

Sí, no iba a pensar en eso. Habían pasado siete años desde que eso ocurrió entre ellos, y cuatro años antes de eso. Menos mal que tenía muy buena memoria.

Ojalá él no la tuviera.

Tanner se movió en su asiento y apoyó el sombrero en la curva de su rodilla. Ella quería apartarle el pelo del cuello, pasarle los dedos por él. Lo llevaba más largo que cuando vivía aquí y a ella le gustaba.

Por otra parte, no había mucho que no le gustara de Tanner. Ni siquiera su terquedad en creer lo peor de ella. Tanner tenía un código moral muy fuerte y ella apreciaba eso. Había aprendido el valor de tener uno.

Así que, una vez que este subterfugio para su abuela terminara, no volvería a decir una mentira nunca más.

Pero tampoco volvería a tener a Tanner.

A menos que pudiera demostrarle que había cambiado.

Capítulo Cinco

—No me has preguntado por qué estoy trabajando en un club de striptease. —No había dicho nada durante la última media hora —no sabía qué decir—, pero se dio cuenta de que ella no le había reclamado por su elección de empleo.

Lo cual era irónico, dado que había sido *ella* la que había obtenido un MBA. Ah, él estaba trabajando para obtener uno, de ahí que se dedicara al estriptis para pagar la matrícula y los gastos, ya que no había podido contar con su fideicomiso. El horario se ajustaba a su agenda y la paga era buena. En cuanto a las condiciones de trabajo y los chicos... Mentiría si dijera que no era divertido. Gage y Bry dirigían un lugar con clase, así que no había estigma por trabajar allí. Y si hubiera querido chicas, habrían hecho fila en la puerta de su camerino; bueno, tal vez no allí, ya que el club tenía la regla de no confraternizar, pero más de un número de teléfono había llegado a su tanga junto con los billetes de un dólar.

Lástima que no llevara la tanga puesta cuando ella apareció; aunque, en realidad, se alegraba de que no lo hubiera visto así. No se avergonzaba de lo que hacía, pero había algo en el hecho de que alguien con quien había tenido tanta intimidad lo viera hacer en público lo que había hecho en privado que lo había hecho sentir incómodo.

Pero Juliet se limitó a encogerse de hombros ante su pregunta, algo inusual en ella. A pesar de que habían sido inseparables en la preparatoria, Juliet siempre había sido celosa. A él le había gustado en ese entonces. Antes de darse cuenta de que eso significaba que ella se sentía insegura sobre su relación. Que estaba tan insegura que haría algo tonto como quedar embarazada a propósito para asegurarse de que él se quedara con ella.

Si tan solo se lo hubiera preguntado, él le habría dicho que la amaba. Demonios, *le había* dicho que la amaba. Demonios, le decía a cualquiera que quisiera *escuchar* que la amaba. Había oído todo el tiempo lo que la gente decía de él: que era guapísimo, el prototipo del chico americano, un bombón, la fantasía de toda chica; podría haber tenido a la chica que quisiera. Entendía que su aspecto funcionaba con el sexo opuesto, pero la cuestión era que solo había querido a Juliet. Y él había estado tan asombrado de que Juliet lo hubiera elegido a él como ella de que él la hubiera elegido a ella. La diferencia era que él le había creído cuando ella dijo que lo amaría para siempre.

Pasó el dedo por el ala de su sombrero. Si tan solo ella hubiera tenido la misma fe y confianza en él, los últimos once años habrían sido muy diferentes.

—No tengo derecho a opinar sobre lo que haces para ganarte la vida. Me doy cuenta de eso. —Se cambió al carril izquierdo para rebasar al conductor de adelante, pisando el acelerador para hacerlo.

Tanner se sorprendió; a Juliet siempre le había dado miedo manejar en la autopista. Decía que la velocidad la asustaba, así que siempre había insistido en que él manejara.

Por otra parte, eso había sido cuando estaban en la preparatoria y luego durante las dos semanas que le llevó a ella convencerlo de que la llevara de nuevo a la cama después de la universidad y los tres meses que estuvieron juntos antes de que ocurriera todo lo demás.

No es que hubiera necesitado mucho convencimiento. Perder al bebé los había unido y él había querido perdonarla por quedar embarazada porque, al final, después de cuatro años lejos de ella, perderlos a ambos había sido demasiado duro. Juliet había sido su vida, su futuro. Keegan, un extra. Así que había querido que las cosas con ella funcionaran. De hecho, no le había importado que su padre los hubiera sorprendido esa noche y hubiera sido tan insistente en que se casaran, hasta que la escuchó decirle a Tricia lo que había hecho.

Se había sentido como una mercancía. Un pedazo de carne. Eso había matado toda emoción tierna que había sentido por ella.

O eso pensaba.

La miró. Ese perfil perfecto. La forma en que sus labios se curvaban en una sonrisa natural. Los pómulos altos, las largas pestañas con las que la naturaleza la había dotado y que tantas mujeres se pegaban. La onda perfecta en su largo cabello rubio que recordaba deslizarse sobre sus muslos cuando ella le había hecho sexo oral...

Mierda. No necesitaba recordar eso. Había intentado bloquearlo y lo había logrado. O eso pensaba. Solo bastó media hora en su presencia y ya estaba de nuevo imaginándola desnuda.

—¿Qué es lo que piensas decir exactamente sobre que yo aparezca ahora? ¿Y dónde se supone que me voy a quedar? No me quedaré en el rancho contigo.

—No, no lo harás. Ya no vivo allí.

—No me quedaré contigo, punto, Juliet.

—Tanner, tienes que hacerlo si queremos que esto parezca real.

No quería que pareciera real. Deseaba con toda su alma no haber aceptado nunca esto. —¿Cómo ha estado Nana desde la semana pasada?

Juliet lo miró y la sonrisa que le dedicó le robó el aliento. El tiempo había rellenado su rostro, haciendo que la transición de niña a mujer fuera deslumbrante.

—Cuando le dije que venías, se animó. Insistió en que la trajéramos a casa. Tenemos enfermeras a domicilio, pero se negó a recibir cuidados las veinticuatro horas. «Para eso está tu padre», dice. Pero está muy emocionada de verte. Sabía que era una buena idea.

—¿Se lo dijiste? ¿Y si no me hubiera subido al avión en el último minuto? —Como había pensado en hacer.

—No harías eso. Sabía que vendrías.

Sería más fácil enojarse si tuviera una expresión de suficiencia en su rostro, pero no la tenía. Porque no tenía por qué: él *había* venido; no había habido otra opción porque había dado su palabra.

—Pensé que te instalaríamos en mi casa y luego iríamos a visitarla esta tarde. Se cansa fácilmente y el mejor momento es alrededor de las tres, justo después de su siesta. Las mañanas son difíciles con las enfermeras, el baño e intentar que coma algo, luego a papá le gusta llevarla a dar un paseo por los jardines de atrás. Trajo a un paisajista para plantar más de sus rosas favoritas y añadió un camino de concreto para poder empujar su silla de ruedas fácilmente. ¿Recuerdas cómo amaba su jardín?

Otro recuerdo salió disparado a la superficie. Habían hecho el amor en el cobertizo de jardinería un par de veces. Cuando Nana se mudó, había hecho algunas redecoraciones en el interior y el exterior de la casa. Los jardines eran su orgullo y su alegría. Se había mantenido firme en que los paisajistas no tocaran sus flores, así que cuando ella salía de casa para hacer mandados, el cobertizo del jardín era el único lugar donde él y Juliet sabían que no los pillarían. Su manta de pícnic favorita había visto mucha acción dentro de ese lugar, y hasta el día de hoy, Tanner no podía oler el aroma de las rosas sin recordar ese cobertizo.

Lo había matado más de una vez en los últimos siete años.

—¿No les parece extraño que vuelva ahora? ¿Por qué no habría vuelto justo cuando ocurrió? Eso no me deja en una muy buena posición.

—Les dije que no te había dicho nada. Que quería que quisieras estar conmigo por mí, no por Nana.

—Exactamente lo contrario de la verdad, Juliet. Lo cual, creo, se llama mentira.

Sus dedos se apretaron en el volante y un músculo tembló en su mandíbula. Se tomó unos segundos para responderle. —Es una mentira por una razón, Tan. Mira, estoy haciendo esto por Nana. Me dijiste lo que vas a hacer en tu cumpleaños; podría haber esperado otro mes y medio, haber conseguido el dinero para la hipoteca y los papeles del divorcio y dejarlo todo así. ¿Crees que me gusta verte, sabiendo lo que piensas de mí? Después de todo lo que significamos el uno para el otro y yo lo arruiné, ¿de verdad crees que me pondría en esta posición si no fuera importante? Nana ha hecho tanto por mí; esto es algo que puedo hacer por ella para aliviar su preocupación. Si hubiera podido fabricar otro esposo de la nada, créeme, lo habría hecho. Hubiera sido mucho más fácil para mí que arrastrarte de vuelta a mi vida.

Estaba mintiendo descaradamente. Otra vez. Pero esta mentira era por instinto de conservación. No podía pretender estar con otro hombre —y mucho menos *estar* con otro hombre— más de lo que podía olvidar a Tanner. Él lo era todo para ella. Siempre lo había sido y, se dio cuenta, siempre lo sería. Lo que habían tenido —antes de que ella lo arruinara todo— había sido material de cuentos de hadas.

Desafortunadamente, su nombre no era Cenicienta y los únicos ratones que había visto definitivamente no estaban trabajando a su favor.

Quería el final feliz. Quería al Príncipe Azul.

Quería a Tanner.

La cosa era que probablemente debería sentirse culpable por usar la salud de Nana, pero no era así. Era lo que su abuela quería para ella. Mientras que papá había odiado a Tanner desde el momento en que se enteró de su embarazo, Nana solo quería que ella fuera feliz, y sabía que Tanner la hacía feliz. Y Tanner era bueno, amable y moral. Por eso se había ido; se había sentido traicionado. Engañado. No podía confiar en ella. Cosas que ella entendía.

La ironía era que, mientras su madre había traicionado a su padre al irse, Juliet le había hecho lo mismo a Tanner al tratar de aferrarse a él. No le gustaba en absoluto la comparación con esa escoria inútil que era su madre. Había sido eso, tanto como la necesidad de hacer algo con su vida, lo que la había llevado a solicitar la admisión en la universidad. Ella *no* iba a ser como su madre; Juliet tenía que convertirse en su propia mujer y en alguien en quien Tanner pudiera confiar.

Razón por la cual no le había contado sobre el derrame cerebral de Nana cuando ocurrió. No había querido que él pensara que estaba usando la salud de su abuela para sus propios fines, pero cuando Nana no progresaba, Juliet había empezado a pensar que tendría que hacerlo. Entonces Nana había dicho que deseaba que Tanner pudiera volver para aliviar parte de la carga de Juliet, y eso le había dado una razón legítima.

—Entonces, ¿por qué estoy aquí si no es para hacer feliz a tu abuela? Por Dios. —Exhaló y se pasó una mano por el pelo—. Esto son mentiras sobre mentiras y no voy a ser capaz de recordar cuál es cuál para mantenerlo todo en orden. Podrías arrepentirte de esto, Jules.

Se deslizó hacia su apodo para ella con tanta facilidad. Nunca había dejado que nadie acortara su nombre así, excepto él. Usualmente lo decía suavemente en su oído cuando estaban haciendo el amor, o en un lugar lleno de gente cuando quería que ella supiera que estaba pensando en hacerle el amor.

Lástima que eso no estuviera en su mente ahora. A ella definitivamente le encantaría.

—Dije que estamos arreglando las cosas. Así que solo actúa en el mejor interés de Nana y estarás bien, Tan. Queremos que piense que estamos reconciliados y felices para que pueda mejorar. Esto realmente nos asustó a todos y no sabemos cuánto tiempo le queda.

Sus dedos se apretaron en su rodilla. —Por Dios, Jules. Lo siento.

—Gracias. —Aferró el volante un poco más fuerte, su disculpa llenándola de una calidez que iba a extrañar cuando todo esto terminara. Tenía que recordarse a sí misma que esto era solo una farsa. Temporal. Una mentira.

Pero si le daba a su abuela la esperanza para que mejorara, valía la pena.

Y si conseguía que Tanner se quedara, aún más.

* * *

—¿Ya llegaron? —Penelope Chambers se metió la dentadura postiza en la boca y la ajustó con la lengua. Quería estar lista para la visita de Tanner. Tenía que salir bien—. ¿Burt? ¿Qué dijo Juliet?

Su hijo levantó la vista de la bandeja que le estaba preparando. Por fin tenía una razón para salir de su maldita cama de enferma. A Juliet le había llevado bastante tiempo captar la maldita indirecta...

—Dijo que estaba llegando al aeropuerto. Dales algo de tiempo, madre.

—Puede que no tenga tiempo. —Penelope apartó la mirada de su hijo. La culpa no era una emoción divertida, pero alguien tenía que hacer algo por esta familia y, que Dios la ayudara —y lo estaba haciendo, estaba completamente convencida de ello con este pequeño AIT—, esa iba a ser ella.

Ese había sido su argumento con el Dr. Jackson, y aunque él no había aceptado mentir, había prometido mantener su juramento de confidencialidad médico-paciente en primer plano al tratar con su familia. Era la única forma en que había podido exprimir su lamentable drama de recuperación durante tanto tiempo.

Como *si* un pequeño contratiempo pudiera derribarla. Ja. Todavía le quedaba mucho por vivir. Y estaba un *poquitín* molesta de que su propia familia no supiera eso de ella. Aun así, le había dado la oportunidad perfecta para hacerse la inválida y que Juliet finalmente moviera el trasero y fuera a buscar a su propio marido. Esos dos nunca arreglarían las cosas si no estaban en el mismo lugar.

—Dales una hora más o menos. Dependiendo del tráfico, el viaje podría tardar un poco, y luego van a dejar sus cosas en casa de Juliet y entonces vendrán aquí.

—No veo por qué no podían quedarse aquí.

—Mira, madre. Sé que estás emocionada de que Juliet y Tanner hayan arreglado las cosas, pero me reservaré mi juicio. Ese muchacho ha decepcionado a mi hija más de una vez y no confío en que no lo vuelva a hacer. Nos vendrá bien la distancia.

—Eres demasiado duro con él. —Aunque Penelope ciertamente entendía por qué. Pero Tanner no era Elaine, gracias a Dios. Su exnuera estaba en una liga aparte.

—Aparentemente no fui lo suficientemente duro. De lo contrario, habría estado aquí durante los últimos siete años en lugar de desperdiciar la vida de ambos.

Penelope se ajustó la falda sobre las rodillas de nuevo. Era de la opinión de que los últimos siete años fueron un desperdicio solo porque Juliet y Tanner no habían tenido más hijos, que en paz descanse el alma del pequeño Keegan. Pero treinta años no era demasiado viejo en estos días, y la madurez que Juliet había adquirido en el ínterin valía cada pedacito de la soledad. O al menos una buena parte. Penelope no le deseaba mal a su nieta, pero Juliet había necesitado aprender a hacer algo más que andar detrás de Tanner como si fuera un dios. Las mujeres necesitaban valerse por sí mismas, no colgarse del éxito de otros. O acurrucarse dentro de ellos como esa zorra de madre que Juliet había tenido.

Penelope no se andaba con rodeos. Bueno, cuando lo pensaba, eso sí. Al expresarlo... esa era otra historia, porque no tenía sentido herir los sentimientos de Burt más de lo que Elaine ya lo había hecho. Penelope había sabido desde la primera vez que conoció a la pequeña cazafortunas que solo haría falta que apareciera alguien con más dinero para que ella se largara. Gracias a Dios —de nuevo— que la fulana había dejado a Juliet. Le había dado la hija que nunca tuvo.

Y estaba orgullosa de la mujer en que Juliet se había convertido. Y de su hijo por permitirlo; algo más que su AIT había acelerado, ya que él había estado tan obsesionado con que Elaine los abandonara que había protegido a Juliet de cualquier dura realidad de la vida que pudiera. No les había hecho ningún favor a ninguno de los dos, así que Penelope tuvo que hacerlo cuando se presentó esta oportunidad. Que Tanner fuera arrastrado a esto era un extra, uno que apreciaría cuando aprendiera a valorar a la Juliet que llegaría a conocer, en lugar de a la niña que había dejado atrás.

Penelope debía saberlo; ella había hecho pasar a su William por las verdes y las maduras antes de finalmente sentar cabeza con él. Y vaya viaje que habían tenido. Puede que no hubiera sido tan largo como a ella le hubiera gustado, pero en todos los demás aspectos, su matrimonio había sido perfecto. A veces, la gratificación retrasada hacía que el resultado final valiera la pena.

Ahora, si tan solo pudiera levantarse de esta maldita silla de ruedas. Ya la semana pasada la había puesto nerviosa, pero lo soportaría para darles a Juliet y a Tanner el tiempo para que se dieran cuenta de que estaban destinados a estar juntos.

Bueno, haría lo que fuera necesario. Porque *esta* vez, no iba a haber una boda rápida en el juzgado; quería bailar en la boda de ellos.

Capítulo Seis

—¿Esta es tu casa? —Tanner miró la diminuta casa de piedra estilo Cape Cod en cuya entrada Juliet acababa de estacionar. Juliet era del tipo de chica de grandes salones de baile, no de una casa que apenas era más grande que el baño de su infancia—. No es mucho más grande que el cobertizo del jardín de tu abuela.

No debí haber dicho eso.

El ambiente en el auto cambió al instante. Ambos estaban recordando ese cobertizo... y ambos sabían que el otro estaba pensando lo mismo.

Tanner tiró de la manija. —¿Está cerrado con seguro?

—¿Eh? Ah. —Juliet buscó a toda prisa el botón para quitar el seguro—. Listo.

Agarró su sombrero y su bolso y salió del auto hacia el calor sofocante. Se avecinaba una tormenta; podía olerla. La sentía en el aire: caliente y bochornoso, cosas en las que no necesitaba fijarse con las imágenes del cobertizo y de Juliet sobre él danzando en su cabeza.

Y ahora iba a entrar en la diminuta casa que tenía enfrente con la mujer que estaba a su lado y tendría que fingir que no sentía nada por ella; todo mientras fingía *sentir* algo por ella para que su abuela no sospechara que estaban mintiendo.

Mierda. Esto le daba dolor de cabeza.

Juliet abrió la puerta principal y entró.

Tanner respiró hondo el aire caliente y la siguió.

La temperatura descendió unos buenos diez grados en el interior, lo que le puso la piel de gallina; una que no tenía nada que ver con el hecho de que el brazo de Juliet rozara el suyo mientras ella cerraba la puerta detrás de él.

—Puedes quedarte en el cuarto de huéspedes. Obviamente. —Le lanzó una mirada y luego se metió el pelo detrás de las orejas.

El recuerdo de ella haciendo eso cuando se sentía avergonzada lo invadió como si la hubiera visto hacerlo el día anterior. Maldición, había olvidado lo bien que la conocía. Y cuánto recordaba. Como esa marca de nacimiento en la cara interna de su muslo derecho que parecía la huella de unos labios. Su abuela había dicho que un ángel la había besado al nacer; él y Juliet decían que era una X que marcaba el lugar que la Naturaleza había dejado para que él lo encontrara.

Mierda. ¿Por qué demonios tenía que recordar eso ahora?

Dejó que su bolso colgara frente a él, esperando que desplazara su verga lo suficiente como para que olvidara el recuerdo y se calmara.

No hubo suerte.

—Está, eh, por allá. —Señaló hacia la habitación del lado izquierdo del salón-comedor en el que se encontraban. Al fondo, una media pared separaba esta zona de la diminuta cocina, que era lo suficientemente grande para los electrodomésticos estándar y unos sesenta centímetros de encimera.

—Supongo que no recibes muchas visitas aquí. —Las palabras se le escaparon antes de que pudiera detenerlas. Se refería a recibir visitas en el sentido de dar fiestas, pero si ella lo interpretaba de otra manera, sí, a él también le gustaría saberlo. Juliet seguía siendo su esposa y él había honrado sus votos matrimoniales todo el tiempo que estuvieron separados.

No estaba muy seguro de por qué lo había hecho, ya que no había planeado seguir casado con ella y no le había hecho ninguna promesa cuando se fue, pero sí había hecho esas promesas ante Dios y el juez, y si algo era, era un hombre de palabra.

Pero eso significaba que había estado frustrado durante mucho, mucho tiempo, y ahí estaba, en la casa de su esposa, preguntándose si ella había *entretenido* a alguien más allí.

—La verdad es que no tengo tiempo para dar fiestas. Estudiaba todo el tiempo que no estaba en clase para poder graduarme lo más rápido posible con ambos títulos. Luego tuve que aprender el negocio, y ahora, con lo que está pasando con Nana y las exigencias de la oficina, de verdad no tengo tiempo.

No respondió a su pregunta sobre si había salido con alguien, pero ¿de qué le iba a servir la respuesta? Si *había* salido con alguien, el tipo no estaba aquí, así que obviamente no significó lo suficiente para ella como para ser ese tipo. Y el hecho de que Tanner estuviera aquí...

Un momento. Él ya no *quería* significar tanto para ella. Se habían distanciado. Su relación. Su matrimonio. Ambos iban a tener que seguir adelante, y una vez que el divorcio fuera definitivo, Tanner *podría* seguir adelante y ser libre de buscar lo que fuera —y a quien fuera— que quisiera sin preocuparse por romper su voto.

¿Pero el divorcio no es romperlo?

Lo sería si hubiera contraído matrimonio por su propia voluntad, pero lo habían presionado a hacerlo a punta de pistola metafórica. Cuando todo terminara, él terminaría con Juliet.

El pensamiento le ardió en el pecho. —¿Dónde está mi baño?

Ella señaló una puerta a la derecha. —*Nuestro* baño está ahí.

—¿Solo tienes uno?

—Hasta ahora, solo había una persona aquí. Supongo que podría alquilar un baño portátil para tu estadía si quieres, pero tendrás que usar la manguera de atrás para ducharte... y no tengo agua caliente ahí afuera.

No importaría; de todas formas, se daría duchas frías todo el tiempo que estuviera aquí.

¿Compartir el baño con ella? Que Dios lo ayudara. Recordaba cada una de sus lociones, jabones y champús. Todos olían a lupinos azules; un aroma que tenía importantes recuerdos para ambos y un cierto campo...

Quedarse aquí se estaba convirtiendo en una idea cada vez peor.

—Puse sábanas limpias en la cama y un juego de toallas en tu cómoda. —Se dio una palmada en el costado—. Así que si quieres refrescarte o relajarte o tomar una siesta o cualquier cosa antes de las tres, puedes hacerlo.

—¿Qué vas a hacer tú?

—¿Yo? —La pregunta fue casi un chillido.

Mmm, a pesar de su calma aparente, apostaría a que Juliet no estaba más cómoda compartiendo su casa con él de lo que él estaba compartiéndola con ella.

—Tengo que revisar unos contratos.

—¿Vas a ir a la oficina?

—Oh, no. Puede que la casa no parezca gran cosa, pero tiene internet de alta velocidad. Trabajo mucho desde casa.

Genial. No iba a tener mucho respiro de ella si no salía de la casa.

Entonces *él* lo haría.

—Debí haber alquilado un auto en el aeropuerto y manejado hasta aquí. ¿Dónde está el lugar más cercano para conseguir uno?

—Puedes tomar prestado el mío. Confío en que lo cuidarás.

¿Había un significado oculto en esa afirmación? Tanner no estaba seguro. Pero, por otro lado, la Juliet con la que había crecido no había conocido el significado de la palabra *sutil* cuando se trataba de ellos dos. Se había entregado por completo desde la primera vez que se miraron de esa manera. Él nunca había tenido que adivinar lo que ella pensaba o sentía. Especialmente, nunca dudó de lo que ella sentía por él, por lo que no podía entender por qué ella había dudado de él.

Sacudió la cabeza. Ya no importaba. Esa Juliet ya no existía. Esta Juliet, la que había crecido, ido a la universidad —y obtenido un MBA antes que él—, no la conocía. A pesar de todo lo que había dicho de que ella no había cambiado, sí lo había hecho en algunas cosas. Juliet, la reina del baile de graduación, no se habría arremangado para dirigir la empresa de papá; se iba a casar con alguien que lo haría, y ella se gastaría el dinero yendo a almorzar y de compras con sus amigas.

Y él había estado dispuesto a apuntarse a eso.

Tanner sacudió la cabeza. Dios, qué ingenuo había sido en ese entonces. Había tenido la cabeza en las nubes.

Ahora la tenía firmemente de vuelta en la tierra. —¿Pero y si lo necesitas?

—Tanner, ¿a dónde necesitas ir? ¿Planeas buscar a todos nuestros amigos y pasar el rato durante horas como solíamos hacer?

Ese pensamiento ni siquiera se le había cruzado por la mente. Odiaba que la gente supiera lo que había pasado entre él y Juliet. Odiaba que supieran que había estado a punto de triunfar en el fútbol y luego no lo hizo. Que había tenido un hijo... y luego no. —No me gusta estar atrapado. Si quiero salir, quiero salir.

—De acuerdo, de acuerdo. Pasaremos por el pueblo de vuelta del rancho más tarde. Por ahora, si quieres ir a alguna parte, usa mi auto. —Le lanzó las llaves—. Tengo que revisar unos informes.

Y así como si nada, lo dejó allí de pie mientras ella se dirigía a lo que él supuso que era su oficina en casa o su dormitorio, o ambos. Fuera lo que fuera, estaba a la vuelta de la esquina y había desaparecido de su vista.

Sintió la ausencia de inmediato.

Y odió sentirla. Había trabajado duro para sacar a Juliet de su cabeza. Ahora incluso pasaba un día o dos sin pensar en ella. Bueno, no últimamente, porque tenía la cuenta regresiva diaria que garantizaba que pensaría en ella, pero durante los últimos años, sí. Había logrado no pensar mucho en ella.

Pero cuando *sí* pensaba en ella...

Tanner se encasquetó el sombrero y luego se echó el bolso al hombro, golpeándose *a propósito* en las bolas. Eso le enseñaría a su verga a ponerse toda feliz pensando en Juliet. Fantasear con ella era una cosa; estar cerca de ella y esperar que algo sucediera era una locura. Ya le había arruinado la vida lo suficiente. En treinta y ocho días, la recuperaría.

Capítulo Siete

No pensaba devolvérselo.

Juliet se apoyó en el marco de la puerta de su oficina y contó hasta diez. Lentamente. Necesitaba controlar el ritmo de su corazón para que la sangre dejara de subirle a la cabeza... y a otras partes. Su cuerpo tenía que calmarse de una buena vez.

No podía creer que estuviera en su casa. Lo que se sentía tenerlo *dentro* de su casa. Siempre había disfrutado de la calidez de este lugar; había querido algo pequeño e íntimo después del extenso rancho en el que se había criado. Aquel en el que había planeado vivir con Tanner. Este lugar era tan diferente del rancho como era posible. Pero entonces lo había traído aquí.

Con más de un metro ochenta de estatura, Tanner llenaba su sala. Aunque, sinceramente, Tanner podría medir un metro veinte y su carisma aun así la llenaría. Siempre se había adueñado de cualquier habitación en la que entraba. Lo había olvidado. O más bien, no lo había olvidado, simplemente no lo había recordado hasta que él estuvo de pie aquí.

Pertenecía a este lugar. Con ella. En este espacio. Y *no* en el dormitorio al otro lado del pasillo, sino aquí, en la habitación contigua a su oficina con su cama *king size*; la que su abuela les había comprado para su boda y de la que no había podido deshacerse. Una estupidez, en realidad, porque Tanner nunca había dormido en ella.

Quizá por eso ella sí podía.

Juliet tomó otra bocanada de aire temblorosa. Dios santo, esto iba a ser difícil. Tenía que fingir ante él que su presencia no la volvía loca, pero tenía que demostrarle lo contrario a su abuela. Y ambos la conocían tan bien, que esperaba poder salirse con la suya, tanto por el bien de Nana *como* por el suyo propio.

Bueno, y también por el de Tanner. Lo había hecho feliz una vez; podía hacerlo de nuevo. Pero iba a necesitar mucho más que miradas insinuantes bajo las pestañas, contoneos sexis o ropa bonita que insinuara lo que ocultaba...

Aunque, ¿por qué no aprovechar lo que ya sabía que llamaba su atención?

Puede que Tanner pensara que la odiaba —puede que *de verdad* la odiara, se vio forzada a admitir—, pero todo el mundo sabía que la atracción física no siempre escuchaba los dictados del corazón y la mente. La atracción física tenía mente propia y si eso era lo que haría que volviera a verla, a fijarse en ella, sería una tonta si no lo usaba.

Dejó de ser una tonta siete años atrás.

Se apartó de la pared. No había pensado mucho más allá de su historia de fachada y de traerlo aquí, pero ahora, la realidad de tenerlo en su casa, día tras día, comenzaba a calar. Si quería recuperar a Tanner —y no había duda de que lo quería—, tenía una última oportunidad. No podía echarla a perder.

Tanner dejó escapar el aire mientras arrojaba su sombrero sobre el tocador, luego dejó caer su bolso sobre la cama y se sentó en el borde del colchón.

El lugar gritaba *Juliet* por todas partes.

Nada tan obvio como poner fotos suyas por todo el lugar; Juliet no haría eso, no era una engreída. No, la habitación tenía ese aire de Juliet porque la había decorado como si supiera que él iba a venir aquí.

Su tono de azul favorito había sido el azul pizarra de sus ojos. Sí, de verdad le había dicho esas cursiladas, pero eran ciertas. El edredón era de ese tono exacto. Los pisos de madera eran del color de los pisos de su habitación de la infancia, donde la habían metido a escondidas más veces de las que deberían haberse arriesgado. La silla en la esquina se parecía a la del estudio de sus padres, y los cuadros en las paredes eran de las montañas de Guadalupe de las que se había enamorado en un viaje de campamento en primer año. La habitación era masculina sin serlo abiertamente, pero aun así se sentía como si perteneciera a la casa de una mujer. La casa de Juliet.

Debería haberse quedado en un hotel. Debería haber insistido en que ambos se quedaran allí si ella quería que todos pensaran que estaban juntos. Habría alquilado una suite con una puerta comunicante, una que se habría quedado cerrada con llave. No necesitaba esta tentación. Aunque, de nuevo, Juliet, para él, era una tentación andante.

Se dejó caer de espaldas sobre la cama y miró el techo. Lo había cubierto con papel tapiz texturizado y lo había pintado de un gris peltre claro, como había hecho su madre en el baño de visitas.

O Juliet había planeado traerlo aquí durante mucho tiempo, o de verdad le gustaba esta decoración.

Quería pensar que era lo segundo, porque lo primero significaría que estaba recurriendo a sus viejos trucos de mentirle.

Se frotó los ojos con el pulgar y el índice, haciendo una mueca de dolor. Todavía no podía creer cómo le había mentido. Cómo se había esforzado por aferrarse a él cuando todo lo que tenía que hacer para conservarlo era amarlo y ser honesta con él.

Se incorporó. No iba a pensar en eso. Estaba hecho. Terminado. Había esperado poner fin al matrimonio sin tener que volver a verla, pero sentía debilidad por su abuela, así que aquí estaba. Lo superaría.

Dándose una palmada en los muslos, Tanner se puso de pie. No iba a tomar una siesta con Juliet al otro lado del pasillo. No tenía idea de cómo se suponía que iba a dormir aquí esta noche. Eso iba a ser divertido.

Para nada.

Pasó su bolso al tocador; no iba a poner su ropa en los cajones, todavía aferrándose a alguna extraña esperanza de un milagro que le impidiera tener que quedarse aquí.

Contrólate, Wentworth. Estás atrapado hasta el final.

Maldita sea... su corazón de verdad dio un brinco o revoloteó o lo que demonios fuera esa sensación al pensar en estar atrapado con Juliet. Hubo un tiempo en que no había deseado nada más.

Maldita sea. La historia no podía repetirse; Juliet era una mala noticia y necesitaba simplemente dejarla ir.

Dejarla ir.

Las palabras sonaban duras. Dolorosas.

Vacías.

Sacudió la cabeza. Necesitaba despejarla. Iría a echarse un poco de agua fría en la cara. En las muñecas. En la nuca. *En la polla*. Eso lo despertaría. Lo sacaría de este estupor. Tenía que ser por tanto viaje. Se había levantado a una hora terrible esta mañana para llegar a una hora razonable.

Pasó la mano por la media pared junto a la cocina y caminó hasta el fregadero. Más cerca que el baño y, por lo tanto, no tan cerca de Juliet.

—Hola, Tanner. —Juliet apareció por la esquina desde su habitación justo cuando él se echaba agua en la cara. Lo que significó que falló y terminó con la mayor parte en la cabeza y goteándole por la espalda. Ah, bueno, nada como agua fría para disipar el calor que ella arrastró a la habitación.

Bueno, en teoría lo hacía.

Sin embargo, las piernas de Juliet en esos shorts hicieron que el calor regresara con fuerza.

Era toda piernas. Piel dorada, pantorrillas y muslos bien formados... No había perdido ese aspecto de porrista.

—Podrías usar la ducha, ¿sabes? —Le sonrió, y el hoyuelo en la comisura de su labio derecho hizo acto de presencia.

¿Cuántas veces había besado ese hoyuelo? ¿Lo había recorrido con la lengua...?

—Yo, eh..., no quería molestarte. Con el ruido del agua, digo.

—Oh, no pasa nada. No me habría molestado.

Estaban teniendo una conversación banal sobre el agua. Alguien tenía que decir algo para hacerla avanzar o empezarían a contar las protuberancias del techo de palomitas de maíz.

—¿Querías decirme algo?

—Oh. Mmm. Sí. —Se cruzó de brazos e inclinó la cadera hacia un lado, un gesto que Tanner recordaba bien.

Ella había pensado que era una pose seria para cuando tenía algo importante que decirle, pero, en realidad, era sexi como el infierno la forma en que su cadera se curvaba hacia un lado y sus brazos cruzados acentuaban su pequeña cintura... y los pechos por encima de ellos.

Sabiamente, nunca le había dicho lo que ese gesto le provocaba. —¿Y... qué es?

—Oh. Cierto. —Le dedicó una sonrisa falsa. Era su sonrisa de tapadera, cuando necesitaba pensar bien una respuesta.

—Vamos, Juliet. ¿Qué pasa? No tienes que darle tantas vueltas. Soy yo, ¿recuerdas? Conozco todos tus trucos.

—Esto no es un truco, Tan. Solo venía a buscarte porque llamó mi papá. Nana quiere saber cuándo vamos para allá. Deberíamos ponernos en marcha.

—Oh. De acuerdo. No hay problema. Déjame, eh, cambiarme de camisa. —Se estiró por encima de la cabeza y tiró del cuello en la nuca—. Está mojada.

Se lamió los labios. Maldición. ¿Por qué todo tenía que estar lleno de insinuaciones sexuales? Había momentos, cuando estaban juntos, en los que se habían divertido de verdad sin que cada sílaba estuviera cargada sexualmente.

Por supuesto, había habido tantos, si no más, cargados de ello. O, la mayoría de las veces, de lujuria pura y dura. Juliet nunca había sido tímida a la hora de hacer el amor con él.

¡Maldita sea! Nunca iba a superar esto si lo relacionaba todo con el sexo.

—¿Tanner?

Parpadeó, aclarando la vista.

La misma Juliet. Con un aspecto demasiado despampanante con sus shorts y su camiseta de cuello redondo. Esa mujer hacía que un saco de arpillera se viera bien. —¿Sí?

—¿Tu camisa? —Agitó los dedos hacia él—. ¿Ibas a cambiarla? No tenemos mucho tiempo antes de que Nana empiece a decaer. Me gustaría llegar mientras pueda hablar contigo.

—Oh. Cierto. —Se aclaró la garganta y rodeó la encimera de la cocina para dirigirse a su habitación.

Cerró la puerta tras de sí, asegurándose de que permaneciera cerrada. No necesitaba desvestirse sin la barrera de una puerta entre ellos. De acuerdo, era una puerta de núcleo hueco y chapa delgada, pero la barrera visual era suficiente.

Eso esperaba.

Lástima que no hubiera una barrera entre ellos en el auto. Si no hubiera implicado demasiadas explicaciones —excusas—, se habría sentado en el asiento de atrás. No quería que Juliet supiera que todavía le afectaba. Sería lo último que necesitaría; que Juliet pensara que podían retomar las cosas donde las habían dejado.

Un poco creído, ¿no, Wentworth? Quizá ella ya no te quiera a ti.

Vaya, ese era un pensamiento aleccionador.

La miró de reojo. Era raro verla en el asiento del conductor; él siempre había manejado. Por supuesto, la mayoría de las veces, era porque ella había tenido las manos en su muslo y quería moverlas a otro lado. Tanner había aprendido a manejar muy rápido todos esos años atrás.

Pero ahora sus manos estaban firmemente en el volante —donde debían estar— y estaba maniobrando el Benz como una piloto de carreras. —¿Cuándo empezaste a manejar así?

—¿Así cómo? —Giró la cabeza para mirarlo y luego de vuelta a la carretera, su cabello meciéndose alrededor de sus hombros.

El cabello de Juliet era increíblemente sedoso. Los mechones dorados solían quedar atrapados debajo de ella mientras él la embestía...

Maldición. Realmente necesitaba dejar de pensar en tener sexo con ella.

—Como si llegaras tarde al doc..., manejando como alma que lleva el diablo. —Había detenido la palabra antes de que saliera por completo, pero el daño estaba hecho. Como si necesitaran un recordatorio demasiado cruel del día en que *sí* habían manejado como alma que lleva el diablo para llegar al médico cuando ella estaba perdiendo al bebé.

Juliet se aclaró la garganta y aceleró el motor mientras se metía en el carril de al lado. —Tengo mucho que hacer estos días y no me alcanza el tiempo. Probablemente debería mudarme más cerca de la oficina, pero no quiero renunciar a mi casa.

—Es una casa bonita. Aunque no es lo que habría pensado que elegirías.

—Sí, bueno, como te dije, he cambiado mucho desde la última vez que estuvimos juntos. A veces me sorprendo incluso a mí misma.

Justo como ella estaba empezando a sorprenderlo a él.

Capítulo Ocho

—Hola, Nana. Mira a quién traje. —Juliet se puso su sonrisa de reina de belleza y entró a la sala. Ni loca permitiría que la mención de la horrible cita con el médico arruinara su día, ni que su abuela tuviera la más mínima idea al respecto.

Sin embargo, maldito Tanner. En menos de una hora, le había recordado uno de los días más tristes de su vida y el hecho de que ella misma había creado la situación al hacerle un agujero a los condones.

Dios, lo que no daría por tener una segunda oportunidad en ese momento. Diecisiete años y estúpida, eso es lo que había sido. Un error por el que había estado pagando los últimos once años.

—¡Tanner! —Nana empujó las ruedas de su silla y se impulsó hacia Tanner.

—Nana, ten cuidado. No queremos que te esfuerces demasiado. —Nana había estado tan débil que a Juliet le preocupaba que la aparición de Tanner pudiera ser un *shock* demasiado grande. Por eso le había avisado de antemano que vendría, pero no esperaba que Nana intentara mover su silla de ruedas. No había tenido fuerzas desde el derrame cerebral. Por suerte, su mente y su coordinación no se habían visto afectadas, pero aun así... Nana no era precisamente una jovencita. Tenía que tener cuidado.

Por eso, cualquier dolor que la visita de Tanner le causara a Juliet —o más bien, el que le causaría su partida— valía la pena con tal de ver esa chispa en Nana.

Esa había sido la parte más difícil de todo esto: Nana tenía agallas, algo que Juliet siempre había admirado de ella. Así que verla en su cama de hospital y ahora, aquí en casa, sin recuperarse como esperaban... No podía perder a Nana también. Todavía no.

Por eso había ido a ver a Tanner. Hizo falta la salud de Nana para que por fin reuniera el valor de enfrentarlo.

No había podido hacerlo antes porque él terminaría lo que había entre ellos. Cualquier contacto sería el pretexto que él necesitaría, así que esperó hasta justo antes de su cumpleaños. Sabía lo de su fondo fiduciario y sabía que la hipoteca de la casa de sus padres era lo que lo había metido en el matrimonio. No era difícil atar cabos.

Y aunque la salud de Nana era su excusa, la realidad era que había querido verlo y había estado buscando una excusa. Una última vez. Eso era todo lo que quería.

Bueno, no exactamente todo. *Te gustaría seguir casada con él y que fuera un matrimonio de verdad. No esta porquería de solo un nombre.*

Eran demasiado buenos juntos para eso.

—Hola, señora Chambers. —Tanner entró a zancadas en la habitación, con toda su imponente y atractiva presencia texana. Era el prototipo del chico americano, y llenaba el estereotipo tan bien como llenaba sus jeans.

No debería estarle mirando los jeans. Sobre todo después de ese pensamiento.

Demonios, no debería estar *teniendo* ese pensamiento.

—*¿Señora Chambers?*

Nana se puso de pie y Juliet casi se cae al suelo del susto. Debía de ser una descarga de adrenalina por su indignación o algo así. Nana necesitaba ayuda solo para sentarse cuando Juliet estaba cerca.

—Vaya, Tanner Wentworth. Dejaste de llamarme señora Chambers en quinto grado y no voy a permitir que vuelvas a hacerlo. La señora Chambers es mi suegra, que en paz descanse, y lo sabes.

La sonrisa de Tanner era tan devastadora como Juliet la recordaba. —Lo siento, Nana.

—Así está mejor. Ahora dame un abrazo como Dios manda.

Palabras que la propia Juliet quería decirle.

—Me alegro mucho por ti y Juliet. —Nana le dio unas palmaditas en los bíceps a Tanner cuando él la soltó del suave abrazo.

Tanner siempre había sido consciente de su propia fuerza. Cuando Juliet había necesitado que fuera rudo y fuerte, lo había sido. Cuando había necesitado que fuera tierno, también lo había hecho. Y no se refería al sexo. Bueno, no del todo.

Oh, demonios. Esto iba a ser mucho más difícil de lograr de lo que pensaba. Y no se refería a fingir delante de su abuela; no, ahí no había engaño. Quería que Tanner volviera. Fingir frente a Tanner que no lo quería, *esa* iba a ser la verdadera prueba.

—Te ves bien. Veo que vivir en el norte te sienta bien. —Su abuela le ahuecó las mejillas y Juliet tuvo que desviar la mirada. Nana lo quería tanto... desde la primera vez que Juliet le dijo que quería casarse con él cuando tenían nueve años. Luego otra vez a los doce. Y a los trece. Y prácticamente todos los años desde entonces.

—Me costó un poco acostumbrarme a los inviernos, pero no extraño el calor.

—Pero has extrañado a Juliet, así que tendrás que acostumbrarte al calor de nuevo. —Nana buscó la silla detrás de ella.

Tanner la ayudó a sentarse.

Juliet intentó no suspirar ante la ternura que él sentía por su abuela. Era un hombre tan bueno y ella nunca debió dudar de él.

—¿Quieres un poco de ese pastel de queso que tanto te gusta? Ermalinda lo preparó cuando se enteró de que venías.

—Sería genial. Gracias. —A Tanner siempre le había encantado el pastel de queso de Ermalinda. Hasta el día de hoy, su ama de llaves no les decía la receta, pero la preparaba para ocasiones especiales, y consideraba el regreso de Tanner una de ellas. Ella lo había querido tanto como el resto de ellos.

Otra persona cuyas esperanzas se verían frustradas cuando él finalmente se fuera.

—Tanner. —Papá entró en la habitación y le tendió la mano—. Gracias por venir.

Un aplauso para papá por decir eso. No le había hecho ninguna gracia que Tanner se marchara ninguna de las dos veces y solo estaba soportando ser cortés por el bien de su madre. Y de Juliet. Pero si supiera que Tanner se iba a ir de nuevo, probablemente no sería tan amable.

Juliet se ocuparía de eso cuando llegara el momento. Ahora mismo, necesitaba que las reacciones de todos fueran tan reales y normales como fuera posible en el escenario que había creado.

Ahora, si tan solo pudiera controlar las suyas.

—Juliet, cariño, ¿le pides a Ermalinda que traiga el pastel de queso?

—No es necesario, *Señora*. Oí llegar el carro. —Ermalinda entró con la fuente del tamaño de una pizza en la que horneaba el pastel de queso. Nadie sabía cómo lo cocinaba de manera tan uniforme en esa fuente tan grande, pero los resultados siempre eran los mismos: increíbles—. Señorita Juliet, si puede traer los platos y la limonada, *¿por favor?*

Nana siempre había sido *Señora*, mientras que Juliet siempre había sido la *Señorita Juliet* desde que Ermalinda empezó a trabajar para ellos después de... bueno, después de que Nana viniera a vivir con ellos. E incluso después de que Juliet se casara, seguía siendo la *Señorita* para Ermalinda.

Tristemente, así era como se sentía ella misma, sin importar que en su licencia de manejar todavía figurara *Wentworth*.

—Claro. —Se sacudió la tristeza y se dirigió a la cocina, manteniendo una oreja en la conversación. Tanner estaba aquí ahora y eso era lo que importaba.

Bueno, eso y conseguir que se quedara.

—Siete años es mucho tiempo —le dijo Nana, que nunca se andaba con rodeos—. ¿Ya has visto a tus padres?

—Todavía no.

La voz de Tanner era tensa. Había estado distanciado de sus padres desde que se enteró de la ludopatía de su padre. Gracias a Dios que el abuelo de Tanner había establecido el fideicomiso que nadie podía tocar, porque el señor Wentworth le debía a todo el mundo, poniendo en riesgo el negocio en conjunto de su padre y el de él. Papá había tenido que sacarlo del apuro, tomando la hipoteca del rancho de los Wentworth como garantía.

Pero lo había hecho para ayudar a su amigo, no para tenerlo bajo su control. De acuerdo, había ayudado a poner fin al acceso del señor Wentworth a las cuentas del negocio, pero cuando Tanner se enteró —y cuando papá lo usó como palanca para que se casara con ella— las cosas se habían tensado no solo entre su padre y Tanner, sino también entre Tanner y su padre. Él había dicho más de una vez que estaba pagando los pecados de su padre a través de sus sentimientos por ella.

Y ella lo había hecho posible.

—Me alegro de que tú y Juliet hayáis resuelto vuestras diferencias. Perder un hijo nunca es fácil y sé que la situación no ha sido óptima —ahí estaba Nana con su don para el eufemismo—, pero hay tanto amor entre vosotros dos, y siempre lo ha habido, que sabía que lo solucionaríais. Me alegro de haber vivido para verlo.

Juliet agarró con más fuerza la bandeja con la limonada, los platos y los vasos mientras volvía a la sala. Por eso había tenido que hacer esto; había estado tan asustada de que Nana muriera. No podía soportar otra pérdida.

Tanner se aclaró la garganta. —Lamento mucho lo de su derrame. Juliet no me lo dijo hasta la semana pasada.

—Lo sé. No la dejé. Vosotros dos teníais que resolver vuestra relación por vosotros mismos, no por mí. No lo estás haciendo por mí, ¿verdad, Tanner?

—Señora Chambers..., digo, Nana. —Tomó la mano de Nana entre las suyas—. Estoy haciendo esto por Juliet. Que no te quepa la menor duda. Esto es solo por Juliet y por mí.

Maldición, el hombre era bueno. Decía todo lo que su abuela quería oír, pero con un significado completamente diferente para ella.

Papá, sin embargo, miraba a Tanner con los ojos entrecerrados. Es cierto que lo había estado mirando así desde que pasaron de ser amigos de la infancia a amigos con derechos, pero su padre era astuto. Podría estar afectado por el derrame de su madre, pero en otros asuntos, seguía tan lúcido como siempre.

Genial, ahora iba a tener que esforzarse más en su actuación para convencerlo a él también de que ella y Tanner estaban locamente enamorados de nuevo.

Así que dejó la bandeja y se acercó a Tanner para ponerle la mano en el hombro. Había estado buscando una excusa para volver a tocarlo. Siempre había querido tocar a Tanner. Tomarle la mano, frotarle la espalda, apoyarse en él... Antes, nunca había necesitado una razón y siempre lo estaba tocando. Había sido tan natural como el amor que sentía por él... y la excitaba cada vez.

Esta vez no fue diferente.

Tanner trató de no estremecerse cuando la mano de Juliet se posó en su hombro. Ya era bastante difícil fingir ser el marido feliz que volvía para el tercer *round* cuando lo que quería era salir de la habitación y no volver a ver a ninguno de ellos nunca más.

Nana no se lo estaba poniendo fácil, y la ira del padre de Juliet emanaba en oleadas. No es que Tanner pudiera culparlo, pero el hombre necesitaba reconsiderar la situación y ver que fue su hija quien la creó, no solo con el primer engaño, sino también con el segundo.

Sí, probablemente Tanner no debería haber cedido y habérsela llevado a la cama después de la universidad, pero había estado intentando recomponer su corazón y Juliet había sabido exactamente cómo atraerlo. Siempre lo había sabido, desde aquel primer beso en el granero, cuando él se había esforzado tanto por mantenerse alejado de ella, pero ella no estaba dispuesta a aceptarlo. Luego hubo veces en que lo metió en las cabinas de los camiones y en el cuarto trasero del almacén cuando no había otro lugar adonde ir.

Su cuerpo se acaloró ante la imagen de ella a horcajadas sobre él en esa silla de oficina, la idea de ser descubiertos era tan excitante como el acto mismo.

Dios, cómo la había amado una vez.

Sus dedos apretaron su hombro como si le estuviera leyendo la mente.

Apretó de nuevo. Dos veces más.

Ah, cierto. Su señal.

Mierda. No quería recordar eso. No quería hacer esto, pero su abuela se daría cuenta —su padre también— si no lo hacía, y había venido aquí para interpretar un papel para una mujer enferma, así que más le valía hacerlo.

Alargó la mano y tomó los dedos de Juliet entre los suyos, dándole tres golpecitos en el hombro como lo habían hecho durante años. Todo el mundo sabía que era su señal, sus golpecitos de «te amo». Lo habían empezado en la preparatoria y había sido una parte más de su arsenal de pareja adorable que los había llevado a la corte del baile de bienvenida y les había otorgado las coronas del baile de graduación, así como el título de «La Pareja Más Linda» en el anuario.

Había tirado su anuario a la basura cuando se mudó.

Afortunadamente, Ermalinda repartió el pastel de queso en ese momento, así que pudo soltar los dedos de Juliet. Tomó el plato, sin tener que fingir su gratitud. Por muchas razones. El pastel de Ermalinda era realmente increíble. Le había dicho que le había legado la receta en su testamento. Él le había dicho a *ella* que no quería tener la receta para que así tuviera que quedarse para siempre para preparárselo.

La había extrañado. De hecho, los había extrañado a todos. Pero si hubiera vuelto, habría visto a Juliet. Ya había sido bastante difícil mantenerse alejado de ella estando al otro lado del país; ni hablar de estar al otro lado de la ciudad.

¿Y qué tal al otro lado de su casa?

Sí, eso no iba a ser fácil.

—Y bien, ¿qué ha estado haciendo, Tanner? —preguntó el padre de Juliet.

Juliet se atragantó con la limonada.

Debería decirle la verdad al hombre. Dejar que todos supieran que se ganaba la vida como estríper. Él no se avergonzaba, pero ellos sí lo harían y no era justo desquitar su enojo con Juliet con Nana. Aunque, en realidad, Nana siempre había dicho las cosas como eran; podría hasta reírse de lo que hacía.

El señor Chambers, sin embargo, se horrorizaría.

Eso era incentivo casi suficiente para decírselo.

Pero era Juliet quien él había querido que supiera a qué se dedicaba. Le gustaría saber lo que ella pensaba de verdad. Se había mostrado muy tranquila en el auto, diciendo que no tenía derecho a opinar, pero él la conocía. Demonios, esa era la mitad de la razón por la que había empezado a hacerlo. ¿Había hecho su jugada porque le molestaba que otras mujeres lo desearan? En ese entonces no le había dado motivos, pero ahora era un asunto completamente diferente.

Probablemente era infantil, pero el trabajo pagaba muy bien y le permitía vivir su vida. Y tenía la ventaja adicional de saber que a ella le molestaría, aunque de poco le había servido cuando ella ni siquiera lo supo hasta que apareció en el club.

Ella lo había observado; había sentido sus ojos sobre él. Siempre había sabido cuándo Juliet lo estaba mirando. ¿La había excitado?

Pensándolo bien, tal vez no quería saber lo que pensaba Juliet.

—Me dedico a la adquisición de terrenos. —Bueno, ahora que iba a asociarse con Gage y Bryan, era cierto.

—Eso es nuevo. —El señor Chambers miró a Juliet antes de volver a mirarlo.

Tanner mantuvo la compostura. Juliet y él deberían haber repasado ese aspecto de su historia, pero ya era demasiado tarde.

Se suponía que iba a asociarse con el padre de ella. La unión de dos propiedades ganaderas. El señor Chambers era proactivo en lo que respectaba a hacer crecer el negocio, y quería que la persona que tomara el control tras su jubilación tuviera un interés personal en que el rancho y las otras industrias prosperaran.

A decir verdad, a Tanner le había entusiasmado la idea de trabajar con el señor Chambers. De hacer crecer el negocio para sus propios hijos y nietos. Hijos que habían quedado en pausa desde la «pequeña artimaña» de Juliet.

A Tanner se le cortó la respiración y tuvo que toser para recuperarla. Nunca podía pensar en su hijo sin ese latido que se saltaba. Como si uno de los suyos le hubiera sido arrebatado.

—¿Qué proyectos tiene en marcha?

Se concentró en la pregunta y apartó los horribles recuerdos al fondo de su mente. Era la mejor forma de lidiar con ellos. —Un par de propiedades comerciales. Están en las etapas preliminares por el momento. —Muy preliminares.

—Me interesaría saber sobre ellos. —El señor Chambers de hecho perdió la brusquedad en su voz que había estado presente desde que lo confrontó por primera vez sobre el embarazo de Juliet tantos años atrás.

—Estoy seguro de que podemos llegar a un acuerdo. —Tanner asintió hacia él, dando a entender que estaría por aquí para hablar de los proyectos.

—Siempre fuiste tan emprendedor, Tanner. —Nana le dio una palmadita en la rodilla, enviando una punzada de culpa a través de su corazón—. Has enorgullecido a esta familia.

En otra vida, esas palabras habrían significado algo para él. Pero ahora... Se basaban en tantas mentiras de Juliet que Tanner no sentía que tuviera un lugar legítimo en todo esto.

Así que solo sonrió y le dio un mordisco al pastel de Ermalinda, saludándola con su segundo tenedorazo. —*Maravillosa como siempre, Ermalinda.*

Ella le sonrió radiante y le dio un beso en la coronilla mientras recogía el plato de Nana, al que le faltaba una buena porción de pastel. Por lo que Juliet había dicho, él había pensado que Nana se estaba consumiendo en la cama, así que verla en la sala con un apetito decente era algo bueno.

También le hizo preguntarse si Juliet había exagerado la gravedad de la enfermedad de Nana.

Hizo una mueca. Un derrame cerebral a cualquier edad no era para tomarlo a la ligera. Debería estar agradecido de que Nana pudiera estar aquí, y lo estaba. Pero odiaba tener que dudarlo siquiera.

—A Juliet tampoco le va tan mal en ese departamento —dijo el señor Chambers, tomando el asiento a su lado y dándole una palmadita en la mano

—. Ha hecho un gran trabajo dirigiendo el negocio mientras, bueno, mientras yo he estado cuidando a mi madre.

—Solo me entristece que haya sido necesario esto para que bajes el ritmo, Burt. —La voz de Nana era aguda—. Te he dicho por años que Juliet era más que capaz de encargarse de las cosas.

—Sí, madre, lo hiciste.

La voz del señor Chambers era suave de una manera que Tanner nunca había escuchado. Pero tal vez era porque él había sido el receptor de un tono agudo e inquisitivo por parte del hombre.

—Así que, Tanner. —Y ahí estaba: ese tono—. Planea quedarse esta vez, ¿no es así? Por eso regresó, ¿verdad?

—Vine porque es hora de que Juliet y yo hagamos algo con respecto a nuestro matrimonio. —Y si eso le daba esperanzas al señor Chambers, era porque el hombre quería encontrar esperanza en esa declaración. Pero Tanner iba a hacer todo lo posible por no mentirles. No significaba que tuviera que confesar toda la verdad, pero no iba a mentir descaradamente si podía evitarlo.

—El matrimonio no es fácil, hijo. Hay que comprometerse para que funcione. —El señor Chambers se cruzó de brazos y se recostó. Por lo que Juliet le había contado a Tanner a lo largo de los años, su padre había quedado devastado por la partida de su esposa. Eso lo había endurecido, así que cuando insistió en que Tanner se casara con Juliet —las dos veces— no había sido algo arbitrario. Esperaba que Tanner se casara con ella y se quedara.

Tanner había estado totalmente de acuerdo, hasta que descubrió lo que Juliet había hecho.

—Papá. —Juliet se sentó en el brazo del sillón de Tanner—. No necesitas decir cosas así.

Porque no quería arriesgarse a la respuesta de Tanner.

Había captado el doble sentido en sus respuestas a su padre; no sabía cuántos comentarios de papá podría soportar Tanner antes de revelar la verdad, y eso era algo que no podía permitir. Nana tenía una gran sonrisa en el rostro y estaba más alerta de lo que Juliet la había visto en las últimas tres semanas. E incluso antes del derrame.

—Tal vez sí, Juliet. He guardado silencio por demasiado tiempo. Quizás si hubiera dicho algo antes, no habríamos tenido que esperar hasta *ahora* para que ustedes dos volvieran a poner todo como debería ser.

Tanner se tensó a su lado. Sí, su paciencia se estaba agotando. Y no podía culparlo, en realidad. Él estaba haciendo esto porque amaba a su abuela, *no* porque la amara a ella. De eso no se hacía ilusiones.

Hubo un tiempo, sí... La había amado lo suficiente como para haber hecho cualquier cosa por ella. Bueno, excepto comprometerse. Dijo que eran demasiado jóvenes. Él tenía la universidad y, con suerte, una carrera profesional, y quería esperar hasta poder hacerlo de la manera correcta.

Para ella, la manera correcta había sido ponerle un anillo en el dedo —no le habría importado si hubiera salido de una caja de palomitas acarameladas—, pero él no lo había visto así. Lo que ella había visto era que él no había querido reclamarla como suya. También había visto la forma en que las otras chicas lo miraban. Las había visto tocarlo cuando pasaban a su lado. Tanner era un dios entre los dioses de Texas y todas las chicas lo querían, especialmente ella.

Había elegido la forma equivocada de retenerlo y lo había estado lamentando durante años.

Y aquí estás, haciendo algo similar de nuevo.

No, esta no era una situación similar. No había mentido sobre la condición de Nana. Esto, en verdad y ante todo, se trataba de traer a Tanner de vuelta para consolar a su abuela. Y si había tenido que mentirle a Nana, bueno, lo había hecho con las mejores intenciones. Nana lo entendería cuando la verdad finalmente saliera a la luz, pero Juliet contaba con que Nana volviera a ser la misma de antes para cuando eso sucediera.

Papá, por otro lado...

Se encargaría de su padre más tarde. Pero *ella* se encargaría de él, no Tanner. La responsabilidad de Tanner hacia ella terminó el día que le pidió que se casara con él la primera vez. La había amado y había estado haciendo lo correcto por ella. Pero entonces la escuchó hablando con papá, y todo se fue por el retrete, y todo fue culpa de ella.

—Papá, Tanner y yo ya somos adultos. Ya no tienes que pelear mis batallas.

—El amor no debería ser una batalla. —Nana y sus sabias palabras. Extendió una mano a cada uno de ellos, una menos temblorosa de lo que había estado en días. Tener a Tanner aquí *era* algo bueno—. Cuídense el uno al otro, ustedes dos. Sean amables. Miren el panorama general. El de antes de que llegara Keegan. A dónde iban, qué estaban haciendo, en quiénes se estaban convirtiendo antes de que las circunstancias los obligaran a tomar decisiones difíciles que nadie debería tener que tomar, y mucho menos unos chicos de sus edades.

Juliet deslizó un brazo alrededor de los hombros de Tanner. Para ella, fue el movimiento más natural del mundo.

Obviamente no para él, sin embargo. Se tensó, pero luego movió una mano hasta la rodilla de ella, apretando suavemente, y fue casi como si... como si hubiera querido hacerlo.

—No te preocupes, Nana. Juliet y yo pondremos las cosas como deberían ser.

Las palabras habrían hecho sonreír a Juliet si no hubiera escuchado el «Me la debes» que él susurró mientras se levantaba para ayudar a su abuela a volver a su habitación.

Capítulo Nueve

—Así que, ¿cómo fue que te metiste en... el strip..., eh, el baile? —Juliet intentó que las primeras palabras que se decían en los veintidós minutos que habían pasado desde que salieron del rancho de su familia fueran ligeras, porque el silencio la estaba agobiando. Y porque quería saber la respuesta. Cuando se enteró de que era un stripper, había querido hacerle daño a algo. Él seguía siendo su esposo y toda esa hermosura era suya..., aunque solo fuera por un poco más de tiempo.

Era tan irónico que le daban ganas de llorar. Lo único que había temido —que otras mujeres lo desearan— era ahora a lo que él se dedicaba para vivir. El karma era una perra.

—Necesitaba ganar dinero rápido. Era lo que mejor pagaba, y los horarios terminaron siendo algo bueno. Me permitía ir a la escuela durante el día. Me queda un semestre más y la tesis para graduarme, y sin ni un solo préstamo estudiantil a la vista. Eso era importante para mí. —A Tanner no le gustaba deberle nada a nadie; lo había dicho más de una vez cuando se enteró de lo de su padre.

—¿Y ahora usarás tu título para administrar el club? —Si eso era todo lo que él iba a hacer allí, ella podría estar un poco más tranquila, pero si él seguía bailando...

Había querido subirse a ese escenario y arrojarle una manta encima.

Luego, había querido arrastrarlo a la habitación de un hotel y mostrarle justo lo que todos esos movimientos en su ropa ajustada y diminuta le provocaban.

Juliet ajustó la rejilla de ventilación del tablero y, de paso, subió el aire acondicionado. El espacio reducido de su auto no ayudaba con pensamientos como esos cuando él estaba sentado a su lado.

—Ayudaré a administrarlos. Si vamos a expandirnos, vamos a necesitar entrenar al personal.

—¿Entrenarlos? ¿Vas a enseñarles a los chicos a bailar?

—Oye, no se trata solo de subirse ahí y menear las caderas. Tenemos rutinas, creamos personajes, trabajamos en proyectarnos hacia el público. Esto no es un bar de mala muerte con luces azules y aire lleno de humo. Viste Beef-Cake, Inc. Es un lugar elegante. Estamos hablando de aumentar las opciones del menú, así que vamos a necesitar chefs de alta cocina. Se necesita dinero y esfuerzo para dirigir un lugar con clase. No pienso perder mi inversión y tampoco Gage y Bryan. Ellos tienen familias en las que pensar.

Ojalá ella tuviera una. Lo que no daría por tener una familia con Tanner.

No podía pensar en eso ahora. —¿Entonces por qué me has estado enviando dinero, Tanner? Podrías haberlo usado para la escuela y ya habrías terminado.

—Eres mi esposa.

Como si eso hubiera hecho alguna diferencia en los últimos siete años... Pero se mordió la lengua. Estaban teniendo una conversación agradable; no necesitaba arruinarla. —No lo he tocado, ¿sabes? El dinero. Yo, eh, no lo necesitaba y no me pareció correcto aceptarlo de ti.

—Es tuyo. Yo cuido lo que es mío.

Cómo deseaba ser suya en todos los sentidos importantes. —Me gustaría donarlo si no lo quieres de vuelta.

Tanner se encogió de hombros y miró por la ventana. —Es tuyo. Haz lo que quieras con él.

—Estaba pensando en dárselo al Children's Medical Center. —Las palabras salieron más suaves de lo que había pretendido.

Tanner se giró para mirarla. —¿En su nombre?

—Por supuesto.

Él parpadeó y luego desvió la mirada. Juliet tuvo que apartar la vista para no salirse de la carretera. Y porque no quería ver el dolor en sus ojos.

—Creo que es una buena idea. —La voz de Tanner era tan suave como lo había sido la de ella.

Juliet se concentró en manejar, con el silencio ahora más denso que antes. Más incómodo.

Después de una cuadra, no lo soportó más. Él estaba pensando en Keegan; ella estaba pensando en Keegan. Esos pensamientos siempre eran dolorosos, y si ella y Tanner iban a seguir adelante con sus vidas, tenían que mirar hacia el futuro. Keegan siempre estaría en su corazón, pero no podía dejar que la pérdida tiñera su futuro..., o la mantuviera en el limbo por más tiempo.

Enderezó la espalda y se aclaró la garganta. —Así que, eh, administrar un club de striptease es un poco diferente a asociarse con mi papá.

Él exhaló y tamborileó con las yemas de los dedos sobre la parte superior de la puerta junto a la ventana. —Es lucrativo, es entretenido y me gusta la gente. Es mejor que estar metido en una oficina más de cuarenta horas a la semana.

Lo miró de reojo. —Te da tiempo para hacer otras cosas.

—¿Qué me estás preguntando, Juliet?

La única pregunta candente cuya respuesta quería, pero no sabía cómo formular. —¿Tienes a...? ¿Hay...? Quiero decir...

—¿Qué? Suéltalo. Soy yo, ¿recuerdas?

Como si pudiera olvidarlo. —¿Hay alguien... especial?

Tardó dos cuadras en responder. —¿Quieres saber si tengo novia? —negó con la cabeza—. Por favor, Jules. Estamos casados. Yo no haría eso.

Era la respuesta que quería, pero la acusación en su tono la hirió. —Es una pregunta honesta. Es decir, no hemos estado juntos. Sería comprensible si hubieras, ya sabes, salido con alguien.

Después de todo, él había salido con otras en la universidad; esa había sido la razón principal por la que ella había montado la escena para que su padre los encontrara. Se le había roto el corazón al descubrir que él había tenido otras relaciones y tuvo que asegurarse de que eso no volviera a suceder.

Dios, si tan solo pudiera enmendar los errores que había cometido. A Tanner ciertamente no le había costado mucho convencerlo para que volviera a su cama; probablemente solo habrían pasado un par de meses, si acaso, antes de que decidiera hacerlo permanente. Si tan solo hubiera esperado, pero claro, la paciencia nunca había sido su fuerte.

—Hice un juramento, Juliet. Y me tomo mis juramentos en serio. Mi palabra es sagrada. —La implicación era, con justa razón, que la palabra de ella no valía ni de cerca lo que la de él—. ¿Por qué? ¿Tú sí?

—Para nada. —No había podido. Le había tomado un tiempo querer ser capaz de seguir adelante después de que él la dejara en el avión, y había construido un muro a su alrededor para lidiar con las preguntas de todos. Y, por supuesto, como él la había dejado justo después de la luna de miel —se había guardado el *detallito* de que había ido sola—, él habría quedado como el malo de la película si se lo contaba a la gente. A pesar de lo molesta que estaba con él, no había querido que lo pintaran de esa manera, así que había hecho piruetas para explicar sus ausencias a sus amigos, la mayoría de los cuales se dieron cuenta de que no estaba contando toda la historia. Pero eso no era asunto de nadie más que de ella y Tanner, y quería que siguiera así. Además, si *podían* arreglar las cosas, no quería que nadie lo odiara.

No, no había tenido ningún deseo de salir con nadie, especialmente justo después de que Tanner se fuera. Luego había estado en la escuela y aprendiendo el negocio... y simplemente no tenía ganas. Su corazón siempre estaría con Tanner y no sabía cómo se suponía que iba a encontrar a alguien más después de que él se divorciara de ella.

Se le contrajo el estómago. No quería pensar en eso.

Un letrero en la entrada del centro comercial a su izquierda le llamó la atención y le dio la excusa perfecta para cambiar de tema.

—¿Te importa si paro aquí? —preguntó mientras giraba hacia el estacionamiento.

—No es como que tenga prisa. —Se giró ligeramente, apoyando su brazo derecho sobre la parte superior de la puerta y el izquierdo sobre el respaldo de su asiento, con su mano agarrando la parte superior del de ella. Le gustaba su Benz deportivo, pero lo había comprado cuando él no estaba en su vida. Y ahora que él había vuelto, el auto era demasiado pequeño con él adentro.

Se metió en uno de los lugares de estacionamiento más cercanos a la tienda de mascotas. —Probablemente tarde un poco. ¿Quieres que nos veamos en algún lugar o te llamo cuando termine?

Él miró la tienda. —No tienes mascota.

—Todavía no. —Salió del auto.

Tanner también salió y entrecerró los ojos hacia el letrero. —¿Vas a adoptar un gatito? ¿Así nomás?

No sabía por qué sonaba tan sorprendido. A ella le encantaban los animales. Habían hablado de tener un perro juntos. Ese había sido el plan antes de que empezaran a tener bebés.

No se había atrevido a tener un perro desde que él se fue. Pero un gatito sí podía. Especialmente uno rescatado. Y tenerlo en casa les daría a los dos algo en qué concentrarse además de ellos mismos y el pasado.

—He estado pensando en adoptar uno, y entonces vi el letrero. A mí me parece el destino.

Tanner negó con la cabeza mientras la alcanzaba en la puerta. —Realmente no has cambiado, ¿verdad? Siempre impulsiva.

Por un segundo, ese comentario la hirió. Pero luego la hizo enojar. —Creo recordar que te gustaba cuando era impulsiva. Más de un par de veces.

Abrió la puerta de un tirón y entró, sin importarle si él la seguía o no, mientras intentaba escapar de los recuerdos de cuando *había* sido impulsiva.

Curioso, pero una de esas veces *no había* sido cuando hizo los agujeros en los condones. Ese momento fue bien pensado y planeado. Hasta el punto de esterilizar el alfiler que había usado para que no se contagiaran de nada. Bueno, de nada excepto de un bebé.

Dios, había sido tan ingenua. Tan egocéntrica.

Tan joven.

Bueno, ahora era mayor y si quería un gatito, iba a tener un gatito y él no podía detenerla.

Sí, eso suena muy maduro.

Ignorando esa vocecita, se dirigió hacia la mujer en el mostrador frente a los corrales. —Hola. Me encantaría llevarme uno de estos lindos bebitos a casa.

—Y a nosotros nos encantaría que lo hiciera. —La mujer le entregó un formulario—. Pero primero necesitamos referencias del veterinario.

—¿Referencias del veterinario? Pero no tengo veterinario porque no tengo mascotas.

—Entonces tendremos que hacer una evaluación del hogar.

—¿Quiere decir que vendrán a mi casa para asegurarse de que es segura para un gatito?

—Sí, y que no está invadida de gatos. Que es un ambiente saludable. Ese tipo de cosas.

—Supongo que se topan con personajes indeseables, ¿eh?

—Cuando ofrecemos mascotas gratis, queremos asegurarnos de que vayan a un hogar seguro y amoroso.

Juliet suspiró. —Así que supongo que eso significa que no puedo llevarme uno ahora.

—Lo siento, hoy no. Es otra parte del perfil de evaluación. Si de verdad quiere adoptar uno de nuestros bebés, lo entenderá.

—Oh, sí lo entiendo. Es solo que... quería llevarme uno ahora.

—Podemos usar a mi veterinario. —Tanner se acercó por detrás de ella y sacó su teléfono—. Está fuera del estado, pero voy a mudarme de nuevo a la ciudad. Él puede dar fe por mí.

En un gesto que sorprendió a Juliet, Tanner le puso una mano en la cintura. Solo esperaba que no se le cayera la mandíbula. Ayudarla era lo último que esperaba de él.

—Es muy generoso de su parte —dijo la mujer—, pero necesitaremos una referencia del lugar donde el gatito va a vivir realmente.

—Ah, quizás no me expliqué bien. Voy a mudarme con mi *esposa*. —Enfatizó la palabra tirando de ella para acercarla a él.

Menos mal, porque necesitaba una especie de muleta para mantenerse en pie.

—Oh, bueno, eso es diferente entonces. Si pudiera completar esta parte del formulario de adopción. —La mujer señaló el lado derecho que decía: *Copatrocinador*.

La ironía de que él fuera su copatrocinador para una mascota cuando solo les quedaba un mes y medio de matrimonio no pasó desapercibida para Juliet. Se habría puesto a llorar si eso no hubiera levantado demasiadas preguntas, tanto de la mujer frente a ella como de Tanner.

—Claro. No hay problema. —Le apretó los hombros—. ¿Juliet? ¿Estás de acuerdo?

—Eh, claro. Es una idea genial. —Probablemente puso demasiada felicidad en su voz, pero la mujer esperaría que estuviera más que de acuerdo, ya que él acababa de decir que volvería a mudarse con ella. No necesitaba que sospechara, porque de repente Juliet quería a ese gatito con cada hueso de su cuerpo. Y ni siquiera lo había elegido todavía.

Tanner terminó su parte y luego le pasó el bolígrafo. —Toma, nena. Llena esto para que ella pueda llamar al Dr. Bingham mientras vamos a ver cuál quiere venirse a casa con nosotros.

Juliet tomó el bolígrafo con los dedos inertes; los «nosotros» y «nuestro» que salían volando de su boca le ponían los nervios de punta. Hubo un tiempo en que se había merecido esos «nosotros» y «nuestro» y no había apreciado realmente lo valiosos que eran.

Ahora lo sabía.

Llenó el formulario, riéndose por dentro de su letra temblorosa, y luego firmó al final, junto a la firma de Tanner. *Juliet Wentworth*. Hacía mucho que había suprimido su apellido de soltera con guion, una necesidad en la que Tanner había insistido cuando llenaron la licencia de matrimonio. Probablemente para hacerle saber que no eran realmente el equipo que habrían sido cuando ella tenía dieciocho años y había cubierto su cuaderno con floridas firmas de *Juliet Wentworth* en todos los colores de su arcoíris de Sharpies. Pero después de que él se fue, ella había querido alguna conexión con él, así que había eliminado el *Chambers* y había disfrutado de ser una Wentworth. Algunas personas podrían haber dicho que era masoquista, pero ella quería una parte de Tanner con ella y su nombre era la única opción que tenía.

—Muy bien, entonces —dijo la mujer cuando Juliet le entregó el formulario—. Solo haré la llamada y pondremos esto en marcha.

—¿Lista, nena? —El brazo de Tanner se deslizó de nuevo a su cintura y la guio alrededor de la mesa de registro hacia los corrales de los gatitos.

—Ajá. —Oye, estaba feliz de que algún sonido saliera.

Pero cuando llegó a los corrales, los «Awww» salieron solos.

—Quiero llevármelos a todos a casa. —Se metió un mechón de pelo detrás de la oreja mientras se agachaba para tomar una bolita de pelusa gris—. Mira qué lindo.

Rozó la mejilla del gatito con la suya mientras miraba a Tanner... y se le cortó la respiración por la forma en que él la estaba mirando a ella...

Oh, Dios.

Juliet no apartó la mirada. Conocía esa mirada. Atesoraba esa mirada. *Quería* esa mirada.

Lo que, por supuesto, fue la razón por la que *Tanner* desvió la mirada de repente.

Casi se le cae el gatito. Al parecer, Tanner no era tan inmune a ella como le gustaría hacerle creer, lo que podría tener algunas ramificaciones muy interesantes.

Capítulo Diez

¿Qué demonios le pasaba? No podía desear a Juliet de nuevo. Solo porque se veía de lo más sexi con esa sonrisa en su rostro mientras sostenía al gatito contra su mejilla, recordándole la noche en que había tirado una manta de piel sintética sobre su cama después de que sus padres salieran, con la total intención de darle a Juliet una primera vez que nunca olvidaría. La piel había sido del mismo color que este gatito y Juliet había ronroneado contra ella después de que terminaron de hacer el amor, antes de que él la tomara en sus brazos y la sostuviera hasta que sus respiraciones volvieran a la normalidad; bueno, tan normal como la suya había sido alguna vez cerca de ella. Sí, había sido una primera vez que *ninguno* de los dos olvidaría.

Aunque a él le encantaría olvidarla.

No necesitaba pensamientos como esos socavando sus planes. Quería salirse del matrimonio para no tener que preguntarse nunca más si ella estaba jugando con él de nuevo o qué se le ocurriría después. O cuándo lo decepcionaría otra vez.

Ciertamente no tendría que ser torturado por estar cerca de ella, desearla y no poder tenerla.

Podrías tenerla...

—Creo que este es el que quiero.

Su voz era ronca y él sabía que ella había elegido al gatito gris por la misma razón por la que él deseaba que no lo hiciera.

Se aclaró la garganta y retrocedió, deseando largarse de la tienda, pero no iba a arruinar la oportunidad de este gatito de tener un buen hogar simplemente porque no podía quitarse de la cabeza la imagen de Juliet desnuda en su cama.

Se veía tan hermosa entonces, con la sonrisa suave y saciada que siempre lucía después de esa noche cuando hacían el amor.

Ella había sido virgen; ambos habían sido vírgenes. Esa primera vez... Había sido torpe, pero tan llena de amor y lujuria que resolvieron la logística.

No pudo evitar la sonrisa y tuvo que morderse el labio para que no le cubriera toda la cara. Oh, sí. Definitivamente resolvieron la logística.

—¿Supongo que esa sonrisa significa que estás de acuerdo?

Adiós a eso.

Se sacudió mentalmente y volvió al presente. Recordar la primera vez que le había hecho el amor a esta mujer era contraproducente para su plan de estar aquí. Ya había dejado que sus hormonas lo dominaran cuando regresó después de la universidad, y miren lo bien que le había salido. —Es tu gato. Si te gusta ese, quédatelo.

Una expresión cruzó su rostro. Conocía esa mirada: dolida. Demonios, conocía cada una de las expresiones faciales de Juliet. Desde el día en que había atrapado la pelota de beisbol que él bateó durante un partido improvisado en el parque, le había prestado atención. En ese momento, pasó de ser su amiga a ser una mujer, un momento que estaba grabado en su mente porque había sido muy profundo. Lo suficientemente profundo como para dar forma a los siguientes veinte años de su vida.

Juliet asintió y acurrucó al gatito en el hueco de su cuello, bajo su melena, mientras se dirigía de nuevo a la mujer del mostrador. Siempre le había encantado el pelo de Juliet. Suave y sedoso, lo suficientemente largo para quedar atrapado debajo de ella cuando él estaba encima... Le encantaba pasar los dedos por él después, con la cabeza de ella en su pecho, sus pequeños soplos de aliento revoloteando sobre sus pezones, manteniendo vivas las sensaciones de haber hecho el amor.

Dios, le había encantado hacerle el amor. Ella nunca se había contenido. Se lo había dado todo. ¿Por qué demonios no había confiado en lo que él sentía por ella para dejar que la naturaleza siguiera su curso? Habría terminado con exactamente lo que quería si no hubiera hecho nada más que amarlo.

Y él habría tenido exactamente lo que quería.

La observó con la mujer. Juliet nunca estaba quieta; alguna parte de ella siempre se movía. Su mano mientras hablaba, la punta de su pie dando golpecitos, sus caderas moviéndose como si bailara una música que solo ella podía oír. Le había encantado observarla.

Se pasó una mano por la cara. Algunas cosas no habían cambiado.

Ella lo miró con una sonrisa sincera y literalmente le quitó el aliento. Juliet siempre había sido tan abierta, tan honesta, cada emoción se mostraba en su rostro. No podía ocultarle lo que sentía; o eso había pensado él.

Por eso su traición había dolido tanto. Nunca la habría creído capaz de algo tan retorcido como fingir un embarazo o preparar la escena para que su padre los encontrara juntos en la cama. Obviamente, no conocía a la mujer con la que se había casado tan bien como creía.

Pero quieres conocerla.

Esa maldita vocecita. Siempre aparecía cuando no quería que lo hiciera. Cuando estaba preparando el desayuno en su apartamento y se preguntaba si Juliet estaría haciendo esos panqueques con caritas sonrientes que solía hacerle después del entrenamiento de futbol americano. O cuando estaba haciendo la cama y la recordaba inclinada sobre la de su habitación. O la forma en que su rostro se iluminaba cuando lo veía. Cada vez que se miraba en el espejo, veía la cara de Juliet devolviéndole la mirada por un segundo, pero era suficiente para evitar que la olvidara.

Mirándola ahora, la forma en que su cadera derecha estaba levantada, la punta de su pie tamborileando lo suficiente como para hacer temblar su trasero, supo que nunca la olvidaría.

Jesús. Quería olvidarla.

Entonces ella se dio la vuelta de nuevo con una sonrisa tan grande como el estado en el que se encontraban. La Sonrisa Juliet, como la había apodado. Todos la llamaban así en la preparatoria. Juliet era conocida por esa sonrisa, y todos sabían que él era la razón por la que sonreía así.

Dolía. Le dolía físicamente ver esa sonrisa en su rostro de nuevo, cuando lo que habían tenido no había sido suficiente para ella antes.

Aun así, ella prácticamente corrió hacia él con esa sonrisa, su pelo rubio meciéndose detrás de ella como si tuvieran dieciséis años de nuevo.

—¡Es mía! Tu veterinaria te dio una excelente referencia y la señora dijo que podemos llevarla a casa ahora. —Le agarró el brazo como solía hacerlo y, por un minuto, sintió como si estuvieran de vuelta en la preparatoria. Antes de Keegan, cuando el mundo estaba lleno de posibilidades para ellos.

Entonces el gatito maulló, devolviéndolos de golpe a la realidad, y Juliet retiró la mano tan rápido como si se hubiera quemado.

No, ese era él.

—Felicidades. —Intentó inyectar algo de calidez en sus palabras porque estaba feliz por ella. Por mucho que lo hubiera herido, nunca podría odiar a Juliet. Simplemente, nunca podría volver a confiar en ella—. ¿Ya tienes un nombre?

Juliet levantó al gatito, nariz con nariz con ella. —Todavía no. Estoy tratando de averiguar a qué se parece.

—A un gato.

—Qué gracioso. —Esta vez, le dio un manotazo en el brazo y eso hizo que todo volviera a estar bien.

—Entonces supongo que vas a necesitar algunas cosas.

—Oh, cielos, sí. No había pensado en eso. Arena, comida, algunos juguetes.

—Una cama. Tazones. Un rascador.

Ella ladeó la cabeza. —¿Suenas como si supieras de gatos. ¿Por eso tienes una veterinaria?

—Tenía. Tuve un gato. Buddy. Me adoptó un día. No dejaba de aparecer en mi puerta. No se callaba hasta que le abría y, en ese momento, entraba corriendo y no había forma de sacarlo. Supongo que Buddy se había hartado del invierno y la lluvia y de que otros gatos lo persiguieran, y no iba a renunciar a su nuevo hogar seguro y cálido por nada del mundo. Afortunadamente, la Dra. Bingham hacía visitas a domicilio, y así es como sabe que tengo un entorno seguro para los gatos.

—Entonces, ¿quién cuida a Buddy ahora?

Tanner señaló hacia arriba. —Murió hace unos seis meses.

—¿No tuviste otro?

Tanner se encogió de hombros, sin muchas ganas de meterse en ese tema. Perder cosas que le importaban era duro, así que ¿por qué ponerse en esa situación de nuevo a propósito? —No era el momento adecuado. Solo tuve a

Buddy porque él me encontró. Con mi estilo de vida, las mascotas no son una buena idea. Pero él era bastante feliz.

Miró a su alrededor y vio un saco enorme de arena para gatos. Realmente no quería hablar de la pérdida de Buddy. No debería doler tanto perder un animal que solo había tenido durante tres años, pero así era. Y le había traído recuerdos dolorosos. A veces, la alegría de tener a alguien a quien cuidar se veía contrarrestada por el dolor de perderlo; un dolor que conocía de primera mano. —Mira, yo agarro la arena. ¿Supongo que la mujer te hizo recomendaciones sobre qué comida comprar?

—Sí. Buscaré eso.

—Ok, yo tomaré el rascador y la cama, tú encárgate de la comida, los tazones y los juguetes, y nos vemos en las cajas en diez.

—A ver quién llega primero.

Puso esa maldita sonrisa pícara y salió disparada antes de que él pudiera responder. No es que necesitara hacerlo; ella sabía que no podía resistirse a un desafío.

Imágenes de reclamar su victoria —o de perder contra ella porque el premio era el mismo— pasaron por su mente. Juliet debajo de él en el estadio de futbol americano esa noche. Otra vez en la pradera en el rincón más alejado de sus ranchos. Esa vez no estaban seguros en la propiedad de quién habían estado, así que tuvieron que moverse un par de veces esa tarde para asegurarse de bautizar ambas propiedades. La tierra que unirían con su matrimonio.

Técnicamente, estaba unida ahora. No había pensado realmente en ello desde que bajó de ese avión. No, apenas aterrizó y no miró atrás, como había estado haciendo durante los últimos siete años.

Ella nunca lo había contactado. No es que hubiera podido, suponía. Sus padres sabían cómo ponerse en contacto con él; bueno, tenían la dirección de su casa. No les había dicho a qué se dedicaba. No quería escandalizarlos.

Era curioso que se hubiera dedicado al baile. Juliet había sido quien le enseñó a bailar. A escuchar el ritmo de su cuerpo y moverse con él. El ritmo que ella había puesto allí.

Así que, sí, la canalizaba cuando bailaba al principio, antes de haber perfeccionado su rutina. Antes de sentirse cómodo. Canalizaba el tiempo que pasaron juntos, lo que se sentía al restregarse contra ella. Recordando cómo lo excitaba mientras se deslizaba contra él. Odiaba recordar, pero sus movimientos volvían locos a los clientes del club; era el que ganaba más propinas.

Un par de los chicos decían que era por su paquete, pero Bry había dicho que manejaba al público como un profesional. Como si fuera algo natural.

Amar a Juliet había sido lo más natural de su vida.

Jesús. Tenía que despertar de esto. Estaba aquí por una sola razón. Luego podría obtener la escritura del rancho de su padre, darle a Juliet los papeles del divorcio, y se iría. Definitivamente esta vez. Ya no le quedaba nada aquí, porque todo estaba manchado por los recuerdos de Juliet.

—Se solicita la presencia de Tanner Wentworth en las cajas. Se solicita la presencia de Tanner Wentworth en las cajas.

La risita pícara de Juliet le siguió al final. No importaba cuán severa intentara sonar, esa risita la delataba.

Había ganado, maldita sea. Mientras él había estado aquí parado, paralizado por los recuerdos del pasado, Juliet avanzaba a toda máquina hacia su futuro con su gatito... y sin él.

Por alguna razón, aunque eso era lo que él quería, la idea dolía.

Capítulo Once

—¿Qué te parece Buttercup? —Juliet dejó el tazón con agua sobre el tapete en su cuarto de lavado.

Tanner le entregó el tazón de la comida. —No es amarilla.

—¿Duquesa? —Se levantó y se sacudió las manos.

Él ladeó la cabeza, porque la gatita quería lamerle el cuello. —La gata era blanca en esa película de Disney.

Ella le pasó la mano por el lomo a la gatita. —¿Qué tal Bella?

—Mejor prueba con Bestia. —Tanner le quitó las garras de la diablilla del cuello mientras se la devolvía a Juliet.

—Solo quiere un poco de cariño, es todo. —Juliet tomó la bola de pelos de sus manos.

—Quizás tendría más suerte si guardara las garras. —Cierto en tantos aspectos de la vida...

Juliet se agachó para poner a la gatita en el tapete junto a la comida. —¿Crees que deberíamos alejar el tazón de su caja de arena? ¿Y si a los gatos no les gusta, ya sabes, hacer sus necesidades cerca de donde comen?

Tanner levantó el recipiente de arena y lo puso en el estante de abajo del armario para que Juliet pudiera manejarlo después de que él se fuera. —No puedo ayudarte con eso. Buddy no era tan quisquilloso. Mientras tuviera comida, no le importaba dónde la pusiera. Probablemente solo estaba agradecido de no tener que valerse por sí mismo.

Algo con lo que Tanner podía identificarse desde que se había marchado.

Dios. No necesitaba meterse en ese terreno. También necesitaba salir de ese cuarto de lavado. Era demasiado pequeño y el perfume de Juliet era demasiado potente.

¿Acaso intentaba matarlo?

—Entonces, ¿cuál es el veredicto? ¿Bestia?

Juliet puso los ojos en blanco. —Voy a tener que pensarlo un poco más. Ver qué cara tiene. —Acarició el pelaje de la gatita—. ¿Cómo te gustaría que te llamaran, pequeña?

Ella lo había acariciado a él y lo había llamado *bebé* en otros tiempos.

Realmente necesitaba largarse de ese maldito cuarto de lavado.

Juliet soltó el aire que había estado conteniendo cuando Tanner salió del cuarto de lavado. Nunca había pensado que fuera una habitación particularmente pequeña, pero con él aquí... Sí. Lo era. Y no se refería solo al espacio físico. La esencia de Tanner llenaba la habitación. Todavía podía oler el jabón que usaba; él no usaba colonia. No la necesitaba.

Ella tampoco había usado perfume nunca, prefería la loción que él le había comprado después de que hicieron el amor en un campo de lupinos. La habían encontrado por casualidad en el centro comercial y él había usado el dinero de sus entregas de pizza para comprársela. Hacía mucho que se le había acabado el envase original, pero había seguido comprándola. El aroma era un recordatorio poderoso y ella nunca había querido olvidar esa tarde en el campo o cómo había sido la vida cuando Tanner la amaba. Ahora, quizás el aroma lo ayudaría *a él* a recordar. Así que se había aplicado un par de veces más esa mañana y esperaba lo mejor. Desafortunadamente, hasta ahora, no veía ninguna señal de que él siquiera hubiera *olido* la fragancia, y mucho menos que la recordara.

Pero no se iba a rendir. Él estaba aquí, estaba en su casa, y si alguna vez tenía una oportunidad de recuperarlo, era esta.

* * *

Dos horas después, dudaba que pudiera recuperarlo. Para que eso sucediera, él tendría que estar cerca de ella. Pero mientras ella y la gatita habían estado pasando el rato en la sala de estar, jugando con una cantidad exhaustiva de juguetes —había tenido un arrebato de compras similar cuando había preparado el cuarto de Keegan, vaciarlo le había roto el corazón—, Tanner no había salido de la habitación de invitados ni una sola vez.

Le lanzó la pelota de plástico con un cascabel en el centro a la gatita para que fuera tras ella, y la pequeña salió corriendo, siguiendo la pelota mientras rodaba... oh, no. Había una abertura al final de la estantería de la que no se había dado cuenta que era lo suficientemente grande no solo para el juguete, sino también para una gatita. Y, por supuesto, la gatita se coló.

—¡Oh, no! ¡Vuelve aquí! —Juliet se levantó del suelo y gateó hacia la estantería, tomando el juguete de plumas en el camino. Quizás podría engatusar a la gatita para que saliera con él.

Un par de movimientos de la pluma junto a la abertura hicieron que asomara una pata y un ojo azul parpadeara en la oscuridad, pero la abertura era lo suficientemente grande como para que Juliet solo pudiera meter los dedos. Imposible alcanzarla y sacar a la gatita.

Comida. Eso siempre era un incentivo. Y no esas croquetas que había comprado; a tiempos desesperados, medidas desesperadas.

Juliet abrió una lata de atún. Ningún gato podía resistirse al atún.

Excepto este, al parecer. La pata desapareció en cuanto apareció el atún y también el ojo azul.

—Vamos, pequeña. —Juliet tomó un poco de atún con el dedo y lo metió en la abertura.

Ni una lamida.

—Está bien, probemos otra cosa. —Volvió a la cocina y tomó un trozo de queso.

Esta vez consiguió que lo olfateara.

Una untada de mantequilla consiguió una lamida, y un trozo de jamón le valió un mordisquito en el dedo.

Pero la gatita no se acercaba a la abertura. No es que Juliet fuera capaz de sacarla aunque lo hiciera. La pequeña Houdini iba a tener que salir por su cuenta.

Juliet se dejó caer de nuevo sobre su trasero después de esparcir un poco de las croquetas en un camino que se alejaba de la abertura. Todo lo que consiguió fue que la pata saliera para arrastrar las piezas más cercanas hacia adentro.

Cruzó las piernas y se apoyó la barbilla en la palma de la mano. —¿Por qué fue tan fácil para ti entrar ahí, pero tan difícil salir?

—¿Le estás hablando a la pared?

Por supuesto que Tanner tenía que pillarla en su peor momento: cuando había sido vencida por una gatita. —Le estoy hablando a la gatita, pero no sé si me está escuchando.

—¿Sí sabes que no puede entender lo que dices, verdad? —Se agachó junto a ella—. Ah. Encontró un agujero.

—¿Eso es lo que es? Creí que era un simple agujerito, pero de alguna manera se las arregló para colarse.

—Los gatos son así. —Se asomó para mirar—. No lleva a ninguna parte, ¿o sí?

—¿Que si lleva a...? ¡Oh, no! —Juliet se puso de pie de un salto—. Esa es la esquina exterior de la casa. Si hay una abertura... —Salió corriendo por la puerta principal.

Genial. Simplemente genial. Si esta gatita se escapaba, sería una cosa más que Juliet amaba pero no podía retener.

Corrió hacia la esquina, pasando la palma de la mano por donde el revestimiento se unía a los cimientos, metiendo los dedos por debajo, buscando un agujero.

Hasta ahora, todo bien. Al menos no tenía un sótano del que preocuparse.

Probó el otro lado, pasando los dedos por debajo del borde del revestimiento, haciendo palanca en el vinilo tanto como era posible, pero no pudo sentir ninguna abertura. Todo parecía intacto.

Poniéndose de pie y apartándose el pelo de la cara, Juliet intentó recuperar el aliento. Necesitaba calmarse. Estaba exagerando. Solo era una gatita atrapada en una esquina. Ya encontraría una solución.

Volvió a entrar y encontró a Tanner boca abajo, con un destornillador en la mano derecha y la izquierda junto a la abertura.

—Vamos, cariño. Está bien. No tienes que tener miedo. Ya te tengo —le susurraba a la gatita.

Y así, sin más, Juliet fue transportada once años atrás, a cuando él la había abrazado después de que diera a luz a Keegan y su mundo se había derrumbado a su alrededor. Ella había llorado —Dios, cómo había llorado— y Tanner había estado allí, llorando con ella, abrazándola, consolándola. Prometiéndole que habría más bebés. Que lo superarían juntos.

Se había aferrado a él con todas sus fuerzas, su ancla en el barco a la deriva de su vida en ese entonces. Pero él no sabía lo que ella había hecho. No sabía que era su culpa, además de su dolor, lo que la consumía. Tenía que confesarse. Tenía que decírselo para absolverse de la culpa de haber creado a Keegan antes de que estuvieran listos.

Y entonces todo se había hundido en un infierno más profundo de lo que jamás había imaginado que existía.

—Ven con papá, pequeña.

Sus palabras la golpearon en el estómago. Lo hicieron trizas. *Pequeña. Papá.* Eran palabras tan especiales y ella se había burlado de ellas.

Se agarró al respaldo de la silla y se dejó caer en ella, tratando de no llorar.

Sí, eso no funcionó. No podía *no* llorar. Por todo lo que había perdido. Lo que *habían* perdido. Lo que ella le había costado a Tanner.

Estaba loca si pensaba que él siquiera querría darles otra oportunidad. No podía entender por qué estaba aquí. Si él hubiera sido quien le pidiera ayuda a ella, después de haber hecho lo que ella hizo, ella podría haberle dicho que se fuera al diablo, sin importar el dolor que estuviera pasando.

Tanner era mejor persona que ella, como lo demostraba la gatita que salía del agujero y se acurrucaba en la palma de su mano.

—Eso es, pequeña. Ya te tengo.

Su mano se veía tan grande en comparación con la diminuta gatita. Tan grande y a la vez tan gentil.

Qué bien recordaba Juliet esas manos sobre ella. Y no se refería a una manera consoladora, aunque también lo habían sido. Pero no, estaba recordando esas manos recorriéndola por todas partes. Cómo le tocaba la cara con tanta gentileza, le ahuecaba los senos, le agarraba las caderas, se deslizaba entre sus muslos...

Tuvo que cerrar los muslos en ese momento. Apretarlos contra el anhelo que siempre comenzaba cuando recordaba hacer el amor con Tanner. Incluso cuando lo había visto bailar en aquel club, se había excitado aunque sabía que no estaba bailando para ella. Todo lo que Tanner hacía la excitaba. Hasta susurrarle a una gatita.

—Deberías buscar una tabla o un libro o algo para poner delante de este agujero —dijo él, sin darse la vuelta mientras seguía acariciando a la gatita—. Ahora que sabe dónde está, va a querer seguir volviendo.

Si esa gatita fuera lista, no se movería de donde estaba en este preciso instante.

—Buena idea. —Juliet se levantó y se dirigió a su garaje. Tenía algunos trozos de madera allí, y eso le daría tiempo para recomponerse. No había esperado ser asaltada por recuerdos cada segundo que estaba cerca de él. Había esperado que pudieran centrarse en el futuro, pero su pasado seguía abrumándola.

Seis minutos después, estaba de vuelta con un par de trozos de madera, algunos tornillos, el taladro inalámbrico y un poco de tinte.

Tanner estaba en el sofá cuando ella entró. —Toma, toma a la gatita y yo taparé ese agujero —dijo.

—Puedo hacerlo yo. Tú juega con ella. —Quería concentrarse en algo que no fuera él, y si él estaba sentado frente a ella, ciertamente no iba a prestarle atención a la gatita.

Alineó los trozos de madera, eligió el que mejor encajaba y luego hizo unos agujeros guía en la parte inferior de la estantería para colocar los tornillos.

En total, le tomó unos diez minutos cerrar el agujero y aplicar la primera capa de tinte, y luego proteger ese tinte de las curiosas patas de la gatita con una valla de libros a su alrededor.

—No sabía que sabías lo que era un taladro, y mucho menos cómo usarlo.

—Hay muchas cosas que no sabes de mí, Tanner. Te lo dije; no soy la misma chica con la que te casaste. —*Y a la que dejaste*, pero no iba a añadir eso. Por mucho que le doliera, realmente no podía culparlo por haberse ido. Especialmente porque se culpaba a sí misma.

Se sacudió la pelusa de la alfombra de los muslos y luego recogió sus herramientas. —Vuelvo enseguida, y luego empezaré la cena. ¿Pensaba en un bistec de costilla a la parrilla?

—Mi favorito.

Ella lo sabía. Pero no por eso lo había elegido. Lo último que quería era estar en la cocina con él, haciendo algo doméstico. El patio era un lugar más seguro. —Hay cerveza en el refrigerador por si quieres tomar una. Puedes dejar a la gatita en el cuarto de lavado. Solo cierra la puerta para que no pueda salir.

—No creo que vaya a ninguna parte. —Levantó la mano. La bola de pelos estaba acurrucada allí, con la cola sobre la nariz, ronroneando sin parar.

Gatita con suerte.

—Está bien, entonces quédate aquí y te traeré una cerveza. Parece que te toca cuidar al gato. —Lo que lo mantendría fuera de su vecindad inmediata mientras preparaba la cena.

Le dio la cerveza que había comprado especialmente para él, le entregó el control remoto y luego encendió la parrilla de gas. Preparó los bistecs con mantequilla, ajo y sal marina, tomó unos espárragos y limón, y cortó unas cebollas en juliana con algunas papas que puso en una sartén con aceite en el quemador lateral de su parrilla. Nunca tuvo que aprender a cocinar comidas elaboradas con Ermalinda y Nana cerca, pero desde que se mudó, ella y la parrilla se habían hecho buenas amigas. Algo más que había cambiado en ella.

* * *

Veinte minutos después, luchando consigo misma para evitar entrar con Tanner, llevó la bandeja para servir desde el patio. —La comida está lista.

—Supongo que la pondré en su cama en el cuarto de lavado. Está completamente dormida.

—Está bien, yo pongo la mesa.

Todo sonaba demasiado doméstico. Como debería haber sido.

Como debería ser.

Juliet puso sus platos uno frente al otro, ignorando la tentación de ponerlos en diagonal para que sus piernas pudieran rozarse accidentalmente bajo la mesa, como lo habría hecho si estuvieran en esta casa juntos por la razón correcta.

Diablos, si ese fuera el caso, no habría estado afuera encendiendo la parrilla cuando podría haber estado adentro encendiendo su dormitorio.

Tu dormitorio, Juliet. No nos dejemos llevar.

Demasiado tarde.

Él entró en la cocina, con sus shorts caqui colgando bajos en sus caderas.

Se maldijo a sí misma por notarlo.

—Algo huele bien —dijo él.

Por un segundo pensó que estaba hablando de ella, y como que se acercó a él con una sonrisa en la cara, pero luego se dio cuenta de que se refería a la cena.

—Tienes un pelo de gato en la, um, nariz. —Se lo quitó, manteniendo esa sonrisa pegada en la cara para que él no supiera lo que había pensado o la verdad que había descubierto. Gracias a Dios por todos esos concursos de belleza en los que había estado; la experiencia era útil para mantener la compostura en situaciones incómodas, y acababa de evitar una de las grandes.

—Mejor te acostumbras. Lo vas a tener por todas partes. Eso es lo único que no extraño de Buddy.

—¿No te sientes solo? Odio llegar a una casa vacía. —Las palabras se le escaparon antes de que pudiera detenerlas. No le gustó lo mucho que revelaban sobre su vida. Pero era verdad. Odiaba llegar a casa y que no hubiera nadie. Odiaba estar allí sola.

—Rara vez estoy en casa. Con las horas que trabajo, prácticamente solo estoy allí para dormir. Era agradable tener a Buddy, pero también me sentía culpable por dejarlo. No necesito eso en mi vida.

¿La culpa o la parte de tener que dejarlo? Juliet no preguntó; no quería oírlo decir «ambas».

Roció sal y pimienta sobre las papas caseras y luego le entregó la fuente. —Aquí tienes. Ermalinda me enseñó a prepararlas tal como a ti te gustan.

—Caramba, no he comido esto en años. —Tomó la fuente y se sirvió una cantidad decente en su plato.

—¿Por qué no? A ti te encantan las papas caseras.

—Pero a mi cintura no. —Eso no le impidió tomar un bocado con el tenedor y llevárselo a los labios.

Unos labios que la habían besado. Que habían recorrido su cuerpo... —Tu cintura no tiene nada de malo.

Maldita sea. Su mente estaba tan ocupada que no supervisaba lo que decía su boca.

Pero era verdad. Lo había notado cuando ella y Sandy estuvieron en el club. Solo un detalle entre muchos.

—Eso es porque no he comido esto. —Levantó el segundo bocado, afortunadamente, sin cambiar el tema del comentario a qué, exactamente, *sí* notó ella.

Lo cual había sido mucho. Tanner siempre había estado en buena forma —bueno, en excelente forma—, pero nada como cuando estuvo en ese escenario.

Como estaba ahora, sentado frente a ella.

Su camiseta le quedaba un poco más ajustada que antes. Sus pantorrillas estaban un poco más definidas. Su trasero —Dios santo, su trasero— estaba un poco más firme y redondo, y su rostro... Estos últimos siete años le habían tallado madurez y experiencia de vida en unos pómulos cincelados y una mandíbula que parecía hecha de granito. Tanner había madurado tan bien y de una forma tan sexi que hacía todo lo posible por quedarse en su lado de la mesa. Pero ahí se quedaría. Necesitaba ganarse el derecho de tocarlo como solía hacerlo.

Dios, qué idiota había sido por no creer en él. Por no confiar en él. Pero había escuchado a las chicas de la escuela suspirar por él. Las había oído hablar cuando no se habían dado cuenta de que ella estaba escuchando —o quizá sí lo sabían—, sobre cómo él se iría a la universidad y se olvidaría de ella. Cómo las porristas y otras universitarias se le lanzarían encima al galanazo en el campo de fútbol americano. Juliet no había tenido ninguna razón para dudarlo porque las chicas ya se le lanzaban encima en la preparatoria, cuando sabían que ella y Tanner eran pareja. ¿Cómo sería cuando un campus lleno de mujeres *no* supiera que Tanner era de ella? Y cuando ella no estaría allí para decírselo.

Tenía que *hacerlo* suyo. De una manera que nadie pudiera negar.

Tanner cortó el bistec. —Vaya, Juliet, esto está increíble.

—Gracias. —Cortó el suyo, pero no tenía hambre. No de comida. No cuando él estaba en la misma habitación.

Esto había sido una mala idea. Debería haber inventado una convención a la que él tuviera que asistir, un viaje de negocios a Europa o una fecha límite que no pudiera incumplir, en lugar de convencerlo para que viniera aquí. Amaba a su abuela, pero el dolor que seguiría a su partida iba a durar mucho más que la última vez, porque verlo de nuevo no fue como arrancarse una curita: esta vez, se estaba llevando las cicatrices con ella.

—¿Sigues en contacto con alguien del viejo grupo? —preguntó él.

Sabía que no, porque todos le preguntaban por él cuando la veían. Lo que no era muy a menudo. No le gustaba responder las preguntas. Solo había un número limitado de convenciones y reuniones con clientes en las que él podía estar antes de que empezaran a sospechar.

—Los veo de vez en cuando. De hecho, cuando se enteraron de que venías, preguntaron si podíamos reunirnos.

Tanner permaneció en silencio durante tres bocados más de su bistec. Y otra porción de papas caseras. —Habrá muchas preguntas sobre por qué estoy aquí. No queremos que la verdad llegue a tu familia.

—En realidad... —Clavó el tenedor en su bistec con un poco más de fuerza de la necesaria.

—¿En realidad qué?

—Bueno, no podía decirles una cosa a papá y a Nana y otra a todos los demás.

Apoyó los codos en la mesa y cubrió una mano con la otra, dejando que el tenedor colgara. —Les mentiste a nuestros amigos.

Al menos estaba usando el posesivo *nuestros*. —No exactamente.

—¿Esto es como el embarazo que *no* fue *exactamente* un accidente?

Auch. —No les mentí, Tanner. Simplemente... me hice la desaparecida. Cuando los veo, digo que estás fuera de la ciudad por trabajo. Lo cual, técnicamente, no es una mentira.

—Técnicamente no. Pero implícitamente... sí. Y ahora saben que estoy en la ciudad. —Dejó el tenedor en el plato y entrelazó los dedos—. ¿Por qué, Juliet? ¿Qué esperas ganar mintiendo esta vez?

—Te lo dije, Tanner, esto no se trata de ellos. Se trata de Nana.

—¿Así que todos piensan que no he estado por aquí el tiempo suficiente para reunirnos durante *siete* años? No son estúpidos, Juliet. A la única que engañas es a ti misma.

Y ni siquiera se estaba engañando a sí misma. No podía, no cuando había tenido que construir una historia elaborada para mantener la farsa. Estaban los viajes fuera de la ciudad que había hecho, fingiendo que se encontraría con él. Todas las horas de estudio que habían sido la excusa perfecta para no estar cerca de él. Luego empezó a trabajar y cualquier cosa que no fueran visitas de fin de semana no eran posibles. Se había cubierto las espaldas, pero eso era porque sabía que con su cumpleaños habría un final a la vista. Un final que en realidad no quería.

—Es solo por un poco más de tiempo. Solo hasta que Nana mejore. —Las palabras salieron con un chillido entre las lágrimas que obstruían su garganta. Él se iría entonces, y el sueño que había albergado en su corazón estos últimos siete años se iría con él.

Pero si había algo que la muerte de Keegan le había enseñado era que la fuerza de voluntad no podía arreglarlo todo. Que a veces, simplemente no dependía de ella, sin importar cuánto lo deseara o qué hiciera para que las cosas salieran a su manera. Tanner era un hombre con voluntad propia. Tenía su propia mente. Su propio corazón.

—Y *sí* está mejorando, Tanner. No la había visto en una silla desde antes de que entrara al hospital, y mucho menos de pie. ¿Y que saliera de su habitación para estar con nosotros? Debe de haber estado tan emocionada, porque normalmente la visito en su habitación. ¿Y ese trozo de tarta que comió? Creo que es lo que más ha comido de una sentada desde que volvió a casa. Te dije que esto sería bueno para ella. No puedo arrepentirme. Simplemente no puedo.

—Me alegra oír que ves una mejoría. —Tanner ensartó otra porción del chuletón y masticó lentamente, mirándola como si tuviera algo en mente.

Ella quería ser ese algo.

—Quiero verlos.

Dejó caer el tenedor. No se esperaba eso. —¿A quiénes? ¿A nuestros amigos? Pero tendremos que mantener la farsa.

Tanner se encogió de hombros. —No puedo deshacer lo que ya has hecho y me gustaría ver a todo el mundo. He vuelto, por el tiempo que sea, y voy a necesitar algo que hacer además de mirar estas paredes y rescatar a esa gata de los agujeros que hay en ellas.

A ella se le ocurrían algunas cosas que podrían hacer...

—Y contigo en el trabajo, podría volverme loco por el encierro. Me gustaría reconectar. Tal vez consiga un trabajo.

—¿De estríper?

Él arqueó una ceja, un gesto que ella recordaba muy bien. Especialmente por lo sexi que lo hacía ver.

No era en lo que debería estar pensando.

—No, de *bailarín* no. Aunque... en realidad, tal vez podría explorar un par de locales para Gage y Bryan, a ver si tendría sentido abrir una sucursal aquí. Quizá podamos entrar en el negocio de las franquicias.

Si contrataban a tipos como los que había visto bailar con él esa noche en el club, sí, las franquicias serían una buena idea. Y definitivamente habría interés por aquí, especialmente si él iba a bailar un poco.

No quería pensar en eso.

—Así que voy a necesitar un auto. Se nos olvidó conseguir uno.

—Haré que te envíen uno de los autos de la empresa. No los usamos mucho.

El silencio se desplomó de nuevo.

Habían usado un par de autos de la empresa algunas veces. Y no para manejar.

Tanner tragó el trozo de bistec y lo bajó con su cerveza. Luego colocó el cuchillo y el tenedor en su plato, dejando unas pocas papas caseras. —Gracias, Juliet. Estuvo bueno. Pero estoy agotado. Voy a darme una ducha y a acostarme.

Se puso de pie y fue como si se llevara el aire de la habitación con él. Siempre le había encantado lo grande que era él en comparación con lo pequeña que era ella. La había hecho sentir segura y protegida.

Pero ahora, mientras se dirigía a la cocina para lavar su plato y luego ponerlo en el escurridor, dándole un pequeño asentimiento mientras se dirigía a su habitación, la diferencia de sus tamaños solo la hacía sentir insignificante.

* * *

Penelope se trasladó de la horrible silla de ruedas a la mecedora frente a su mirador después de que Juliet y Tanner se fueran, riéndose para sus adentros porque los había echado con la excusa de que estaba «cansada».

Estaba tan lejos de estar cansada que consideraría correr un maratón si eso significaba que no tendría que volver a estar en esa silla, pero estas cosas debían manejarse con delicadeza. No podía recuperarse demasiado rápido o la gente empezaría a sospechar.

Se rio entre dientes. Ni siquiera Burt tenía la menor idea de que estaba fingiendo el noventa por ciento de su fragilidad.

Le gustaba ignorar el diez por ciento que no fingía. Ese maldito AIT solo había servido para darle la excusa de hacerse la inválida y conseguir que su familia viniera corriendo. Pero, francamente, ya estaba harta de esto. Tanner y Juliet necesitaban darse cuenta de que deberían estar juntos para que ella pudiera vivir el resto de su vida mientras esperaba la llegada de esos bisnietos.

—*Silencio, Señora.* —Ermalinda cerró la puerta de la sala de estar detrás de ella—. Si el señor Burt la oye, se va a preguntar por qué se ríe.

—Y le diremos que es porque estoy muy feliz.

—Le alegrará oír eso. Se preocupa por usted. —Ermalinda tomó el control remoto de la televisión de al lado del sillón reclinable y se lo entregó—. ¿Qué película quiere ver hoy?

Penelope hizo a un lado su culpa. Burt no apreciaría sus motivos, pero, claro, él estaba predispuesto contra Tanner. Si su hijo no estuviera tan cegado por lo que su exesposa había hecho, vería que Juliet no era *tan* perfecta como él pensaba.

Se necesitaba una mujer para ver eso. Una que amaba mucho a Juliet. Por eso mantenía esta farsa. Juliet había sufrido bastante. Merecía ser feliz, y Tanner la hacía feliz.

Juliet también hacía feliz a Tanner y si él tan solo pudiera recordarlo, podría perdonarla por sus actos desesperados.

—Ninguna película. Estoy cansada de las películas. Quiero saltar de alegría y dar un paseo por el jardín de rosas.

Ermalinda negó con la cabeza. —Y entonces tendrá que explicarle a todo el mundo por qué se ha recuperado de repente por completo.

—Podemos decir que los caminos del Señor son misteriosos.

—No tan misteriosos. —Ermalinda le dio una palmada en el hombro y le entregó la novela romántica que la suegra de Ermalinda le había recomendado.

El minuto en que Penelope leyó sobre la abuela entrometida que había conspirado para que su nieta compartiera una casa con el chico que había sido su primer amor platónico para que pudieran prepararla para ponerla en venta, lo que luego les dio el tiempo y la oportunidad de enamorarse y vivir felices para siempre, fue el día en que Penelope supo la manera perfecta de ayudar a Juliet a conseguir a su hombre.

No es que hubiera fabricado su pequeño derrame cerebral, pero había ocurrido cuando intentaba idear alguna enfermedad creíble de la que pudiera curarse que causara la suficiente preocupación como para hacer que todos vinieran corriendo.

El Señor, en efecto, obraba de maneras misteriosas.

El dolor y el susto casi habían valido la pena, y lo valdrían si conseguía algunos bisnietos de esto.

—*Mi suegra* estaba tan feliz de que leyeras el libro y siguieras su consejo. Pero espero que ninguna de las dos me juegue una mala pasada a mí. Son demasiado buenas las dos. Se supone que las damas de su edad deben sentarse a tejer, no meterse en travesuras.

—Estaría más que feliz de tejer un montón de suéteres de bebé si esos dos hubieran podido resolver esto por su cuenta, pero ambos son demasiado tercos. O miedosos. No he descubierto qué es Tanner, pero sé que a Juliet le preocupaba dar el primer paso porque pensaba que haría que Tanner terminara su matrimonio. Ha estado cargando con su culpa todo este tiempo. Pero eso solo puede durar hasta cierto punto. No tenía la intención de herirlo; esa pobre chica ha estado enamorada de él toda su vida. Es hora de que se supere a sí misma y empiece a trabajar en su futuro.

Ermalinda se sentó en la otomana y se abrazó una almohada contra el estómago. —Te estás arriesgando con Tanner. Lo han herido mucho.

—Lo sé. Y es un chico tan bueno... bueno, un hombre. Siempre se me olvida que ya son adultos. —Dejó el libro sobre su rodilla—. Pero solo porque sean adultos no significa que no pueda ayudarlos un poco.

—No lo sé, *Señora*. No estás actuando de una forma muy adulta con tu actuación.

Penelope se recostó y entrelazó sus dedos, golpeando los índices uno contra el otro. —A veces, Ermalinda, el fin justifica los medios.

—No estoy segura de querer entender esa frase en particular. Solo sé que *mi suegra* es una casamentera en mi pueblo, así que debe saber lo que hace.

—Bueno, ha traído a Tanner hasta aquí, y él y Juliet se están tocando. Puede que yo sea una anciana, pero todavía recuerdo cómo se sienten las chispas y si eso no eran chispas volando entre mi nieta y su esposo, yo... vaya, me quedaré en esa maldita silla de ruedas un mes más después de su próxima boda.

Ermalinda se persignó. —Silencio, *Señora*. No tientes a la suerte.

—¿Tentarla? —Penelope se abanicó con el libro—. No la estoy tentando, Ermalinda. La estoy ayudando un poco.

Capítulo Doce

Uf. Lo logró.

Tanner cerró la puerta de la habitación de invitados tras de sí, resistiendo el impulso de dar un portazo. No podría haber salido más rápido de la cocina, perseguido todo el camino por las imágenes de él y Juliet en el asiento trasero de uno de los Lincoln Towne Cars de su padre.

Sacó de su bolso unos shorts deportivos y una camiseta y tomó las toallas azules que Juliet había dejado sobre la cómoda. Hubiera dado cualquier cosa por tener su propio baño, pero los deseos no hacen realidad las cosas, así que iba a tener que enfrentarse al comedor cargado de recuerdos para llegar al baño y a una ducha fría. Entre los recuerdos, el aroma de la loción de Juliet y el simple hecho de estar cerca de ella —sin mencionar sus siete años de celibato autoimpuesto—, la tentación no solo asomaba su seductora cabeza, sino que rugía por toda la casita, devorando todo a su paso.

Respiró hondo antes de abrir la puerta y luego cruzó la sala, agradecido de que ella estuviera de espaldas a él. Aunque, por *supuesto*, se volteó cuando él pasaba junto a la mesa.

—Será mejor que muevas un poco el cabezal de la ducha si la presión del agua es muy baja. Tengo que llamar a alguien para que lo revise.

—Probablemente solo esté tapado. Puedo echarle un vistazo mañana.

—Oh, eso sería genial. Gracias.

Él sonrió —apenas—, sin querer interactuar con ella. Había pensado que esto sería más fácil; que su enojo hacia ella sería una barrera suficiente. Que el tiempo separados sería una barrera suficiente. Pero, al parecer, los recuerdos eran más fuertes que la distancia.

Empujó la puerta del baño y se detuvo en seco.

Dios santo. La habitación no podría ser más Juliet ni aunque ella estuviera parada ahí.

Se giró para asegurarse de que no estaba detrás de él, vio de reojo su cabello mientras ella se levantaba de la mesa y, esta vez, sí dio un portazo.

Además del morado que era parte esencial de su vestuario y en lo que pensaba cuando pensaba en ella, la habitación olía a ella. Debería haberlo imaginado, ya que había un par de tubos de esa loción que le gustaba en una cesta sobre la cisterna del inodoro.

Corrió la cortina de ducha floreada. Una botella de gel de baño de altramuz azul estaba en la rejilla de alambre que colgaba del cabezal de la ducha. Y apostaría a que esa esponja de lufa también olía a eso. La esponja que ella usaba en su cuerpo.

Mierda. Carajo. Demonios. No había suficientes groserías para bloquear las imágenes que asaltaban su cerebro. Se habían puesto juguetones un par de veces en la ducha cuando eran adolescentes y podían hacer esas contorsiones. Dios, había sido increíble.

Desabrochó el botón de sus jeans y bajó la cremallera, arrancándose la ropa tan rápido como pudo, y luego giró la llave hasta el tope a la derecha para obtener el agua más fría que pudo. Sería lo único que lo ayudaría a sobrevivir un par de minutos en un espacio cerrado que olía a ella.

O eso en teoría. Pero desde su loción hasta el jabón y esa maldita esponja que colgaba justo a la altura de su nariz, no podía escapar de Juliet. Y entonces su cerebro se unió a la fiesta, imaginándola ahí, desnuda, mojada, enjabonada, deslizando esa esponja por todo su cuerpo...

Mierda. Carajo. Demonios. Estaba duro como una roca y presentía que, aunque cayeran cubos de hielo del cabezal de la ducha, seguiría queriendo irrumpir en el comedor, echarla sobre su hombro y llevarla a su habitación para hacerle el amor durante horas.

Tanner apoyó la frente en el frío azulejo, esperando —no, *rogando*, y no era un tipo particularmente religioso— que este dolor intenso desapareciera.

Que su cuerpo se calmara, obedeciera los dictados de su cerebro y se le quitara la manía de querer a Juliet.

Enjabonarse no ayudó. Tampoco lavarse el cabello, porque lo que quería era que los dedos de ella lo peinaran. Al final, quitó el cabezal de la ducha de su soporte y dirigió un chorro constante de agua helada a cierta parte de su anatomía para poder al menos caminar los pocos pasos necesarios para salir de la ducha.

Usó la toalla azul que ella le había dado, entre su mar de toallas moradas, frotándose quizás un poco demasiado fuerte, pero necesitaba poner fin a esta tensión demencial que corría bajo la superficie de su piel. Como si hubiera algo vivo debajo, tratando de salir a zarpazos.

¿Cómo había podido olvidar esta reacción demencial que ella le provocaba? ¿Este intenso deseo de pegarla contra él y olvidar que el mundo existía?

Había pensado que ella había matado eso con sus mentiras, pero, al parecer, la ausencia hacía que las hormonas se encariñaran más, porque este corazón definitivamente no estaba involucrado.

Amigo, todavía estás casado con ella... ¿Por qué no te aprovechas de ese hecho?

Genial. Justo lo que no necesitaba: el permiso de su libido para reclamar sus derechos maritales. Él era su esposo solo de nombre y haría bien en recordarlo.

Se puso la ropa, alimentándose a la fuerza con la letanía de que ella era su esposa solo en el papel. Que solo porque un juez de paz hubiera dicho un montón de palabrería sobre sus manos unidas hacía siete años no significaba que tuvieran un matrimonio feliz o que él tuviera derecho a esos privilegios maritales de ninguna manera.

¿Y qué hay de esas formas contorsionadas en la ducha?

Abrió la llave del lavabo y ahuecó las manos, echándose más agua fría en la cara.

No, todavía la deseaba.

Se pasó la toalla por la cara, absorbiendo el agua. Demonios, tal vez esta era la proverbial comezón del séptimo año. Como no se había estado rascando en los últimos tres cuartos de década, le estaba pasando factura. Exigiendo liberación.

Una liberación estaría bien...

Mierda. Carajo. Demonios.

Se frotó el cabello con la toalla, tirando un poco más fuerte de lo necesario, con la esperanza de concentrarse en el dolor de *esta* cabeza en lugar de la que saltaba de alegría ante el argumento de su libido. No necesitaba que se armara una fiesta en sus pantalones la próxima vez que se enfrentara a Juliet.

Lo cual sería en unos dos minutos, tan pronto como lograra controlar su paquete y saliera tranquilamente por la puerta.

Ella estaba sentada en la sala, con la gatita acurrucada en su regazo, su laptop abierta sobre una mesita plegable frente a ella, un libro en la mano y las noticias murmurando de fondo.

—¿Desde cuándo usas lentes? —Maldita sea. Debió haber mantenido la boca cerrada y haberse metido en su habitación, donde podría haber pasado el resto de la noche leyendo estados financieros. Nada mataba una erección como las hojas de cálculo. Lo sabía; había sido su principal fuente de lectura durante los últimos meses mientras intentaba descifrar su futuro, y aunque no tenía una novia por la que suspirar —porque tenía una esposa, a la que había intentado bloquear de sus pensamientos—, a veces su cuerpo exigía atención.

Al menos no había cedido y comprado loción de manos de altramuz azul para ayudar a resolver ese problema. Principalmente porque habría creado un problema mayor. Tanto literal como figuradamente.

Más o menos como el que comenzaba a ocurrir de nuevo en sus shorts.

Maldita sea.

—Oh, he... —Se deslizó los lentes en el cabello, apartando el cabello dorado de su rostro.

Maldición, Juliet era bonita. Y de forma natural. Como la mayoría de las mujeres, usaba maquillaje, pero a diferencia de la mayoría, no lo necesitaba. Se veía igual de hermosa sin él. Claro, sus labios y mejillas estaban un poco más pálidos, pero eso solo hacía que sus ojos azules resaltaran más. Siempre le había encantado perderse en sus ojos.

Apartó la mirada y miró por la ventana.

Gran error. Estaba oscuro. Un capullo de oscuridad que los envolvía juntos en esa casa.

Tragó saliva. Con fuerza.

—Fatiga visual por todo el papeleo y el trabajo en la computadora. Me ayudan cuando estoy cansada. Hacen que no sienta los ojos tan rasposos.

—Ah. Bien. Tiene sentido. —Al menos algo lo tenía—. Hablando de cansancio… —Señaló la puerta de su habitación—. Buenas noches.

Estaba bastante seguro de haber oído un «buenas noches» mientras llegaba a su habitación, pero su corazón latía demasiado fuerte, la sangre corriendo por sus venas con demasiada fuerza como para estar seguro. Y eso era bueno. Porque, lo mirara por donde lo mirara, estar en la misma casa —especialmente si estaban en lados opuestos— *no* constituía una buena noche según sus cálculos.

Juliet cerró el libro. De todos modos, no estaba leyendo las palabras. Lo había intentado, pero la verdad era que había estado escuchándolo en su baño. Había oído el correr de las anillas por la barra de la cortina de la ducha. Oído el chirrido de la llave al abrir el agua. Oído cómo corría la cortina de nuevo a su lugar y oído el cambio en la caída del agua cuando él estaba bajo el chorro.

Y entonces su imaginación se había desbocado. Y ella la había dejado.

Aunque recordaba muy bien cómo se veía Tanner desnudo, ese pequeño espectáculo de hacía una semana y media solo había agudizado los recuerdos. Los había afinado. Los había afilado. Hasta convertirlos en el proyectil perfecto para atravesarle el corazón.

La gatita se estiró contra sus muslos, sus propios pequeños proyectiles clavándose en la carne de Juliet, haciendo un trabajo fabuloso para sacarla de su estupor inducido por las hormonas.

—¿Qué quieres, nena? —Levantó a la gatita y rozó su nariz con la suya, luego la acomodó en el hueco de su cuello. Sabía lo que quería la gatita; lo mismo que ella: alguien con quien acurrucarse esa noche. Con quien sentirse segura. Sentirse amada.

Suspirando, apartó la mesita plegable y luego apagó la televisión. Solía tener la televisión encendida como ruido de fondo, pero las noticias eran demasiado deprimentes. Dios sabía que no necesitaba más cosas deprimentes en su vida. La muerte de Keegan, la enfermedad de Nana y el fin de su matrimonio eran su jugada triple. Tres strikes y estaba fuera. Las cosas solo podían mejorar a partir de ahora.

Pero entonces sonó el timbre de la puerta.

Capítulo Trece

—¡Hola, Juliet! ¡Qué bueno verte! —Delia, exintegrante del equipo de porristas, segunda finalista para reina del baile y la chica a la que Tanner había llamado «una aspirante a Juliet» durante los doce años que estuvieron juntos en la escuela, la saludó con la mano desde la entrada, luego se acercó y le dio un abrazo, como si la última vez que se hubieran visto fuera hacía unos días y no más de una década.

¿Por qué Juliet pensaba que esta visita improvisada, justo después de que Tanner volviera a la ciudad, no era una casualidad?

—Hola, Delia. ¿Qué se te ofrece?

—Bueno, ya sabes. —Delia adoptó una pose vivaz, cruzó los brazos y ladeó la cadera—. Un grupo de nosotros salimos a cenar esta noche, a hablar de la escuela, y alguien mencionó que había oído que Tanner andaba por aquí y, como de todas formas iba a pasar por tu vecindario de camino a casa, se me ocurrió que debía pasar a ver cómo estaban los dos. Con lo visibles que eran en la preparatoria, han sido unos verdaderos ermitaños desde que nos graduamos. ¿Seguro que ya estás lista para compartirlo con el mundo después de tanto tiempo? —Sonrió y guiñó un ojo, fingiendo que eran las mejores amigas y que tenía derecho a decir esas cosas. Pero aunque todo eso fuera cierto, Delia era la última persona a la que Juliet le contaría los pormenores de su matrimonio.

—Ahora estoy dirigiendo la empresa de mi padre, así que eso me ocupa la mayor parte del tiempo. Y Tanner también está ocupado. Sigue viajando mucho.

—Vaya, eso debe ser un fastidio para ti. Por fin no tienen que andar a escondidas, y ahora está en otra parte del país. La vida es una perra, ¿no?

Delia sí que lo era. La mujer estaba pescando con una red de arrastre bien grande, en busca de un escándalo. Juliet no pensaba darle ninguno. Se había esforzado mucho por mantener la historia de su feliz relación entre sus allegados, así que no iba a echarla a perder con alguien que quería chismear sobre ella. Si un tufillo de la verdad llegaba a la nariz de Delia, todo se acabaría en un instante.

—Es un acto de malabarismo, pero hemos conseguido que funcione. —Si es que se le podía llamar así.

—Bueno, ¿dónde está tu maridito, ese pedazo de hombre? Cielos, no le he puesto los ojos encima desde el día en que se casaron.

Delia siempre había querido ponerle a Tanner mucho más que los ojos encima. Era la principal barracuda entre el mar de muchas de las que Juliet había tenido que preocuparse.

O de las que *no* habría tenido que preocuparse si le hubiera creído a Tanner en aquel entonces. Pero él no sabía cómo eran las chicas como Delia. Y sus cómplices, Savannah, Jamison y Kiley. Las cuatro eran como Medusa, pero sin el pelo espeluznante. Pero tenían tentáculos en todas direcciones: tentáculos de chismes, viscosos y escurridizos, que nunca desaparecerían.

Sin embargo, ahora eso *podría* ser útil... —Tanner está en la cama. Dormido.

—Oh, ¿estás segura de que no quieres despertarlo? —Delia puso un énfasis especial en *despertarlo* como si estuvieran hablando de la conquista de alguien y no del esposo de Juliet.

Esposo.

Se sentía tan raro pensar en esa palabra en relación con él cuando estaba aquí. En su casa. En su vida.

Pero él era eso. Su esposo.

Uno del que Delia podía mantener alejadas sus garras avariciosas, trepadoras y facilonas.

—Ahora no, Delia. Acaba de llegar esta mañana y está bastante cansado.

La sonrisa se desvaneció un ápice en el rostro de Delia, pero Juliet lo notó. Otra cosa que le habían enseñado aquellos concursos de belleza: detrás de cada hermosa sonrisa se escondían los ojos de una víbora esperando un momento de debilidad para atacar. Juliet no tenía intención de que la mordieran.

Al menos, no por Delia. Tanner, por otro lado...

—Nena...

Hablando del rey de Roma.

—¿Quién anda ahí?

La cabeza de Juliet giró tan rápido que fue una suerte que Delia no estuviera tan cerca como antes, o el cabello de Juliet le habría dado una buena bofetada en la cara. —¿Tanner?

—Debía de estar esperándote, Juliet —murmuró Delia, poniendo toda la insinuación y sugestión a su frase que era legalmente permisible en el estado sin que la llamaran obscena.

Ojalá lo que Delia estaba pensando fuera verdad...

—Es... eh, Delia. Magellan. De la preparatoria. ¿La recuerdas? —Juliet quiso hacerle algún tipo de seña para recordarle su coartada, pero sentía los ojos de Delia sobre ella como un halcón.

Sí, Delia había venido de pesca.

Tanner bostezó mientras se acercaba a ella, su camiseta se ceñía a un conjunto de hombros... y pectorales... y abdominales de primera, y sus pantalones cortos le quedaban muy bajos en las caderas.

Se apoyó en el marco de la puerta y descansó la mano en el otro lado, cubriéndole la espalda de forma tanto literal como figurada.

—Hola, Delia. Qué gusto verte de nuevo.

—Pues claro que me da gusto verte a ti también, Tanner.

Juliet sintió ganas de vomitar por los estrógenos que Delia ondulaba en oleadas. Esto era exactamente lo que había temido todos esos años y en dos meses él estaría disponible para mujeres como Delia. Y tal vez *incluso* para Delia.

Se le revolvió el estómago por eso.

—¿Qué te trae por aquí a estas horas de la noche?

—¿*Estas* horas? Vaya, Tanner Wentworth, recuerdo cuando las diez de la noche era tu hora de empezar. Directo desde el principio, como un caballo de carreras en el Derby de Kentucky.

Juliet tuvo que destaparse los oídos. ¿Qué era ese acento sureño tan marcado? ¿Desde cuándo Delia sonaba como Scarlett O'Hara?

—Esos eran los días en los que no tenía ninguna responsabilidad. Ahora

Juliet y yo estamos tan ocupados con los negocios que necesitamos acostarnos temprano. Dormir un poco, ¿sabes?

Su brazo se deslizó alrededor de la cintura de ella, devolviéndole la indirecta a Delia, porque no era precisamente de *dormir* de lo que estaba hablando.

Maldita sea, eso hizo que las mariposas en el estómago de Juliet se volvieran locas. Deseaba que fueran a hacer lo que él acababa de insinuar; echaría a Delia del escalón de la entrada tan rápido que la chica se alegraría de haber aprendido a caer en las prácticas de porristas.

Delia los miraba como si no les creyera. Así que Juliet también le rodeó la cintura con el brazo.

Tuvo que contenerse para no desmayarse. En serio, sus rodillas casi se doblaron cuando lo tocó. Todo ese músculo duro y fibroso bajo su palma y contra su antebrazo. Y aplastado contra el costado de su pecho. Dios, Tanner se sentía tan increíble como siempre y la estaba matando saber que tendría que soltarlo en cuanto Delia se fuera.

—Oh, bueno, entonces, supongo que debería irme. No quisiera que ustedes, tortolitos, se perdieran todo ese, um, sueño. Pero quería decirles que algunos del equipo de fútbol y del escuadrón de porristas se reunirán mañana para una parrillada a las tres y no aceptaremos un no por respuesta. Tienen que venir. Nadie los ha visto en años y queremos ponernos al día.

Querían algo, de eso no había duda...

Juliet mantuvo la boca cerrada. En realidad no le importaría ir con Tanner. Que estuvieran allí como pareja. Mantener la imagen. Pero eso era porque ella quería que fuera la realidad. Tanner, que no lo quería, podría tener otras ideas.

—Tendremos que ver, Delia. La abuela de Juliet está enferma, así que no hacemos planes fijos en estos días. Prácticamente improvisamos sobre la marcha.

Delia, maldita sea, le echó un vistazo a los pantalones de Tanner. Bueno, a sus shorts. Esos que dejaban ver sus muslos y, si se había apegado a sus viejas costumbres, no llevaba nada debajo.

El pensamiento hizo que las piernas de Juliet amenazaran con ceder más que su brazo alrededor de sus hombros.

—Bueno, déjame darte mi tarjeta para que sepas dónde encontrarnos. Nos reuniremos en mi casa. El patio de atrás es una delicia. Mi exmarido se dedicaba a la jardinería.

¿Cuál exmarido?, quiso preguntar Juliet. Era bien sabido que Delia tenía la costumbre de casarse bien. Había ido a la universidad para obtener un título de «Sra. de» y había acabado con dos.

Tanner no iba a ser el número tres. Si era lo último que hacía Juliet, se aseguraría de ello.

Tanner tomó la tarjeta de Delia con la mano que no estaba pegada a su cintura. Sin mirar la dirección, se la entregó.

Juliet resistió el impulso de arrugar la tarjeta hasta hacerla una bola. Después de todo, quería ir a la fiesta porque si el simple hecho de ver a Delia podía hacer que él la rodeara con su brazo, imaginaba lo que conseguiría un grupo de antiguos amigos hablando con ellos.

La mano de Tanner se apartó de su cintura en el momento en que cerró la puerta a Delia. —¿Y qué dices de ir a esa fiesta?

«Claro que sí, ¿podemos irnos ya?». —Pensé que querías ver a todo el mundo.

—Sí quiero. No he pensado en Sean, J.D. o Tank en años. Pero te pregunté qué te parecía ir a ti.

—Ah. Bueno, entonces, por supuesto que me gustaría. —Aunque con cierta inquietud—. Pero, ¿qué vamos a decir, Tanner? ¿Sobre nosotros?

—Exactamente lo que has estado diciendo todo este tiempo. Pero querremos apegarnos lo más posible a la verdad. Que perder a Keegan fue duro y que teníamos algunas cosas que resolver. No me imagino que vayan a hacer preguntas más directas después de eso.

Probablemente no, ya que él estaría con ella. ¿Antes? Todo el mundo había querido saber dónde estaba y qué hacía. Por qué no había venido.

—¿Qué les has dicho que necesite saber?

Juliet buscó en su memoria las mentiras. —Tuviste muchos viajes de negocios a Napa y Las Vegas.

—¿No preguntaron por qué no estaba trabajando para tu padre?

—Lo hicieron y les dije que querías hacer tu propio currículum y que surgieron otras oportunidades, así que yo intervine para ayudar a papá.

—Plausible, supongo. ¿Y qué les dijiste que estaba haciendo?

—Importación y exportación. Era lo único que se me ocurría que te haría viajar tanto y de lo que no se esperaría que yo supiera los detalles. Y como yo estaba en la universidad y aprendiendo a dirigir la empresa de papá, pareció apaciguarlos. O sea, ¿cuánto se podía esperar que yo supiera de dos negocios, no? —Había sido útil que todo el mundo pensara que era una rubia tonta. No lo era —en realidad ya no lo era—, pero antes, su mayor aspiración había sido ser la esposa de Tanner y todos ellos lo sabían. Los había sorprendido lo suficiente con la idea de que no solo iba a ir a la universidad, sino que también iba a hacer una maestría, como para que dejaran de hacer demasiadas preguntas sobre Tanner.

—Y ahora me dedico a los negocios inmobiliarios. —Tanner se frotó la mandíbula—. Sí, puedo hacer que funcione. Digamos que encontré una oportunidad y me dirigí en esa dirección. —Se apartó de la pared y estiró los brazos por encima de la cabeza, levantando el borde de su camiseta unos centímetros y revelando ese abdomen de lavadero que tenía—. Bueno, ojalá no tengamos más visitas sorpresa. De verdad necesito dormir un poco. —Bajó los brazos—. Buenas noches, Juliet.

Tuvo que pasarse la lengua por los labios antes de responder porque todo ese asunto del estiramiento... Guau. Simplemente... guau. —Buenas noches, Tanner.

Sí, lo vio volver a su habitación. Y, sí, deseó irse con él.

Exhaló, se aseguró de que la puerta principal estuviera cerrada con llave, apagó la luz del porche, levantó al gatito de la silla, pero entonces se dio cuenta de que debía llevar la caja de arena a su habitación para que el pequeño Houdini no tuviera que deambular por la casa mientras ella dormía. Lo último que necesitaba era tener que buscar al gatito y toparse con Tanner en mitad de la noche con los shorts cortos y la camiseta que constituían su pijama.

Lo que, por supuesto, fue exactamente lo que ocurrió.

Bueno, no era en mitad de la noche y ella todavía no estaba en pijama, pero cuando salió del cuarto de lavado, con la caja de arena bajo un brazo y el gatito bajo el otro, Tanner estaba doblando la esquina de la cocina con un vaso de agua en la mano y, bueno...

La caja de arena cayó al suelo, esparciendo trocitos crujientes de arena que, por suerte, aún no había sido usada, seguida de cerca por el vaso de agua, que se hizo añicos, y el gatito logró saltar de sus brazos y correr hacia la sala sin caer en el desastre, evitando al menos una catástrofe.

—¡Maldita sea! —Juliet quiso dar una patada en el suelo, pero no lo hizo, ya que estaba descalza y solo Dios sabía dónde estaban los trozos de cristal.

Todo lo que quería era meterse en su habitación y alejarse de Tanner, pero literalmente se había topado con él.

—No te muevas. —Tanner levantó las manos—. Deja que busque algo para limpiar esto.

—Ten cuidado por dónde caminas.

—Llevo pantuflas. Estaré bien. ¿Dónde está la escoba?

—En la despensa, a la izquierda de la nevera. El recogedor está colgado en la parte de adentro de la puerta. —Se inclinó para pulsar el interruptor de la luz en la esquina de la pared—. Cuidado con los ojos.

Debería haber tenido cuidado con los suyos. Él se había quitado la camiseta.

Ya lo había visto todo antes —más notablemente hacía una semana— pero nada podía prepararla para un Tanner semidesnudo en su casa, por la noche, a un metro de ella, con el pelo alborotado como si hubiera pasado los dedos por él demasiadas veces.

O como si alguien más lo hubiera hecho.

No. Él había dicho que había sido fiel a sus votos, y si algo había aprendido del desastre de su pasado, era que podía confiar en Tanner.

—¿Estás bien? —Tanner volvió a aparecer, con escoba y recogedor en mano, viéndose demasiado bien para ser el personal de limpieza—. ¿No tienes ningún trozo en los pies?

—No siento ninguno. —Tampoco es que estuviera pensando en ellos. No con él barriendo el desastre, mientras los músculos de sus brazos y hombros se flexionaban agradablemente.

—Vale, no te muevas. Voy a pasar la escoba por tus pies.

—Ni se me ocurriría. —Apoyó la palma de la mano en la pared y rio un poco cuando las cerdas le rozaron la piel.

—Todavía te dan cosquillas, ¿eh? —Ladeó la cabeza para mirarla, con esa sonrisa suya que le provocaba cosas no tan divertidas por dentro.

—No creo que a uno se le quiten nunca las cosquillas.

La miró fijamente durante un par de latidos, parpadeando un par de veces antes de apartar la vista y ella supo que él recordaba lo mismo que ella. Una noche, después de que sus padres salieran, él la había invitado a su casa y se habían dedicado a descubrir dónde estaban las zonas de cosquillas de cada uno... y habían descubierto unas cuantas zonas erógenas por el camino.

Gracias a Dios sus padres habían estado fuera durante horas y su padre había pensado que ella se quedaba en casa de Tricia. Tricia había sido su coartada en tantas ocasiones.

Había llorado casi tanto cuando Tricia y su marido se mudaron a Dakota del Norte —¡de todos los lugares!— como cuando Tanner la había dejado en aquel avión, porque era otra persona a la que quería que la abandonaba.

Se aclaró la garganta y esbozó una sonrisa. No iba a pensar en perder gente. Tanner estaba aquí ahora y no quería ser un desastre emocional delante de él o se alegraría de sacarla de su vida. No, tenía que ser la Juliet alegre, brillante, divertida y feliz que él había conocido antes de que ella empezara a tomar malas decisiones. Bien intencionadas, pero definitivamente desacertadas. *Esa* Juliet era alguien de quien él podría volver a enamorarse.

Él también se aclaró la garganta y luego se agachó para barrer el desorden y meterlo en el recogedor. —Deja que vacíe esto y le dé otra barrida antes de que te muevas. ¿Tienes unas pantuflas que pueda traerte?

—En el armario de mi dormitorio. A la derecha. Son moradas.

Él le sonrió. —Claro que lo son.

Ella le devolvió la sonrisa, la broma habitual los ponía en la misma sintonía.

Entró en la cocina para vaciar el recogedor en la basura, luego regresó, dando una rápida barrida al suelo. Dejó el recogedor sobre la encimera de la cocina. —No te muevas. Ahora mismo vuelvo.

—Ni se me ocurriría. —Principalmente porque le tocaba la vista de su espalda.

Esos shorts le sentaban muy bien a su trasero. O quizá era su trasero el que le sentaba muy bien a esos shorts. Fuera como fuese, no le importaría quitarle los shorts y ponerle las manos encima a su trasero.

Sus palmas de hecho sintieron un hormigueo al pensarlo, y Juliet sacudió la cabeza. Siete años de celibato y el hombre de sus sueños estaba semidesnudo en su casa y...

—Las encontré. —Levantó sus tontas pantuflas, las que tenían tiaras en las puntas que Nana le había hecho comprar cuando las vio anunciadas en la televisión. Como habían hecho feliz a Nana, Juliet las había comprado.

Y con Tanner a sus pies, poniéndole una en el pie como el Príncipe Encantador, a ella también la hacían feliz.

—No necesito tener que limpiar también un desastre sangriento. —Le dio una palmadita en el tobillo y le puso el pie en el suelo—. Así que ahora puedes ir en busca de tu gatito. Yo rellenaré la caja de arena. Supongo que la llevabas a tu habitación, ¿no?

—Sí. No quería que anduviera por ahí por la noche molestándote.

—Sí, esta molestia fue mucho mejor. —Su sonrisa le quitó el aguijón a sus palabras mientras se apoyaba en los muslos para ponerse de pie frente a ella.

Justo frente a ella.

El tiempo se detuvo. También su respiración.

Su corazón, sin embargo, retumbaba en sus oídos.

Estaba tan cerca. Demasiado cerca... no, no lo suficiente. No tan cerca como para poder rodearlo con los brazos, atraerlo hacia ella y besarlo hasta que les fallaran las rodillas.

Cosa que las suyas amenazaban con hacer.

—Juliet... —Levantó la mano y por un segundo —un breve segundo lleno de esperanza— ella pensó que él le sujetaría la cabeza y la atraería para darle ese beso.

En cambio, su mano volvió a caer a su costado, sus bíceps se tensaron como si hubiera apretado los puños, y dio un paso atrás.

Y otro.

—Vete a la cama, Juliet. Ahora.

Vete a la cama. No *ven* a la cama. Esa única palabra hacía toda la diferencia.

Se aclaró la garganta, otra vez. —Buenas noches, Tanner. —Pasó a su lado, con cuidado de no rozar ni un solo pelo de su antebrazo, y entonces recordó que necesitaba la caja de arena—. La arena...

Él murmuró algo por lo bajo. Ella apostaría por un «mierda» o «maldita sea».

—La llevaré yo. Vete. Busca al gatito.

Ella corrió a su habitación y encendió la luz, buscando a su alrededor... ¿qué? ¿Qué se suponía que debía encontrar? Ah, el gatito. Cierto.

—Ven aquí, pequeño. —Cerró la puerta casi por completo tras de sí, no quería que el gatito se escapara. Ya era bastante malo tener que enfrentarse a Tanner una vez más por la arena; no necesitaba tener que hacerlo persiguiendo al gatito por todas partes. Con la suerte que tenía, el gatito se metería en *la* habitación de él, y eso iniciaría otra ronda de fantasías que no quería tener.

—Ven, gatito. —Juliet se puso a cuatro patas para mirar debajo de la cama.

No. No estaba allí. Genial, otro acto de desaparición. El gatito se había ganado su propio nombre: Houdini.

Juliet abrió el armario, movió sus zapatos. El gatito era lo suficientemente pequeño como para haberse metido en uno de ellos.

Entonces oyó un crujido detrás de ella y se dio la vuelta. Allí estaba el pequeño ilusionista, caminando por la cabecera de la cama, sus patas moviendo los libros y las revistas.

Juliet se puso de pie, se dejó caer en la cama y extendió la mano hacia él. —Ven aquí, cosita linda. —Lo levantó y frotó su mejilla contra la de él mientras se daba la vuelta...

Tanner estaba en el umbral de su puerta con una expresión en su rostro...

Se levantó de un salto de la cama y luego se recriminó a sí misma. Debería haberse quedado. Haberlo tentado.

—Aquí está la arena. —Levantó la caja, su voz plana. Monótona. Tensa. Diferente a él.

Quizá *sí* lo tentaba...

—Ah, gracias. Déjala ahí. Ya le encontraré un sitio.

Así lo hizo. Luego se irguió de nuevo, mirándola fijamente, y si Juliet no fuera a dejar que la esperanza se interpusiera en el camino de la realidad, juraría que vio un fuego en sus ojos.

Qué bien recordaba ese fuego. Había pensado en él todos los días durante los últimos siete años.

—Buenas noches.

Era la tercera vez que se lo decía, pero no significaba que fuera a ser una buena noche.

Porque Tanner volvía a su habitación y ella estaría sola en la suya.

Capítulo Catorce

Tanner abrió los ojos de golpe y la luz del sol lo hizo entrecerrarlos con una mueca.

Se los frotó para hacer desaparecer las manchas y luego observó su entorno.

Gracias a Dios, todavía estaba en su cama.

Bueno, su cama en la casa de Juliet.

Tanner pasó las manos por las sábanas. Agarró el borde del colchón.

Se pasó la mano por la parte baja de su abdomen.

Todavía llevaba puestos los shorts.

Gracias a Dios. El sueño que había tenido había sido solo eso: un sueño.

Su mano bajó más y encontró...

Vale, había sido un sueño húmedo, pero un sueño al fin y al cabo.

Pero, maldita sea, ¿por qué tenía que soñar que le hacía el amor a Juliet?

Sacudió la cabeza y luego miró alrededor de la habitación. ¿Cómo podría *no* haber soñado con Juliet? Se estaba quedando en su maldita casa, por el amor de Dios, y la habitación estaba impregnada de ella. Demonios, las malditas sábanas olían a ella. Y estaba a solo unos metros de su dormitorio.

Había estado en su habitación la noche anterior y le había costado hasta la última gota de entereza que tenía para salir de allí. Ella estaba desparramada sobre su cama, con el pelo todo revuelto —justo como a él le gustaba—, sus piernas —Dios santo, sus piernas— lo suficientemente separadas como para tener un recuerdo instantáneo y perfecto de tantas veces que la había tomado de esa manera...

Maldita sea. Se estaba poniendo duro otra vez. Hacía años que no tenía un sueño húmedo, y en su primera noche bajo el mismo techo que ella, tenía uno. Esto iba a ser mucho más difícil de lo que había pensado, porque era fácil olvidar que estaba enojado con ella cuando no estaba tratando de manipularlo.

¿Y qué hay de jugar contigo?

Se sentó. Tenía que levantarse de la cama ahora mismo.

Y necesitaba otra maldita ducha. Después de arreglar la regadera.

Agarró la camiseta que debería haberse dejado puesta después de acostarse, pero no esperaba que ella estuviera de pie en el pasillo, justo afuera de su habitación, cuando fue por un vaso de agua. Y luego, bueno, allí estaba ella y él había hecho ese comentario sobre tener cosquillas, y, bueno... Demonios. Había tantos recuerdos enredados con Juliet que era inevitable que se topara con al menos uno de ellos con un comentario inocente.

Agarró su toalla, se la colgó del antebrazo y lo cruzó frente a él, por si su pequeña «emisión nocturna» hubiera dejado una mancha delatora.

Resultó que no tenía por qué haberse preocupado. Juliet le había dejado una nota en la mesa del comedor.

Tanner:

Tuve que ir un rato a la oficina. El gatito está en el cuarto de lavado con la caja de arena. Sírvete lo que quieras de la cocina. La plancha está en el gabinete a la derecha de la estufa. Recuerdo que te gustaban los panqueques. Debería estar en casa sobre las dos si todavía quieres ir a lo de Delia.

~Juliet

Sí que le gustaban los panqueques. Ermalinda les había dado varias clases de cocina como preparación para su matrimonio —el primero— y los panqueques habían sido sus favoritos. Los de ella con plátano y chispas de chocolate eran sus preferidos. Y Juliet tenía todos los ingredientes.

Se dio una palmada en los abdominales al sentarse a la mesa después de ducharse y prepararse el desayuno con un acompañamiento de tocino y duraznos en rodajas. Menos mal que no iba a bailar por un tiempo, aunque volver a ponerse en forma iba a ser una joda.

Probablemente debería hacer algunos ejercicios para mantenerse en forma.

Abrió el periódico que Juliet había dejado sobre la mesa y buscó un gimnasio local. Lo primero sería conseguir una membresía.

¿Echando raíces, Wentworth?

Se reclinó en la silla. No, no las estaba echando, pero tenía que admitir que todo este escenario era demasiado perfecto. Su comida favorita, el periódico, la notita de Juliet... Definitivamente, demasiado doméstico para su gusto.

O más bien... no. En su día, había querido una vida doméstica. A decir verdad, no le importaría ahora. Pero no con ella. No podía confiar en ella y, sin confianza, no tenían nada.

Como todo esto, por ejemplo. ¿Estaba tratando de manipularlo? ¿Preparar esto para demostrarle que lo suyo podía funcionar?

Soltó el periódico. Odiaba esto. Odiaba no poder confiar en ella ni en las cosas más sencillas. Esta era la mujer con la que una vez pensó —esperó, se había emocionado por— pasar su vida, y ahora no podía confiar en ella ni siquiera para el desayuno.

Era una mierda. La había amado una vez. Tan increíblemente mucho.

Ese pensamiento le oprimió el corazón, una sensación que conocía demasiado bien y que no quería volver a sentir. Ya no. Lo de él y Juliet se había acabado. Era cosa del pasado.

Excepto que hoy tendría que fingir que no era así en la parrillada de Delia.

La opresión en su corazón disminuyó. Lo cual lo asustaba más de lo que le gustaría admitir.

* * *

Juliet desplegó su sonrisa de concurso de belleza de forma tan realista que Tanner habría pensado que era genuina si no la conociera tan bien.

Aunque... ¿acaso *la* conocía? La Juliet que había dejado atrás no tenía la más mínima intención o deseo de ir a la universidad. Lo único que quería era casarse y tener bebés. Cocinarle la cena, calentarle la cama y criar a sus hijos. Para ser justos, él también había querido que ella hiciera eso. Nunca la había imaginado detrás de un escritorio, en reuniones o dirigiendo la empresa de su padre.

103

Sin embargo, cuando ella entró a la una y media, se quedó impresionado por la ejecutiva enfundada en una falda ajustada y una blusa rosa pálido, profesional pero endiabladamente sexy.

Se quitó los tacones mientras caminaba hacia su habitación, lo que le trajo un recuerdo de la noche en que ella, miembro del consejo estudiantil, lo había arrastrado para que la ayudara a buscar lugares para el baile de graduación. Había sido otra noche en que sus padres habían salido —a apostar, ahora lo sabía, pero en ese momento no le podría haber importado menos, siempre y cuando no volvieran a casa por un tiempo— y él y Juliet habían terminado en su casa, donde ella había montado todo un espectáculo desnudándose para él camino a su habitación, arrojándole el vestido al hombro, colgando las bragas en el respaldo del sofá y el sujetador en el pomo de la puerta de su dormitorio. Lo primero que se había quitado habían sido los tacones.

—Cariño, ¿quieres otra cerveza?

Se sacudió ese recuerdo y echó un vistazo al patio trasero de Delia antes de bajar la mirada hacia Juliet, que estaba de pie a su lado, tan hermosa como siempre con su vestido de verano a rayas azules y blancas.

El color resaltaba sus ojos azules, que no contenían ni una pizca de subterfugio. Nadie sospecharía que ese *cariño* no era sincero, como tampoco él lo era con lo que dijo a continuación.

—Claro, cielo. Me encantaría otra.

Bueno, de acuerdo, en realidad sí le encantaría otra cerveza, pero ese *cielo*...

Lo que daba miedo era lo fácil que resultaba volver a sus viejas costumbres como si los últimos once años nunca hubieran ocurrido.

—Carajo, amigo, pensaría que tú y Juliet se habrían enfriado un poco, pero esas chispas siguen saltando, ¿eh? —Tank, su compañero de equipo de sus días de gloria en el fútbol americano, lo codeó con el hombro mientras Juliet se dirigía hacia la cocina de piedra al aire libre en la caseta de la piscina de Delia—. Eres un suertudo hijo de puta. Ojalá yo todavía sintiera por mi esposa lo que tú sientes por la tuya.

Tanner mantuvo esa maldita sonrisa en su rostro mientras se llevaba a los labios lo último que quedaba de su cerveza. No tenía ni idea de cómo responder a eso.

—Así que... —Tank se tronó el cuello, primero de un lado y luego del otro, y después giró los hombros mientras le echaba un vistazo al trasero de Candy Simpson cuando pasaba. Algunas cosas nunca cambiaban, especialmente el hecho de que Candy Simpson contoneaba el culo tanto ahora como antes. No era de extrañar que la mujer estuviera a la caza de su cuarto marido.

Tank se aclaró la garganta y luego volvió a mirar a Tanner. —¿Tengo abonos de temporada para los Cowboys este año? Tal vez podamos ir a un par de partidos. ¿Qué dices?

A Tanner siempre le habían encantado los Cowboys, pero no estaría aquí para la temporada de fútbol. Sin embargo, nadie más necesitaba saber eso todavía. —Sí, hagámoslo.

—¿Piensas estar más en la ciudad ahora? A Sara y a mí nos encantaría tenerlos a ti y a Juliet en casa.

Que le dieran una pala y lo dejaran cavar su propia tumba. Podía ver a qué se refería Juliet con lo de tener que mantener las apariencias. No podía sincerarse ahora con la verdad. No sabía qué iba a hacer Juliet cuando él finalmente se fuera y ella tuviera que admitir lo que habían hecho.

Quizá diría simplemente que se habían divorciado y lo dejaría así. Con la tasa de divorcios del país, no debería ser difícil de creer, excepto por el hecho de que Tank veía chispas donde no existía ninguna.

O, bueno... Olvídalo. Las chispas seguían ahí, solo que la razón detrás de ellas ya no tenía sentido.

—¿Oí mi nombre? —La esposa de Tank, Sara, se acercó a su marido y le pasó un brazo por la cintura, con su vientre de embarazada haciendo una entrada aún mayor.

Dios, le había encantado cuando Juliet estuvo embarazada. Le había encantado sentir a Keegan patear dentro de ella. Le había encantado lo que el embarazo le había hecho a sus pechos...

Mierda. No era ahí a donde quería que fueran sus pensamientos.

—Hola. Soy Sara. —La esposa de Tank le tendió la mano.

—Tanner Wentworth. Encantado de conocerla. —Le estrechó la mano, contento de oír que su voz no temblaba. Con los años, se había vuelto mejor enmascarando sus emociones cerca de mujeres embarazadas.

Juliet, sin embargo, no parecía haberlo logrado. Se acercó a ellos antes de que el embarazo de Sara fuera evidente, y Tanner supo el momento exacto en que lo fue.

—Juliet, cariño. —Tenía que cubrirla. Nada era peor que la lástima—. Ella es Sara. La esposa de Tank.

—Ah, sí. Lo recuerdo. Nos conocimos el verano pasado, creo. —Juliet le entregó su cerveza y se puso esa sonrisa de reina de belleza tan rápido que la única razón por la que él había visto la angustia en sus ojos era porque la conocía muy bien.

—¿En la despedida de soltera de Maryellen?

—Creo que fue en la fiesta de graduación de Tim Jackson. ¿Su MBA?

—Oh, claro. Eso es. Lo olvidé. Demasiadas fiestas, y ahora con todas estas hormonas recorriéndome... —Sara se frotó el vientre—. Estaré contenta cuando nazca este y se me pase todo el síndrome de cerebro de placenta.

—¿Cerebro de placenta? —Juliet ladeó la cabeza.

Tank suspiró y le pasó un brazo por los hombros a su esposa. —Sara está convencida de que su falta de memoria se debe a que está embarazada. Dice que su mamá le dijo una vez que, cuando te quedas embarazada, el cerebro se te hace papilla.

Tanner daría cualquier cosa por cambiar de conversación, pero no sabía a qué cambiarla. O cómo. Sara y Tank estaban obviamente muy contentos con el inminente nacimiento —y quién podría culparlos—, pero simplemente dolía demasiado. Y podía sentir a Juliet tensarse bajo su palma cuando le pasó un brazo por los hombros.

—Oh, cállate, Tank. No me hagas quedar como una tonta. Todo el mundo sabe que las mujeres embarazadas son un poco olvidadizas. Es lo que pasa cuando estás creando una persona dentro de ti. ¿Ustedes tienen hijos? —le preguntó con toda inocencia a Juliet.

Sintió la respiración que Juliet contuvo. Sintió sus hombros ponerse rígidos.

Y se sintió orgulloso a más no poder de la firmeza de su voz cuando respondió.

—Todavía no. Pero estamos deseando tenerlos.

Era lo perfecto que podía decir. Si hubiera dicho *no*, como él hacía a menudo, venían los comentarios de «Oh, no saben lo que se pierden», y si se sinceraba sobre la pérdida de Keegan, bueno, era incómodo para todos. Decir que estaban deseando tenerlos algún día era un denominador común y nadie se ofendía por ello.

Pero podía sentir cuánto le costaba a Juliet actuar con tanta naturalidad. Su espalda estaba tan tiesa como él lo había estado esa mañana.

Probablemente no era una buena comparación para él.

Por supuesto, Delia tenía que aparecer en ese momento. —Hola a todos. ¿Se están divirtiendo?

—Un montón. —Tanner se bebió la mitad de su cerveza de un trago.

—A ver, Tanner Wentworth, ¿eso es sarcasmo lo que oigo? Siempre fuiste el rey de las frases ingeniosas, ¿no?

—¿Lo era? —Tomó otro trago. Deberían haber llegado tarde. Haber esperado a que llegaran todos los demás; de hecho, lo habían planeado, pero Delia les había dicho «accidentalmente» la hora equivocada, ya que la fiesta empezaba a las cuatro y media. Gracias a Dios, Tank y J.D. también habían llegado temprano, así que habían tenido con quién hablar además de la chismosa de Delia.

—Saben, se me olvidó preguntar si ustedes dos han tenido más hijos desde el instituto.

Tanner dejó su cerveza en el muro de piedra a su lado. Era eso o golpear a la mujer en la cabeza con ella.

No deberían haber venido. Había dejado que su deseo de reconectar con viejos amigos le hiciera olvidar quién y qué era realmente Delia.

—Oh, ¿pero pensaba que habían dicho que no tenían hijos? —La pobre Sara parecía extremadamente confundida. Y el pobre Tank parecía que quería beberse un barril entero.

—Vamos a buscar algo de comer, Sara. —Tank le dio una palmada en el hombro a Tanner—. Lo siento, amigo. Juliet. —Asintió hacia ella y luego se llevó a su mujer.

—Ay, Dios, ¿dije algo malo? —Delia también había estado en concursos de belleza, pero no había dominado la sonrisa tan bien como Juliet.

—Usted sabe exactamente lo que dijo...

—Tanner. —Juliet le puso la mano en el brazo y apretó.

Tres veces.

—Delia, como usted no ha tenido hijos, voy a creer que no entiende lo doloroso que es este tema para Tanner y para mí. Así que, por favor, no entremos en eso, y si no lo volviera a mencionar, Tanner y yo se lo agradeceríamos enormemente.

Nunca había estado más orgulloso de Juliet que en este momento. No había razón para darle una excusa a Delia; la mujer sabía exactamente lo que estaba haciendo. Había querido ganarle a Juliet en tantas cosas a lo largo de los años y siempre había quedado en segundo lugar, que vio su oportunidad de herir a Juliet y la aprovechó.

Sin embargo, Juliet, que estaría absolutamente justificada en arremeter contra ella, no lo hizo. No le dio a Delia más leña para su fuego, y mantuvo la compostura mientras le lanzaba un rapapolvo extremadamente velado, pero extremadamente potente. Lo cual era mucho más caritativo de lo que él había querido decir.

Delia lo miró y la primera señal de remordimiento apareció en su cara llena de bótox. —Yo... lo siento. Tienen razón; no estaba pensando.

Oh, sí que estaba pensando; solo que no había pensado en la reacción exacta que obtendría. En las emociones que desataría.

Si no fuera tan doloroso pensar en no tener a Keegan en su vida, podría dejar pasar su comentario. Porque por ahora, con esta conversación, él y Juliet estaban juntos de la manera en que habían estado fingiendo. Pero no podía dejar que Delia se saliera con la suya; eso solo abriría la puerta a más insultos y malevolencia.

—Creo que deberíamos irnos. —Deslizó su mano hasta la cintura de Juliet; la tela de su vestido de verano era tan fina que podía sentir el calor de su piel—. ¿Cariño? Si quieres...

—No. —La espalda de Juliet se enderezó aún más, aunque Tanner no sabía cómo era eso posible—. No voy a dejar que un comentario desconsiderado me haga irme. Querías ver a tus amigos, así que lo haremos. —Recogió la botella de cerveza de él y se la entregó—. Si nos disculpas, Delia, veo que han llegado los Markinson.

Tanner se mordió las palabras que quería decir, siguiendo el ejemplo de Juliet. Pero si Delia —o cualquier otra persona— intentaba herir a Juliet mencionando a Keegan de nuevo, tendrían que vérselas con él.

Juliet soltó el aire que había estado conteniendo cuando llegó al otro lado de la terraza de la piscina. Delia era una auténtica perra. Había hecho un montón de comentarios maliciosos disfrazados de preocupación después de que Juliet quedara embarazada, pero a Juliet no le había importado porque el bebé era de Tanner. Nada podría haberla afectado en ese entonces. Su vida iba exactamente como ella quería.

Y ahora ya no era así, por lo que, por supuesto, Delia aparecería como la carroñera que era. Gracias a Dios, sin embargo, que le había revelado su verdadera naturaleza a Tanner. Esa era una mujer que Juliet podía tachar de la lista de las posibles futuras esposas de Tanner—

Ay, Dios. ¿Y si se mudaba de nuevo aquí y se casaba con otra? Dijo que buscaría una ubicación para BeefCake, Inc. en la ciudad; ¿se quedaría para administrarlo?

Ese pensamiento la golpeó en el estómago y se tambaleó.

El brazo de él la rodeó. —¿Estás bien?

La preocupación en su rostro era genuina y le dio una pizca de esperanza de que tal vez todavía le importaba.

—Estoy bien. Ahora. —Dio un paso atrás. Solo uno. Pero podrían haber sido mil por el abismo que abrió entre ellos.

—Delia es una perra.

—Tienes razón.

—No deberíamos haber venido. —Se pasó una mano por el pelo y luego se masajeó la nuca. Hacía eso cuando estaba furioso.

Muchas veces, ella le había quitado la mano y le había masajeado el cuello. Pero esos eran los buenos tiempos. —Tonterías, Tan. Nunca dejamos que nos definiera en el pasado; no vamos a empezar ahora.

—¿*Nosotros* no? —Dejó de masajearse y la miró—. No es así como yo lo recuerdo.

—¿De qué estás hablando?

—¿De verdad me vas a decir que no te acuerdas?

—¿Acordarme de qué? —Se acordaba de muchas cosas.

—De cómo solías acribillarme a preguntas sobre ella. Que si había ido a la práctica de fútbol americano o si había aparecido en la casa de los panqueques después de esos partidos nocturnos.

—Yo... —Cerró la boca de golpe. Le había dicho esas cosas. Él, sin embargo, se había reído de ella. Le había dicho que estaba imaginando cosas.

No era así. Delia lo había querido en ese entonces y lo quería ahora.

Pero la diferencia era... que Tanner no quería a Delia. Y tampoco la había querido en ese entonces. Juliet podía ver eso con una perspectiva de once años. Delia había sido la serpiente, y Tanner su presa reacia.

—Te debo una disculpa, Tanner. Bueno, muchas. Pero lamento haberla escuchado. *Y* que no te escuché a ti sobre ella.

—Te dije que era una mala influencia. Que quería *ser* como tú. Todavía quiere.

Eso hizo que Juliet soltara una risita y no en el buen sentido. —Lástima que no sepa la verdad.

—¿La verdad?

—Que mi vida no se parece en nada a lo que ella cree, y que estás aquí solo por Nana. Pero bueno, puede poner sus miras en ti una vez que... bueno, una vez que ya no haya necesidad de nuestro subterfugio.

—Si crees que tendría el más mínimo interés en ella, realmente no has cambiado en nada. —Se bebió el resto de la botella—. Necesito otra cerveza.

No le preguntó si ella quería una cuando se fue.

Maldita sea. ¿Por qué no podía decir o hacer lo correcto cuando estaba con Tanner? ¿Por qué tenía que sacar a relucir el pasado?

Una carcajada junto a la gran parrilla empotrada la hizo mirar a todos sus amigos de la secundaria. La mitad del equipo de fútbol americano estaba allí, holgazaneando en las sillas de la piscina o jugando a las bochas en el césped casi perfecto para un campo de golf o pasando el rato en el bar tiki, en el que no se había escatimado en gastos, junto a la caseta de la piscina. Demonios, estando aquí con todos ellos, ella y Tanner estaban *atrapados* en el pasado.

Adiós a seguir adelante.

—Hola, Juliet. —Tamra, la esposa de J.D., se acercó a ella y le dio un abrazo. Hacía tiempo que Tamra se había dado cuenta de que las cosas no eran lo que parecían, pero había prometido no decir ni una palabra, ni siquiera a J.D.

Juliet no estaba segura de qué pensar sobre que un matrimonio se guardara secretos, pero ¿qué sabía ella? El matrimonio de Tamra seguía fuerte después de diez años y el de Juliet nunca había despegado.

Ese maldito viaje en avión para uno. Nunca olvidaría la humillación de estar en una luna de miel sola. De tener que sacar su equipaje de la cinta de recogida y llevarlo a su villa. Las miradas de lástima del personal... y tener que ver las maletas de Tanner todos los días de los siete que estuvo allí. *Y* cargarlas de vuelta a casa. Sola.

Así que si no decírselo a J.D. era un buen plan según Tamra, Juliet no podía discutirlo. Tal vez debería seguir el ejemplo de Tamra.

—Veo que ha estado atento toda la noche. ¿Significa eso que van a intentar arreglarlo?

Sandy era la única que sabía toda la verdad, pero Sandy estaba soltera y no había estado presente en toda la historia de fondo mientras se desarrollaba todos esos años atrás. Tamra sí, así que había sido fácil confiar en ella, pero también había sido más humillación sobre otra humillación. Juliet no estaba para otra ronda.

Pero cuando lo inevitable sucediera, cuando se corriera la voz de que ella y Tanner se habían separado, algunas verdades saldrían a la luz. No era como si pudiera esconderse de los chismes. Más valía disfrutar de la positividad y la felicidad ahora, antes de que todo se desvaneciera. —Estamos hablando.

—Y accedió a venir aquí contigo.

—En realidad, él quería venir más que yo. —Jugueteó con el botón superior del corpiño de su vestido—. No pude decirle que no.

—Por supuesto que no. Eso sería dar cinco pasos atrás. Y si quiere renovar las relaciones con sus viejos amigos, podría ser que esté pensando a largo plazo.

Pero largo plazo no significaba largo plazo con ella.

—Ya veremos. Un día a la vez. —Juliet le quitó una vieira envuelta en tocino a un mesero que pasaba—. ¿Y tú cómo estás? ¿Qué hacen los niños?

Los niños siempre eran un tema doloroso para ella, especialmente si la persona con la que hablaba sabía lo de Keegan, pero ignorar a los hijos de otras personas magnificaba el problema. Y no quería fingir que Keegan no había existido, porque sí lo había hecho.

La agonía la atenazó en el estómago; nunca fallaba. Y lo terrible era que, sin importar lo que la gente le prometiera, el dolor nunca disminuía. No es que realmente quisiera que lo hiciera. Porque el dolor —con el mismo nivel de intensidad— mantenía a Keegan vivo para ella. Lo mantenía con ella, como si fuera ayer. Esos pocos momentos preciosos en los que lo había sostenido y él había sido tan hermoso y ella podía fingir que estaba dormido.

Le agarró una copa de champán al siguiente mesero que pasó. No planeaba emborracharse, pero un poco de alcohol podría ayudar con el dolor.

Hmmm, tal vez debería comprar un par de cajas para tener en casa durante las próximas semanas. Dios sabía que definitivamente las iba a necesitar.

—Caray, qué bueno verte. —Rick Stangler le dio una palmada en el hombro a Tanner y le estrechó la mano—. Eres el último que pensamos que se largaría de la ciudad después de la graduación. Qué bueno que te dejas ver.

—Oye, he estado ocupado, ya sabes. Mucho que hacer. —Recuerdos dolorosos de los que huir.

Tal vez debería haberse quedado. Mirando a la mayoría del equipo de fútbol americano, se dio cuenta de que se había aislado. Tal vez hubiera sido mejor quedarse aquí entre amigos. Ahogar sus penas con sus colegas, los tipos que lo entendían, en lugar de huir y tratar de olvidar su pasado. Fingir que no existía.

Pero justo aquí, esto era la prueba de que sí existía. Demonios, Keegan y Juliet eran la prueba de que sí. No podía huir de su pasado más de lo que podía huir del dolor. Lo había apartado de su vista, claro, pero siempre estaba ahí, flotando bajo la superficie.

—No puedo creer que aceptaras un trabajo que te hace viajar tanto. Quiero decir, carajo, Tan, tienes a Juliet. Finalmente. Toda tuya, bonita y legal. Estábamos seguros de que no te habíamos visto porque ustedes estaban, ya sabes... —le dio un codazo.

—Oye, Rick. Suficiente. Es mi esposa. —Las palabras simplemente salieron de su boca como si fuera lo más natural del mundo.

Lamentablemente, lo era.

Hablando de dolor.

—No me digas, Tan. —Rick inclinó su botella de cerveza hacia él—. Por eso no puedo creer que hayas estado viajando tanto que ni siquiera te molestaste en reunirte una vez en los últimos, ¿qué? ¿Siete años? Digo, no es como si se hubieran mudado a otro estado o algo así.

Sí lo era. —Yo, eh, tenía algunos... asuntos que atender. De los que ocuparme. Ya sabes. —Le dio otro trago a su cerveza.

Rick pareció como si alguien le hubiera dado una patada en los huevos. —Oh, caray, Tan, lo siento. Supongo que fui un insensible. Molly siempre dice que hablo antes de pensar. No pensé. Lo siento, amigo.

Tanner siguió bebiendo la cerveza. —Sí, gracias.

—Oye, Tan. —Alcon James le dio una palmada en el hombro y tomó una cerveza de la hielera en la repisa a su lado—. ¿Oíste lo de Mickelson? Fue reclutado en la décima ronda, luego chocó el auto que compró con el bono de fichaje. Quedó fuera antes de siquiera jugar. Mala suerte, ¿sabes?

Tanner sabía todo sobre la mala suerte. Aun así, esa no era razón para contagiar su miseria a nadie más. —¿Qué está haciendo ahora?

La conversación continuó sobre ellos y sus amigos. Quién hacía qué, quién estaba casado con quién —quién se estaba divorciando de quién—, pero Tanner se sentía ajeno a todo. Como si ya no perteneciera a este lugar.

Juliet tampoco la estaba pasando de maravilla aquí. La había visto beber al menos tres copas de champán. Nunca había sido una gran bebedora y había notado que no había vino en su casa cuando había estado buscando un vaso para el agua la noche anterior. Al menos eso no había cambiado en ella.

Así que, probablemente, no era una buena idea que bebiera ahora. Especialmente para guardar los secretos que querría guardar.

No debería haber venido. Debería haber dejado las cosas como estaban, pasar el rato en casa de Juliet o ir al gimnasio, y cumplir con su deber hacia su abuela. Solo esperar a que esto terminara y pudiera irse a casa.

—Discúlpenme, chicos. —Dejó su botella vacía en una de las bandejas dispuestas alrededor de la terraza de la piscina para recoger los utensilios, platos y vasos usados, y luego se dirigió hacia su esposa.

Su esposa.

Las palabras le sonaban extrañas. Solía practicarlas en el espejo; si alguno de los chicos se hubiera enterado, se habrían reído de él hasta sacarlo de la ciudad. Juliet había escrito *Juliet Wentworth* por todas sus carpetas y cuadernos con una caligrafía femenina y enrevesada; si él hubiera hecho eso, sus compañeros de equipo le habrían quitado su tarjeta de hombre, pero él había estado igual de loco por ella. Así que, sí, había practicado llamándola su esposa en la privacidad de su habitación, imaginando cómo sería cuando finalmente estuvieran casados.

Ni en sus sueños más locos había imaginado este escenario.

—Hola, cariño. —Se abalanzó con un beso en su cuello para distraerla mientras le quitaba la copa de la mano para que no se quejara.

Ese sonrojo en sus mejillas cuando él se irguió de nuevo decía que no habría quejas.

O podría ser solo el efecto del champán.

Pero, ¿cuál era *su* excusa?

—También me alegro de verte, Tanner. —Tamra le sonrió con aire de suficiencia—. Vaya saludo para la mujer con la que llevas casado siete años.

Él la miró. ¿Sabía ella algo? —Tamra. —Pasó el brazo de Juliet por su cintura—. ¿Te importa si me robo a Juliet?

—Adelante. —Levantó las cejas mientras él guiaba a Juliet hacia una pequeña mesa de café en un bosquecillo de palmeras en macetas que Delia probablemente había alquilado para la ocasión.

Sí, Tamra sabía algo.

—Tanner, eso no fue agradable. —Las palabras de Juliet sonaban un poco arrastradas.

—Tampoco lo es emborracharse en la fiesta de Delia. —Puso su mano en la parte baja de su espalda para estabilizarla. Al menos, esa era su excusa.

—No estoy borracha.

—Mantengámoslo así.

—Suéltame. —Lo empujó, pero él la tenía rodeada con su brazo.

—Juliet, no montes una escena.

—¿Por qué no? —Se apartó un poco de pelo de la cara con la palma de la mano, no la delicada y grácil Juliet que siempre había conocido—. A Delia le encantaría. Y así nadie se sorprenderá cuando te vayas. Debería montar un buen espectáculo. Y tal vez incluso podrías irte ahora. Puedo decirle a Nana que te llamaron por negocios. Me creería. Siempre me cree.

—No voy a hacer eso y lo sabes. De lo contrario, no me habrías pedido que viniera en primer lugar. Quieres a tu abuela; no harías nada para hacerle daño. Y yo tampoco.

Los grandes ojos azules de Juliet se llenaron de lágrimas y ese labio inferior carnoso que le encantaba chupar hizo un puchero. —Nunca quiero hacerle daño a nadie. Nunca jamás.

Ay, caray. Esas tres copas de champán se le habían subido directamente a la cabeza. Siempre le había afectado mucho el alcohol; no sabía por qué pensó que el tiempo habría cambiado eso.

Porque el tiempo sí había cambiado otras cosas de Juliet.

No iba a pensar en eso. —Vamos, Jules. Creo que deberíamos irnos.

—No quiero. —Se subió de un salto a uno de los taburetes.

Su vestido se le subió por las piernas, revelando más muslos bronceados y tonificados—

—Jules.

Ella le pasó los brazos desnudos por los hombros. —Me gusta cuando me llamas así, Tanner. Nadie más lo hace.

Eso era porque ella odiaba el nombre. Él solo había empezado a llamarla así cuando no sabía cómo decirle que le gustaba en quinto grado. Así que la había molestado.

Estúpido, en realidad, pero los niños prepúberes no eran conocidos por su lógica y su pensamiento analítico. Había conseguido que ella le prestara atención, así que había seguido haciéndolo.

Más tarde, se había convertido en un término cariñoso que a ella le gustaba. Algo solo entre ellos. Como los tres golpecitos.

Ella lo había tocado así antes. Él no había respondido. Porque esos tres golpecitos le habían llegado directamente al estómago con un *golpe* seco. No tanto por su toque, porque fue un toque «casi inexistente», sino por lo que significaban esos golpecitos.

Dios, si tan solo pudiera seguir confiando en ese sentimiento.

—Vámonos a casa, Jules. Ya tuve suficiente.

—¿Tú? ¿Ya tuviste suficiente? Tanner, nunca bebes demasiado.

—No me refería al alcohol.

Ella lo miró directamente a los ojos, sus labios perfectos torciéndose hacia un lado mientras trataba de averiguar qué quería decir él.

—Ohhhhh... —Le dio un golpecito en los labios—. Entendido. Está bien, entonces, podemos irnos. Deberíamos despedirnos de Delia. —Se bajó de un salto y se habría ido, pero él la sujetó por la cintura.

—¿En serio? ¿Quieres darle la oportunidad de comentar sobre la cantidad de champán que has bebido?

Juliet se puso las manos en las caderas. —No he bebido mucho champán.

—Para otras personas, no, no lo has hecho. Pero tu límite es una copa y has bebido tres veces esa cantidad.

—¿Estabas contando?

—Estaba observando. El alcohol tiende a soltar las lenguas y no queremos revelar nuestra tapadera.

Se lamió los labios. —¿Va a soltar *tu* lengua, Tanner?

Él no dijo nada. No pudo.

Le tomó unos segundos darse cuenta de lo que había dicho.

Su mano voló a sus labios y esos hermosos ojos azules se abrieron de par en par. —Uy. No quise decir—

—Está bien, Jules. Vámonos de aquí.

Por un segundo, el segundo más breve posible, escuchó esas palabras e imaginó un significado completamente diferente.

Uno que se quedó con él durante todo el camino de regreso a su casa.

Capítulo Quince

—¿No me molestaría, sabes? Si la cerveza te soltara la lengua. —Juliet pasó la mano por el capó de su Mercedes mientras se dirigía a la puerta de su casa—. Digo, *todavía* estamos casados.

Un tema peligroso. Mejor no decir nada. Era el champán el que hablaba por Juliet, pero si él hablaba, sería él y nadie más. Y con lo que a él le gustaría decir...

Dios, si tan solo *pudieran* acostarse. Simplemente meterse en la cama y calmar esa picazón, por así decirlo.

—¿Tanner? ¿Me oíste? —Apoyó ambas manos en el capó del auto detrás de ella y se echó hacia atrás, intentando ser provocativa, a juzgar por sus palabras....

Y lo estaba logrando, maldita sea. Pero no era una sorpresa. Juliet era sexi hiciera lo que hiciera. Podía estar cubierta de lodo y seguiría siendo hermosa.

Maldita sea. Él no necesitaba esto. Ya era bastante malo que todavía se sintiera atraído por ella, como para que, encima, ella le ofreciera básicamente todo lo que él quería...

Y todo lo que no. No podía confiar en ella. La confianza era fundamental. La parte más importante de una relación después de la atracción y el respeto.

Así que te atrae y respetas en quién se ha convertido. La confianza se puede reconstruir.

Su maldita libido de nuevo. Si le hiciera caso, nunca saldría de la cama.

¿Y por qué sería eso algo malo?

Porque él no se aprovechaba de la gente, y hacer cualquier cosa con Juliet en este momento sería aprovecharse de ella.

¿Te estás escuchando? Amigo, ella se aprovechó de ti. De tus sentimientos, de tu confianza, de tu futuro. Donde las dan, las toman.

Bloqueó esa voz. Bloqueó las imágenes. Bloqueó la tentación.

—¿Tanner?

Bloqueó a Juliet agarrándola de un brazo y tirando de ella hacia el interior de su casa, ignorando el primer botón que se había desabrochado, amenazando con darle más que un vistazo de lo que había debajo del corpiño. —Un café, Juliet. Ahora.

Ella tropezó tras él. —No tengo café.

—Té, entonces. Sé que tienes té.

—No quiero té. Ya hace demasiado calor.

Hacía demasiado calor *adentro*, pero eso no parecía registrarlo ella.

O tal vez sí...

—Tomaste demasiado champán.

—¿Acaso existe tal cosa como «demasiado champán»? —Soltó una risita después de eso, deslizando las yemas de sus dedos a lo largo de la barandilla de su porche.

—Sí. Existe. Y tú eres el ejemplo perfecto. —Extendió la mano—. Adentro.

Ella hizo todo un espectáculo al exhalar mientras intentaba pasar a su lado con su mejor contoneo de belleza sureña. A él siempre le había encantado verla hacer eso porque era adorable cuando lo hacía.

Las cosas no habían cambiado en ese aspecto.

—Eres bastante mandón. Y ni siquiera es tu casa. —Se apoyó en el respaldo de la silla que dividía la sala del recibidor y se cruzó de brazos.

Ese movimiento había sido diseñado por el diablo para tentar a los hombres más de lo que cualquier manzana podría haberlo hecho. Y él no era ningún santo.

—Juliet, por favor. Bebiste un poco de más. Vamos a prepararte un té y te sentirás mejor.

—Me siento perfectamente, muchas gracias. —Cruzó los brazos al revés y el corpiño se abrió peligrosamente—. Y no necesito ningún té.

—Sí, lo necesitas.

—¿Por qué? ¿Qué vas a hacer al respecto si no lo tomo? ¿Vas a castigarme, Tanner?

El comentario le trajo imágenes de ella boca abajo, con ese dulce trasero en el aire y...

No, él nunca podría lastimar a Juliet. Ni aunque ella se lo suplicara.

Jesús, amigo, te tiene mal. La pregunta es, ¿qué vas a hacer al respecto? La mujer se te está insinuando directamente. ¿La vas a rechazar?

Por mucho que le doliera —y lo decía literalmente—, sí, la iba a rechazar. Una cosa sería si ella estuviera en pleno uso de sus facultades, pero ¿comprometida por el alcohol?

Ni de coña.

Tanner Wentworth no se aprovechaba de las mujeres borrachas.

Nunca había tenido que hacerlo y no iba a empezar ahora. Especialmente con su esposa.

Juliet se escuchó decir las palabras y se preguntó de dónde venía su valor.

Eh, ¿del fondo de tres copas de champán?

En realidad, podrían haber sido cuatro.

Probablemente no era la mejor idea beber tanto, pero con los comentarios de Delia y teniendo que aparentar ante sus amigos... vaya, qué bien se sentía en este momento.

Tanner se sentía bien en este momento.

Se levantó y descruzó los brazos. A Tanner le gustaban sus pechos. Y a ella le gustaba que a él le gustaran. Y si él podía concentrarse en ellos en lugar del pasado, si podía estar en el presente, quizás, solo quizás, podrían superar los errores que ella había cometido y seguir adelante. Juntos.

Era una oportunidad que deseaba desesperadamente aprovechar y si el champán le estaba dando las agallas para decir lo que quería decir, ¿qué tenía que perder?

—¿Y bien, qué vas a hacer, Tan? ¿Qué pasa? ¿No se te ocurre nada? Eso no es propio de ti. —Caminó hacia él y pasó un dedo por la línea de su cinturón—. No estaría mal, ¿sabes?

Él cerró los ojos con fuerza y ella se aseguró de rozar su bíceps con el cabello. Él siempre había disfrutado que ella pasara su cabello sobre su piel. Sobre todo en otras zonas, um, más sensibles, pero Tanner amaba su cabello. Le encantaba amontonarlo en su puño para mantenerla quieta...

—Juliet. —Su voz era tensa—. Para.

—Lo que tú digas. —Se detuvo, sí. Justo a su lado. De frente a él. Así que sus pechos estaban a cada lado de su brazo.

Un músculo en su mandíbula se contrajo. —¿Dónde está el té?

—En la cocina. Pero de verdad que no quiero.

—Pero *yo* de verdad quiero que tomes un poco.

Eso dijo, pero no se apartó ni un centímetro.

Ella inclinó la cabeza y su cabello se deslizó sobre su hombro, las puntas rozando de nuevo el brazo de él.

Percibió un rápido escalofrío. —¿Por qué?

—¿Por qué?

—Sí, ¿por qué? ¿Por qué quieres que tome té?

—Para que se te pase la borrachera.

—Bueno, tal vez no quiero que se me pase. Al menos no todavía.

Él la miró entonces, arqueando las cejas y, si no se equivocaba, había interés en sus ojos.

No quería equivocarse. Tampoco quería estar imaginando cosas. Una cosa era si él estaba interesado; otra muy distinta era si solo le estaba siguiendo la corriente.

Tragó saliva. Con fuerza.

No le estaba siguiendo la corriente.

Tampoco la estaba evitando.

Quería dar el primer paso. Pero incluso con todo el champán, no podía. Tenía que venir de él. De lo contrario, la culparía a ella por provocarlo.

—Juliet...

—Prometo que no diré nada si tú no lo haces. —Añadió una sonrisa para ponérselo fácil. Para que no viera todas sus esperanzas y sueños atados a esta conversación.

Un beso. Eso era todo lo que quería. Todo lo que necesitaba. Todo lo que necesitaban. Él le daría un beso y vería...

—No. —Sacudió la cabeza, se aclaró la garganta y, esta vez, sí retrocedió—. No.

—¿De verdad? —Nada como un aguafiestas para que se le bajara la borrachera. Y no podía creerlo. ¿De verdad se había alejado de ella? ¿De verdad no quería besarla? Bueno, gracias a Dios que se había tomado las cuatro copas de champán. Quizás quisiera ir a buscar unas cuantas más para ahogar el resto de sus penas, ya que el efecto de las primeras se había reducido repentina —y drásticamente— gracias a su falta de interés.

Tanner volvió a tragar saliva con fuerza. Apretó los puños. Giró la cabeza como solía hacerlo para relajarse antes de un partido y aliviar la tensión.

Quizás no estaba tan desinteresado como intentaba aparentar.

—Bueno, Tanner, supongo que no puedo obligarte a que quieras besarme. —Se echó el cabello hacia atrás y dejó que el tirante de su vestido se deslizara sobre su hombro, poniendo tanta *indiferencia* en su pequeño discurso como pudo reunir. Que pensara que no era gran cosa. Eso lo haría cavilar. Y entonces él...

La besaría.

Acercándola hacia él con una mano en su nuca, sus labios apretándose contra los de ella, y su pecho duro como una roca presionado contra sus doloridos senos, pasó la mano por su espalda, le ahuecó el trasero y la atrajo contra él, donde ella sintió...

Oh, sí. La deseaba.

Juliet suspiró en su boca, dándole a su lengua la entrada que ambos querían. Deslizó los dedos por su cabello, amando la forma en que se enroscaba en ellos, un poco más largo que antes. Acarició su mandíbula con el pulgar, sintiendo cómo abría la boca para devorar la suya, su lengua recorriendo la de ella, exigiéndole que bailara con la suya.

Dios, siempre le había encantado besar a Tanner. La única vez que había jugado a la botella y había tenido que besar a J.D. y a Rick no se pareció en nada al primer beso con Tanner. Habían saltado chispas, los colores habían estallado tras sus párpados y la piel de gallina había acampado por toda su piel.

Justo como ahora.

Tiró de su cabello, intentando acercarse más. Le agarró el trasero, arrastrándolo contra ella y —demonios— quería hacer mucho más con Tanner que esto.

Él la hizo retroceder contra la silla, prácticamente doblándola sobre ella con la fuerza de su beso.

Quería sus manos en sus pechos. Quería que le arrancara la blusa por la cabeza y los lamiera y jugueteara y besara y succionara hasta que le fallaran las piernas. Quería estar desnuda y retorciéndose con Tanner y quería darle tanto placer que nunca más pensaría en marcharse.

Intentó apartar sus labios de los de ella. —Tenemos que parar.

Ella no lo dejó ir, succionando su labio inferior mientras negaba con la cabeza. —Eso es lo único que no deberíamos hacer.

La agarró por los brazos y Juliet tuvo la sensación de que, sin importar lo que dijera, no conseguiría que cambiara de opinión.

Entonces haz algo...

Presionó sus pechos contra su torso. Enroscó una pierna alrededor de su pantorrilla. Gimió mientras abría su propia boca bajo la de él, lista para suplicarle por esto. Una noche. Eso es todo. Solo una noche más.

Tanner deslizó de nuevo la mano por su espalda mientras profundizaba el beso.

Pero solo durante unos segundos.

Luego se apartaba, se enderezaba y se pasaba una mano por la boca.

¿Borrando el sabor de ella?

Vaya, maldición. Juliet dejó caer el pie al suelo.

—Esa fue una muy mala idea.

—A mí no me lo pareció. —No iba a fingir que esa llama no existía entre ellos. Puede que su cerebro hubiera tomado el control al final y hubiera puesto fin a su beso, pero su cuerpo había reconocido lo que quería y estaba en camino de conseguirlo. Y ella se lo habría permitido.

Le puso la palma de la mano en la mejilla. —Todavía me excitas, Tanner. Y ambos somos adultos. No hay ilusiones sobre lo que es esto. Te vas a divorciar de mí en unas pocas semanas; esto no tiene por qué ser nada más que esta noche.

Abrió la boca para decir algo, pero luego la cerró.

Lo hizo de nuevo.

—Yo... —A la tercera fue la vencida, pues finalmente logró articular una frase completa—. Ni siquiera sé cómo responder a eso.

—Quizás no tengas que hacerlo. Tal vez todo lo que tienes que hacer es besarme de nuevo y la respuesta vendrá a nosotros.

—No podemos involucrarnos, Juliet.

—Oh, Tanner, no intentes engañarte. Ya estamos involucrados. Lo hemos estado desde que éramos niños e incluso si te divorcias de mí, siempre lo estaremos. Somos una parte enorme de la vida del otro; eso nunca va a desaparecer.

—Entonces no deberíamos complicarlo.

—¿Qué tiene de complicado? Yo te deseo a ti, tú me deseas a mí. Nada complicado.

—Las emociones...

—Pues deja las emociones fuera de esto. —Palabras valientes cuando para ella se trataba *solo* de emociones. Y si tan solo pudiera llevarlos a los dos a la cama, eso podría surgir por sí solo.

Oh, Dios. ¿Qué estaba haciendo? ¿Intentando manipular sus sentimientos de nuevo? ¿Usar el hacer el amor para retenerlo? Eso no había funcionado bien antes; definitivamente no funcionaría ahora.

—Tanner, yo... lo siento. —Esta vez, fue *ella* la que se apartó. Fue ella la que apretó los puños y enderezó los hombros. La que lo miró larga y profundamente a los ojos y vio la lucha que se libraba en su interior, y fue ella la que se alejó.

Si Tanner la quería, tenía que ser por su propia voluntad, no porque ella lo hubiera coaccionado, manipulado o forzado a desearla.

—Juliet. Espera.

Capítulo Dieciséis

Se quedó helada. No se dio la vuelta, no respiró.

No albergó esperanzas.

Lo oyó suspirar. Lo oyó rascarse la cabeza de esa manera brusca que tenía cuando pensaba con intensidad.

Lo oyó caminar hasta quedar detrás de ella.

—Te deseo.

¡Gloria a Dios y aleluya! Quería gritarlo a los cuatro vientos.

En lugar de eso, respiró hondo y lentamente se giró para mirarlo. —¿Y...?

Él arqueó una ceja. —¿Y? Pensé que esa declaración se explicaba bastante bien por sí misma.

—Bueno, Tanner, la verdad es que no es ningún secreto que me deseas. Hay cosas que nunca has podido ocultarme. —Se resistió a bajar la mirada hacia sus pantalones, pero solo porque quería ver qué había en sus ojos. Quería ver si había ira o desdén o, Dios no lo quisiera, aborrecimiento, pero lo que vio...

Le quitó el aliento.

—Sin compromisos. —Dio un paso más hacia ella y le llevó una mano a la mejilla—. No cambiará nada entre nosotros. Nos divorciaremos cuando todo esto termine.

No quería pensar en que algo terminara, pero la enfermedad de Nana le había hecho comprender que no podía dar nada por sentado. Que quizá no *hubiera* un mañana, así que no debía vivir con arrepentimientos. Y si todo lo que podía tener de Tanner era esta noche, la iba a aprovechar.

No podía *no* aprovecharla. —Entiendo.

—No te hagas ideas de que esto terminará en un «y vivieron felices para siempre». Tengo una vida en otro lugar a la que pretendo volver.

Excepto por el hecho de que él estaba hablando de abrir una franquicia aquí.

Pero no iba a mencionar eso. No ahora.

—Entiendo, Tanner.

—¿De verdad? ¿Estás segura? ¿O es el champán el que habla por ti?

Le dio vueltas a eso en su cabeza. Pasó la lengua por sus dientes y por el interior de sus mejillas. No quedaba ni rastro de champán y su mente estaba tan clara como el día. En algún momento, la neblina del alcohol había dado paso a la neblina de la seducción, y esa la prefería mil veces cualquier día. —No queda ni una gota de champán. Besarme hasta dejarme sin sentido tiene el beneficio adicional de despejarme, ¿recuerdas?

Fue como si hubiera dicho alguna palabra mágica o algo así, porque Tanner se le echó encima tan rápido que no pudo ni respirar.

No es que importara; lo habría perdido de todos modos.

Dios, le encantaba besarlo. Le encantaba que la sostuviera, atrapada en sus brazos grandes y fuertes que la habían hecho perder el suelo bajo los pies más veces de las que podía contar.

Estaba añadiendo una más a la lista, porque vaya que la levantó en vilo.

Y entonces empezó a moverse. Cruzó la sala y abrió la puerta de su habitación de una patada, luego caminó hasta la cama y la paró sobre ella.

—De rodillas, mujer —gruñó él mientras sus manos se deslizaban hacia su trasero.

Ella le rodeó el cuello con los brazos y se arrodilló para que sus bocas quedaran a la altura perfecta.

Tanner los reclamó como si estuviera hambriento. Ella debía saberlo, porque también lo estaba.

Él había sabido increíble allá en la sala, pero ese había sido un beso inquisitivo. Uno que no estaba segura de que se repetiría. Este, sin embargo... Él estaba aquí, en su habitación, y se quedaría todo el tiempo que les tomara disfrutarse plenamente el uno al otro.

Para Juliet, eso serían unos ochenta años.

—Tócame, Tanner. —Eso *podrían* ser los restos del champán hablando, pero Juliet lo dudaba. No necesitaba ningún falso valor para desear a Tanner, y ahora que él estaba aquí, de acuerdo con el plan, *definitivamente* no lo necesitaba. La química entre ellos se encargaría del resto.

La mano de él se deslizó sobre su clavícula, sus dedos danzando delicadamente sobre ella, pero con suficiente fuego para hacerla arder. Y con suficiente deliberación para impacientarla.

—Más abajo.

—Ya voy, nena. No tengas tanta prisa.

¿Siete años y él *no* tenía prisa? O ella no le provocaba lo mismo que él a ella, o el hombre tenía planes para ella.

Se estremeció, rezando porque fuera lo segundo.

Luego se estremeció de nuevo porque los labios de él se movieron a su garganta, depositando besos húmedos mientras seguían el camino que sus dedos habían trazado.

Los dedos que finalmente se movían más abajo.

Le dolían los senos, hinchándose por su tacto, sus pezones endureciéndose incluso antes de que él llegara a ellos, un fuego crepitando a través de ella y descendiendo en espiral hasta su centro. Dios, cómo lo deseaba.

—Cielos, Juliet, todavía hueles igual. Esas malditas flores azules.

No sabía por qué eran malditas; a él siempre le habían encantado. Le encantaba el recuerdo de aquel campo en el que habían hecho el amor.

Se estremeció de nuevo cuando él le deslizó el tirante del vestido por el hombro.

—Te quiero desnuda.

Pues ella también lo quería.

Juliet soltó los hombros de él, a regañadientes, pero era por el bien de ambos. Cuanto más rápido se desnudara ella, más rápido lo haría él también, y entonces ambos serían felices.

Desabrochó los botones desde la cintura, sus dedos encontrándose con la boca de él entre sus senos.

Él le mordisqueó los dedos y ella los deslizó dentro y fuera de sus labios por unos segundos antes de que la tentación de estar desnuda ganara, y retiró los dedos para poder quitarse las mangas del vestido.

—Hermosa. —El aliento caliente de él se deslizó sobre sus senos, sus pezones tensándose contra la tela de su sostén.

Ella levantó las manos para desabrochar el cierre frontal, pero Tanner se las apartó con un gesto. —Permíteme.

Oh, ella le permitiría cualquier cosa que su corazón deseara.

Un giro de sus dedos y su sostén estaba abierto y entonces, gracias, Señor, sus manos estaban sobre sus senos, acariciándolos, apretándolos, tirando de sus pezones.

Siempre había tenido los pezones sensibles, pero habían pasado siete largos años; si él seguía haciendo eso por mucho más tiempo, todo terminaría antes de que ella estuviera lista.

—Quiero tocarte. —Le pasó las manos por los costados, arrugando el polo de golf en el dobladillo y empujándolo hacia arriba, subiendo las manos por sus abdominales—. Tienes unos abdominales geniales.

—Me alegra que los apruebes.

Había una risita en su voz; siempre habían sido juguetones durante el sexo, pero ella no estaba de humor para risitas. Estaba de humor para gruñir. De humor para mordisquear. De humor para arrancarle la ropa.

No le arrancó la camisa, exactamente, pero sí se la quitó por encima de la cabeza y la arrojó a algún lugar de su habitación. Ya se preocuparía por eso más tarde.

—Oh, Dios, Tan. Ha pasado tanto tiempo. —No había querido mencionar el lapso de tiempo porque no quería que él pensara exactamente cuánto había sido, pero no pudo evitarlo. Tenía sus recuerdos, pero nada —ni siquiera el espectáculo que había montado para la veintena de mujeres en el club nocturno— podía compararse con la experiencia real de pasar las palmas de sus manos por esos músculos lisos y tensos y esa capa de vello rubio que se sentía tan bien contra sus senos.

Y sus labios.

Tanner gimió. Luego aspiró aire cuando ella encontró su pezón. —Maldita sea, mujer.

—Te gusta esto. —No era una pregunta, porque ella sabía exactamente lo que le gustaba a él.

Él gimió cuando ella lo tomó en su mano.

Gimoteó cuando ella le pasó la mano por toda su longitud.

Siseó cuando lo acarició a través de sus pantalones cortos.

—Quitémonos esto. —Necesitaba tocarlo. Necesitaba estar apretada contra él y sentir cuánto la deseaba.

Necesitaba tomarlo dentro de ella... y no soltarlo nunca.

¿A quién engañaba? Nunca lo había soltado, ni siquiera cuando debería haberlo hecho, y probablemente nunca lo haría. El divorcio sería duro, pero tendría este recuerdo para ayudarla a superarlo.

Abrió el botón de la cinturilla de él, encantada con la forma en que los músculos de su estómago se contraían cuando sus nudillos lo rozaban.

—Me estás matando, Jules.

—*No* te me vas a morir, Tanner Wentworth. Ni se te ocurra.

La respiración de él se volvió agitada mientras ella bajaba la cremallera, con mucho cuidado porque sabía que él a menudo no usaba ropa interior.

Hoy no era diferente.

—Oh, cielos —exhaló mientras capturaba el peso de él en su palma.

Oh, cielos, en efecto. Esto *era* suyo. *Él* era suyo. Y tenía que hacérselo ver. Eran demasiado buenos juntos para un divorcio. Y no se refería solo a lo físico. Pero este era su punto de partida, así que seguiría con él.

—Mierda.

O no...

Juliet lo miró. —¿Qué? *Por favor, no me pidas que pare. Por favor, por favor, por favor, no pidas eso. Cualquier cosa menos eso.*

—Condón.

Condón. Maldita sea. Sabía que debería haberlos comprado, pero no quería que pareciera que se había estado preparando para esto. Que lo había manipulado para que sucediera. —No tengo ninguno.

—Yo sí.

Sus ojos se clavaron en los de él. —¿Sí? ¿Se atrevía a tener esperanzas? ¿Había estado *planeando* esto él?

Él asintió y se apartó de su alcance.

Tuvo que dejarlo ir.

—Riesgo laboral. Si tengo que sustituir a alguien y necesito cambiarme de vestuario, no quiero que mis partes entren en contacto con una tela con la que las partes de otro han estado en contacto. Así que uso condones.

—Caray. —Se sentó sobre sus muslos y se bajó el vestido hasta las rodillas —. Datos desconocidos sobre los bailarines exóticos. La mayoría de la gente pensaría que todo es sexo salvaje y dejarlo todo al aire. Es interesante saber que tú, eh, te cubres, por así decirlo.

—¿Eso es lo que piensas, Juliet? ¿Que me dedico al amor libre con cualquiera?

—Tanner, si pensara eso, no estaríamos aquí ahora mismo. ¿Puedes, por favor, ir a buscar esos condones?

—¿Con*dones*? ¿En plural?

Ella ladeó la cabeza, dejando que su cabello cayera sobre un pecho. —¿Desde cuándo nos ha bastado solo con uno?

—Buen punto.

A ella también le parecía. También pensó en condones *en plural* para poder hacerle el amor hasta que él no pudiera ver claro, para que nunca más pudiera marcharse. Esperaba que hubiera traído suficientes.

Quizá debería comprar algunas cajas la próxima vez que saliera, por si acaso él no lo había hecho.

Mientras se deslizaba fuera del vestido, su cuerpo vibraba al pensar en hacer el amor con él, no solo ahora, sino mañana. Pasado mañana. Todos los días hasta que él decidiera irse...

O decidiera que *no* quería irse.

No te metas ahí, Juliet. No abras tu corazón a más desamor. Ya es bastante malo que vayas a llorar por esto cuando se vaya, no añadamos expectativas poco realistas a la mezcla. Ya eres una adulta. Sabes cómo funciona esto. Disfruta el momento y deja que el futuro se encargue de sí mismo. Si hubieras hecho eso hace años, no estarías en este lío.

Su conciencia amenazaba seriamente con arruinarle el subidón por completo; el sexual, no el del alcohol, porque el champán había desaparecido de su sistema hacía mucho.

Afortunadamente, Tanner volvió a entrar en la habitación en ese momento. —Aquí están. —Levantó un par de paquetes de aluminio—. ¿Tienes alguna preferencia de color?

—No. Solo toma uno y vuelve aquí. —Se enderezó de rodillas y extendió la mano.

Tanner aspiró aire bruscamente mientras dejaba caer los condones en la palma de ella. —Dios, Jules, eres hermosa.

—Tú me haces sentir hermosa. —Era verdad. Sí, ella sabía cómo se veía —al fin y al cabo, se miraba en el espejo, y después de haber pasado por el circuito de concursos de belleza, no podía *no* ser consciente de su apariencia—, pero Tanner la hacía sentir hermosa de maneras que todos los elogios y palabras bonitas no podían. La hacía sentir deseada, y no por su apariencia, aunque le gustaba que a él le gustara mirarla, que la encontrara lo suficientemente bonita como para mirarla durante horas y horas. Lo cual había hecho en el pasado. Lo llamaría el rubor del primer amor, pero ese sentimiento nunca había desaparecido. No importaba cuántas personas le dijeran que era bonita o hermosa, solo la opinión de Tanner importaba. Quería ser bonita para él.

Dejó todos los condones, salvo uno, en la mesita de noche y luego le extendió la mano. —Déjame hacerte sentir hermoso.

Él se bajó los shorts por las piernas y tomó el condón.

—Déjame —dijo ella. Rasgó el envoltorio y luego desenrolló el condón a lo largo de su miembro, adorando cómo se estremecía bajo sus manos. Adorando la fuerza dura y palpitante de él en su mano. Dios, cómo lo deseaba dentro de ella.

Él deslizó la mano por debajo de su nuca y la atrajo hacia él. —Maldita sea, mujer, me vuelves loco.

Ella iba a interpretar ese *loco* como algo bueno, en lugar del que él podría querer decir en realidad, porque iba a disfrutar de esto. La realidad volvería muy pronto.

Lo rodeó con los brazos por la espalda mientras él la besaba, su lengua haciendo los movimientos que ella quería que esa parte de él, presionada contra sus costillas, hiciera dentro de ella.

Le apretó el trasero y lo atrajo más cerca, queriendo desequilibrarlo para que cayera sobre ella, derribándola sobre la cama, cubriéndola con su peso.

—Cuidado, nena —dijo él mientras caía sobre ella, apoyándose con las palmas de las manos plantadas en el colchón—. No quiero lastimarte.

Ella juntó ambas manos detrás de su nuca y tiró de él hacia abajo, sin querer pensar en salir herida. Eso probablemente era un hecho, pero no ahora. Ahora todo se trataba de hacerse sentir bien mutuamente.

—Te quiero dentro de mí, Tanner.

Esas palabras desataron un frenesí que ella no había esperado. Oh, lo apreció, pero de repente, Tanner estaba encima de ella, su pene presionando contra su abdomen con tanta insistencia, y la besaba como si no pudiera tener suficiente de ella.

Juliet le devolvió el beso casi con desesperación, pero tal vez sí estaba desesperada. Esto *tenía* que salir bien. Tenía que abrirles algunas puertas. Al menos a la posibilidad de... ¿qué? ¿Seguir casados? ¿Vivir juntos?

¡Juliet! Concéntrate en este *momento. Ahora. No en el futuro. No puedes contar con el futuro, así que disfruta lo que tienes ahora.*

—Muévete un poco hacia atrás —dijo Tanner con dureza mientras deslizaba una mano bajo su espalda y la levantaba hacia la cabecera de la cama.

Ella se apresuró como pudo para ayudarlo a moverla, la acción la puso en contacto con la mayor parte de su cuerpo. Cada lugar que él tocaba se iluminaba como un espectáculo de fuegos artificiales. Dios, deseaba a este hombre. A este. A ningún otro. Nunca había habido nadie más para ella, ni siquiera en esos cuatro años que él estuvo fuera en la universidad. Oh, había salido con algunos chicos, pero nunca había hecho más que besarlos, porque besarlos no había sido mejor que besar a Tanner, y ninguno de sus besos la había llevado a perder la cabeza de deseo como podía hacerlo un beso de Tanner.

Y ahora él estaba haciendo mucho más que besarla.

Su mano recorrió su brazo hasta tomar sus dedos. Llevó sus manos unidas entre ellos y le besó cada dedo, luego apoyó la palma de ella contra su pecho. —Tócame, Juliet.

No necesitó que se lo pidiera dos veces. Con la palma plana contra su pectoral, rodeó su pezón, sintiendo cómo se endurecía. A Tanner le gustaba que jugara con sus pezones y ella estaba más que feliz de complacerlo.

Se contoneó un poco más, abriendo las piernas para que él pudiera acostarse entre ellas, y llevó su otra mano al otro pectoral de él.

—Dios, sí, Jules. Se siente tan bien.

Se apoyó sobre las palmas de sus manos, con la espalda arqueada para que la parte inferior de su cuerpo estuviera en contacto directo con la de ella.

Ella rodeó sus pezones de nuevo, pellizcándolos cuando él gimió.

—Dios, sí, nena, eso es.

Eso era; podía sentir la creciente evidencia contra ella.

Lo quería dentro de ella con tantas ganas. Lo había imaginado durante años y ahora... Ahora... Podría suceder por fin.

Abrió un poco más las piernas y levantó un talón sobre la parte posterior de su pantorrilla.

Eso funcionó. Él le plantó un beso en la boca y la penetró.

Juliet se quedó inmóvil. La sensación... era casi dolorosa. Casi demasiado apretada. Pero la forma en que la llenaba... Tal vez no era tanto un llenado físico como emocional. Él la llenaba. En todos los sentidos. Su cuerpo, su mente... su corazón.

Nunca dejaría de amar a Tanner. Nunca. Y mientras él embestía dentro de ella —mientras le hacía el amor—, ella trató de demostrárselo de todas las formas posibles sin decirlo. Porque decirlo lo haría salir corriendo.

Envolvió sus piernas alrededor de él para mantenerlo en su sitio y siguió su ritmo.

—Ah, Juliet. —Él acarició su mejilla con la nariz—. Eres tan hermosa.

Ella sonrió entonces porque no podía *no* sonreír. —Me g... —Las palabras eran casi demasiado fáciles de decir—. Me gusta que pienses eso, Tanner. —Contuvo unas lágrimas que se acumulaban detrás de sus ojos. No podía llorar delante de él. Él la conocía. La conocía demasiado bien. Se había burlado de ella por llorar cuando hacían el amor; decía que era todo el amor que tenía dentro que se desbordaba.

Era tan cierto.

Se inclinó para besarlo, necesitando no hablar porque no podía confiar en sí misma para no decir las palabras que tanto deseaba decir.

Él le devolvió el beso, su cuerpo moviéndose más rápido contra el de ella, sus embestidas volviéndose más profundas, su cuerpo temblando.

Ella cruzó los tobillos y se movió con él, sintiendo la tensión acumularse en su interior.

Amaba tanto a este hombre. No deseaba nada más que estar aquí, así, con él por el resto de sus vidas.

—Dios, Juliet, no puedo... —Su aliento era áspero en su oído, enviando escalofríos por todo su cuerpo—. Necesito...

—Lo sé, Tanner, lo sé. —Se movió debajo de él, usando sus talones como palanca, queriendo —no, necesitando— que siguiera.

Él la embistió más rápido, su piel resbaladiza contra la de ella, el aroma y el sonido de él amándola la llevaban más alto, y podía sentir el deseo en espiral en la parte baja de su vientre.

Se arqueó hacia él.

—Eso es, nena. Córrete para mí. —Jadeaba las palabras como una letanía con cada embestida y Juliet sintió que la sensación crecía dentro de ella.

Se aferró a su espalda, le clavó las uñas en la piel, con la respiración corta y rápida. Queriendo decir las palabras, pero no lo haría.

Pero podía pensarlas.

Te amo, Tanner. Te amo, Tanner.

—Dios, sí, Juliet. No te detengas.

Nunca dejaría de amarlo. Jamás.

Lo apretó dentro de ella, amando cómo se sentía allí. Amando cómo la hacía sentir en todas partes.

—Oh, Tanner... —Se mordió los labios para no decir las palabras. Pero no pudo detener el sentimiento en su interior. Su corazón se hinchó con las emociones que sentía por este hombre, y su cuerpo... Dios santo, su cuerpo estaba en llamas, queriendo llevarlo al cielo, queriendo darle tanto placer.

Él la besó entonces y eso fue todo. No pudo contener su orgasmo más de lo que pudo contener el amor que sentía por él, y se corrió, virtiendo cada gramo de amor en el beso que le dio mientras lo hacía.

El mundo de Tanner se estremeció.

Total y completamente puesto patas arriba, del revés, hacia atrás, hacia adelante, de lado y de cualquier otra forma que no se le ocurriera.

Santo Dios, Juliet.

Se sacudió contra ella, la necesidad de moverse dentro de ella lo impulsaba mucho después de haberse corrido. Pero no podía parar. Necesitaba sentirla a su alrededor. Necesitaba saber que estaba dentro de ella.

Donde perteneces.

Esa maldita voz. No era su libido hablando esta vez; su libido estaba en el suelo, temblando y tarareando para sí misma con satisfacción.

No, esta era su conciencia. Su bien y su mal. Su moralidad. Su sentido de sí mismo. ¿Y le estaba diciendo que pertenecía aquí?

¿Acaso el mundo se había vuelto loco?

Él *no* pertenecía aquí, pero maldita sea si podía apartarse.

Exhaló y dejó caer su peso sobre Juliet. A ella no le importaría. Lo sabía por experiencia.

Otro argumento en la artillería de su conciencia.

La conoces. La has amado desde siempre. Ha cambiado. Ha madurado. Pasó por la misma pérdida que tú. Sácalos a ambos de su miseria colectiva y dile que todavía la amas.

No.

Ahí era donde ponía su pie metafórico en el suelo. No estaba enamorado de Juliet. No *podía* amar a alguien que había hecho lo que ella hizo. No. No había argumentos en contra. Juliet había mentido; nunca podría confiar en ella. Era así de simple.

Y así de doloroso.

Bien. Como quieras. Y pierde lo mejor que te ha pasado en la vida.

Si las mentiras de Juliet eran lo mejor que le había pasado en la vida, Tanner podría pensar en rendirse y convertirse en un vagabundo. ¿Qué sentido tenía seguir adelante si seguía retrocediendo?

—Puedo oír los engranajes girando en tu cabeza. —Ella giró su desordenada cabellera hacia él, con los ojos saciados y lánguidos, su sonrisa satisfecha.

Era una mirada que siempre le había encantado en ella y ahora no era diferente. Algunas cosas simplemente estaban programadas en su psique.

Lo que podría ser la única explicación para haber hecho esto con ella.

—¿Tanner? Por favor, dime que no te arrepientes de esto.

Le encantaría decirle que sí. Darle el mismo tipo de dolor que ella le había dado a él, pero no podía. No era así. Se enorgullecía de ser honesto. —No, Juliet, no me arrepiento. Sin embargo, me pregunto cómo seguimos a partir de aquí. Qué pasa después. Todavía me voy, sabes. El divorcio todavía ocurrirá. No puedo vivir en el mismo vacío en el que he estado viviendo estos últimos siete años. Quiero que mi vida comience. Quiero seguir adelante. Tener un futuro. Hay demasiado pasado entre nosotros para que eso suceda.

Ella parpadeó. Unas cuantas veces. Rápidamente. Pero, a su favor, no lloró.

Tal vez Juliet estaba madurando después de todo.

Entonces, ¿qué significa eso para ti, amiguito?

Nada. Absolutamente nada. Demasiada herida. Demasiado dolor. No podían retroceder y no podían avanzar. No juntos. Tenían que seguir adelante.

—No lo analices demasiado, Tanner. Simplemente apreciémoslo por lo que es. Siempre nos hemos sentido atraídos el uno por el otro, obviamente eso no ha cambiado. Tú tienes tu vida; yo tengo la mía. Estamos aquí juntos por Nana. Dejemos que sea solo eso. ¿Por qué analizarlo? ¿Por qué ponernos más presión? ¿Por qué preocuparnos de que sea algo que no es? Simplemente disfrutémoslo. —Levantó un brazo sobre su cabeza y se estiró—. Yo ciertamente lo hice.

Él la miró. Estudió sus ojos. No había engaño allí. No había cálculo en marcha. Solo honestidad y franqueza y... sus pupilas estaban dilatadas. Las pupilas de Juliet siempre se dilataban cuando estaba excitada.

Sintió que él mismo se agitaba y tuvo que sonreír. Algunas cosas obviamente no cambiaban en siete años.

—Estás sonriendo.

Incluyendo el hecho de que podía leerlo como un libro abierto.

—¿Eso significa que lo disfrutaste?

Él la tomó de la mano y la arrastró hasta su ingle. —¿Tú qué crees?

Se estremeció cuando los dedos de ella se cerraron alrededor de él.

—Creo que el jurado necesita un poco más de convencimiento.

Dios lo ayude, la dejó «convencer al jurado». La dejó tomarlo en su boca, y luego, cuando estaba a punto de apartar su cabeza y ponerla boca abajo, ella tomó otro condón de la mesita de noche, lo enfundó y se subió encima, y pasó mucho tiempo antes de que estuviera pensando en algo.

Y si su padre no hubiera aparecido en la puerta de Juliet, podría haber sido mucho más tiempo.

Capítulo Diecisiete

—¿Papá?

Esa sola palabra, en ese tono, hizo que Tanner saltara de la cama de Juliet y se pusiera la ropa en dos segundos. Que su padre apareciera no era nada bueno.

Gracias a Dios, Juliet se había puesto unos pantalones cortos y una camiseta en lugar de abrir la puerta en bata, pero eso no ayudaría a Tanner a largarse de su habitación sin que el padre supiera exactamente lo que habían estado haciendo.

Aunque... eso podría ser bueno. Reforzaría su historia.

Genial. Ahora *él* estaba pensando en cómo mentir.

—¿Qué pasa? ¿Es Nana?

—Tu abuela está bien. Soy yo. Estoy aquí para saber qué demonios se traen entre manos tú y Wentworth.

—¿Traernos entre manos? ¿De qué hablas?

Tanner se acercó a la puerta del dormitorio, con la oreja pegada a la abertura.

—¿Puedo pasar? —El señor Chambers era, ante todo, un hombre muy estricto con las formas y las reglas. Eso lo convertía en un buen hombre de negocios, pero en un fastidio como padre de una novia.

Tanner no estaba seguro de en qué lo convertía eso como suegro, ya que en realidad no había experimentado esa parte. Pero si aparecer tarde en su casa —

bueno, la casa de su hija, pero el tipo pensaba que habían vuelto, así que debería considerarse *su* casa, y Tanner ya se preocuparía más tarde por cómo se sentía al respecto— servía de indicación, a Tanner no le hacía ninguna gracia. Especialmente cuando el tipo lo había interrumpido mientras le hacía el amor a su esposa.

Esposa.

Mierda. Esa palabra salió con demasiada facilidad de sus labios.

—Ah. Eh. Claro. —Juliet retrocedió, pasándose una mano por su ya desordenado cabello. Dios, su pelo de recién levantada no podría gritar *sexo* con más fuerza—. Pero, por favor, no hagas ruido. Tanner está durmiendo.

—¿Dónde?

Bueno, eso fue directo al grano.

Juliet apartó la mirada y Tanner pudo ver el sonrojo en su mejilla.

Eso también fue directo al grano.

—¿Te estás *acostando* con él, Juliet? ¿Aún no has aprendido la lección?

—Papá, Tanner es mi marido.

—¿Estás segura de eso?

Esa pregunta hizo que a Tanner le hirviera la sangre. Cómo se atrevía su padre a cuestionar *su* integridad. Estaba a punto de abrir la puerta del dormitorio cuando Juliet respondió.

—Sí, estoy segura de eso, papá. Tanner y yo seguimos casados. Y él ha honrado sus votos, igual que yo. —Cerró la puerta principal—. Sé que no es tu persona favorita, pero nuestra relación no es asunto tuyo.

Si estuviera diciendo eso como parte de su coartada, no podría ser más convincente. Si de verdad lo creía, por fin había aprendido a confiar en su palabra.

Sintió un ligero aleteo en el pecho ante ese pensamiento.

—Tú has hecho que sea asunto mío al mentirle a tu abuela. No lo voy a permitir, Juliet. Ella renunció a su vida para ayudarme a criarte. ¿Así es como se lo pagas?

—Ya es suficiente, Burt. —Tanner no pudo quedarse en la habitación de Juliet por más tiempo—. Juliet nunca le haría daño a su abuela y usted lo sabe. Sé que está preocupado, pero no debería desquitarse con su hija.

—¿Debería desquitarme contigo? —El señor Chambers no era un hombre pequeño, pero no estaba al nivel de Tanner. No es que Tanner fuera a pegarle nunca, pero el padre de Juliet apretó los puños, con aspecto de querer lanzarle más de un golpe mientras se encontraban en mitad del salón de Juliet.

—Juliet está intentando hacer feliz a su abuela. Y yo también.

El padre se frotó un lado del cuello. —¿Mintiéndole? No me puedes decir que de repente los dos han descubierto que no pueden vivir el uno sin el otro. No después de todos estos años separados.

—Estamos... en ello.

—¿Y luego qué? —Enarcó una ceja—. ¿Mi madre se recupera y tú te largas de nuevo?

—Papá...

—No, Juliet. Quiero oír lo que tiene que decir. Ya te ha dejado dos veces. ¿Por qué te expones a una tercera? ¿Te gusta que te hagan daño? ¿Te gusta tener que recoger los pedazos? ¿Por qué demonios te dejarías enredar en esto?

—No me han enredado en nada. Si estuviéramos intentando «traernos algo entre manos», como dijiste, ¿no crees que lo habría hecho volver cuando ella ingresó en el hospital?

—¿Por qué no lo hiciste?

—Porque no quería que Tanner *tuviera* que volver; quería que *quisiera* volver.

Tanner había subestimado seriamente la capacidad de actuación de Juliet. Casi lo había convencido.

Su padre se puso las manos en las caderas. —¿Esperas que me crea que esto es solo una coincidencia? No llegué a donde estoy hoy haciéndome el de la vista gorda, Juliet. Sé reconocer una treta cuando la veo.

Tanner quería confesar; le había dicho a Juliet que no podrían salirse con la suya. Pero había visto a Nana. Se había alegrado de verlo, pero había fragilidad bajo su sonrisa. Si mantener la farsa un poco más la ayudaba a recuperarse, lo haría. Ya que estaba metido, que fuera por todo...

—Por supuesto que volví cuando Juliet me contó lo que había pasado, pero fue porque yo quise. Porque era el momento. —Listo. Eso era lo más cercano a la verdad sin ser una mentira que podía decir.

—¿Y qué crees que pasará, Juliet, cuando se vaya? ¿Crees que tu abuela estará contenta con eso?

—¿Quién dice que me voy a ir? —Tanner no podía creer que hubiera dicho esas palabras.

El padre de Juliet tampoco, obviamente. Entrecerró los ojos y señaló a

Tanner. —Tú. —Se irguió en toda su estatura, que era unos buenos doce centímetros por debajo de la de Tanner, pero el tipo seguía siendo tan intimidante como cuando Tanner tenía dieciocho años—. Por alguna razón que solo Dios sabe, haces feliz a Juliet y mi madre lo sabe. No permitiré que la hieran de nuevo. Ha hecho demasiado por esta familia como para que jueguen con sus emociones. No sé qué han tramado tú y Juliet, pero no herirás a mi madre, ¿está claro? Todavía tengo esa hipoteca.

—Papá...

—Juliet. —Tanner dio un paso adelante. Por mucho que le gustaría poner al tipo en su sitio, no iba a hacerlo y arriesgar lo que él y Juliet ya habían acordado.

Respiró hondo e hizo algo que nunca pensó que sería capaz de hacer.

Le mintió al padre de Juliet.

—Juliet y yo hemos tenido algunos problemas, pero nos lo debemos a nosotros mismos, a lo que hemos significado el uno para el otro, el intentar solucionarlos. Sí, estoy aquí porque Juliet me habló de su abuela, pero esa no es la única razón por la que he vuelto. Estoy aquí por las razones correctas. No tengo ninguna intención de herir a su madre ni a su hija, Burt. —Esa parte al menos era cierta. Ya habían establecido las reglas básicas; si Juliet salía herida, sería porque ella había convertido esto en algo más de lo que era. No sería por su culpa; él había sido sincero con ella.

—Pero nunca lo haces, ¿verdad? Simplemente te largas y el resto de nosotros tiene que ayudarla a recoger los pedazos.

—Papá, eso no es justo.

—¿No lo has oído, Juliet? Nada es justo en el amor y en la guerra. Solo que aún no he descubierto cuál de los dos es esta relación entre ustedes.

Tanner no quería intentar clasificarla. —Juliet y yo somos adultos. Hemos discutido la situación desde todos los ángulos. No tiene que preocuparse por su hija. Ella está bien.

¿Bien? Juliet no estaba segura de eso. En realidad, no estaba segura de nada, porque al oír lo que Tanner estaba diciendo...

Quería que fuera verdad. Y si no hubieran tenido esa conversación antes de acostarse juntos, podría llegar a pensarlo; así de convincente era él.

Y se veía tan bien hablando con su padre allí, en su salón, con su camiseta, sus pantalones cortos y los pies descalzos. Como si ese fuera su lugar.

Sintió un cosquilleo en el estómago al imaginarlo. Cómo sería acostarse con él cada noche, despertarse con él cada mañana, prepararle el desayuno en la cama —o él se lo prepararía a ella; les gustaba hacer eso el uno por el otro durante los pocos meses que vivieron juntos antes de perder a Keegan—. Podía imaginárselo sentado en el patio trasero, leyendo el periódico. Esta casa le había parecido tan pequeña antes y, con razón, debería parecer aún más pequeña con Tanner en ella, pero no era así. Se sentía...

Como un hogar.

—Tiene razón, papá. Tanner y yo hemos hablado de todo esto. No tienes que preocuparte.

Él fulminó a Tanner con la mirada. —Me gustaría hablar a solas con mi hija.

—Papá, cualquier cosa que tengas que decir, puedes decirla delante de Tanner.

—No, Juliet, está bien. —Tanner le tocó el hombro y se sintió... genuino—. Los dejaré solos. —Caminó hacia el dormitorio de invitados.

Ahí se fue lo genuino. Si de verdad hubiera sentido lo que había dicho —lo que acababan de hacer juntos—, habría vuelto a la habitación de ella.

Tenía que aclarar sus ideas. No era eso lo que habían acordado antes de entrar en su habitación. No podía dejar que lo que habían hecho tiñera lo que estaban tratando de hacer: convencer a su familia de que habían vuelto.

Su padre se sentó cuando Tanner cerró la puerta de su dormitorio. Juliet tuvo que respirar hondo antes de poder enfrentarlo. —Papá, todo va a estar bien.

—¿Ah, sí? —Se frotó las sienes—. Mira, cariño. Sé que crees que estás haciendo algo bueno por tu abuela, pero se va a disgustar cuando él se vaya. Deberías haberla visto después de que te fuiste hoy. Hacía mucho tiempo que no la veía sonreír tanto, mucho antes del derrame cerebral. Y cenó esta noche. No tuve que insistirle.

—¿Ves? Todas son buenas razones para alegrarse de que haya vuelto.

Su padre se inclinó hacia adelante y apoyó los codos en los muslos, con las manos colgando entre las piernas. —Esto es exactamente lo que me preocupaba, Juliet. Eres demasiado vulnerable cuando se trata de Tanner Wentworth. Siempre te haces ilusiones y luego te decepciona. No ha estado presente por un tiempo razonable en siete años, cariño. Si hubiera querido volver, podría haberlo hecho. Ya podría tener nietos. Pero estás desperdiciando tu vida esperando algo que no va a suceder. Él no es el hombre para ti. Ya sea porque tienen demasiada historia o por alguna otra razón a la que te aferras, la verdad es que tienes que dejarlo ir. Tienes que seguir adelante. No puedes pasarte la vida suspirando por un tipo que no se da cuenta de lo especial que eres.

Juliet se mordió el labio. Quería a su padre por decir esto. Siempre le había dicho lo maravillosa y especial que era, sobre todo en aquellos primeros años después de que mamá decidiera que su novio era más importante que su hija. Pero oír las palabras de su padre no deshacía el abandono de su madre.

La verdad era que nunca se había sentido lo suficientemente digna. Después de todo, si su propia madre la abandonó, ¿por qué iba a quedarse alguien que no estuviera genéticamente emparentado con ella?

Racionalmente, sabía que no se podía culpar a Tanner por las acciones de su madre, pero emocional y psicológicamente, le aterraba que la dejara.

Y luego lo hizo. Y lo peor fue que habían sido sus acciones para *evitarlo* las que habían provocado que sucediera justo lo que más temía.

—Papá, vas a tener que confiar en que sé lo que hago.

—No tienes perspectiva, cariño. Te dejó cuando más lo necesitabas. Y no una, sino dos veces. ¿Y ahora lo has traído de vuelta por tercera vez? Esperaba que no siguieras colgada de él todos estos años, pero veo que me equivoqué. —Le sostuvo la barbilla—. Te van a volver a hacer daño y no hay nada que pueda hacer para evitarlo.

—Papá, soy una chica grande y me ha ido muy bien estos últimos años sin él. —*Últimos*, no *siete*, porque los dos primeros no había estado bien.

—Lo has sobrellevado, pero no has seguido adelante. —Dejó caer la mano en su regazo—. No has salido con nadie y deberías. Sal y conoce a otro hombre. Uno con el que puedas construir una vida. Un futuro. Tener una familia.

—Todavía estoy casada, papá.

Sus cejas se arquearon y le soltó la mano. —¿Crees que a él le importa eso? Si le importara, habría estado aquí. Podría estar saliendo con alguien y tú no lo sabrías.

—Lo sabría. Conozco a Tanner. Es un hombre de palabra. Dijo sus votos y los dijo en serio.

De eso estaba segura. Ahora.

Pero quería recordarle el más importante: *Hasta que la muerte nos separe.*

Las palabras de su padre le quemaban el corazón.

Tanner se alejó de su puerta, el viejo refrán de «quien escucha, su mal oye» resultaba ser cierto.

El señor Chambers en realidad la estaba animando a engañarlo. Tanner negó con la cabeza. No podía creerlo. La opinión que el tipo tenía de él...

Y sin embargo, Juliet había salido en su defensa de inmediato. ¿O estaba diciendo eso para el beneficio de su padre?

Odiaba tener que siquiera *tener* ese pensamiento.

—Déjalo ya, papá, ¿vale? Estemos aquí por Nana. Todo lo demás se resolverá como debe ser después de que ella mejore.

Después.

A Tanner le parecía que había estado viviendo su vida con una gran porción de «después». *Después* de cumplir los treinta. *Después* de recibir su fondo fiduciario. *Después* de pagar la hipoteca. *Después* de su divorcio. Ahora tenía que esperar hasta *después* de que Nana mejorara.

¿Cuándo podría vivir el momento? ¿No tener que esperar a alguna fecha importante y trascendental para definir su vida?

Resopló. *Después*, esa era la respuesta.

—No quiero que se largue de nuevo, Juliet. No mientras pueda hacerle daño a tu abuela. ¿Confías en él lo suficiente como para que no lo haga?

—Sí, confío.

Dijo esas dos palabras con más seguridad y firmeza que el día en que se casaron. Y esta vez, se deslizaron por sus venas y se arremolinaron alrededor de su corazón de una manera que no lo habían hecho cuando pensó que las decía para atraparlo. Pero ahora, las decía como si confiara en él. Por fin.

¿Pero cuándo confiarás tú en ella?

Esa era la pregunta del millón, ¿no? Casi literalmente. Pero no estaba aquí para confiar en ella. Estaba aquí para cumplir su acuerdo y conseguir la hipoteca del rancho. Luego podría seguir adelante.

¿Estás seguro de que eso es lo que quieres hacer?

Por supuesto que sí. Era lo que había estado planeando para el *después*.

¿Pero qué hay del ahora?

¿Ahora?

Miró a través de la puerta y la vio sentada allí, con las rodillas juntas, las manos entrelazadas en el regazo, la resolución grabada en su rostro.

La Juliet que había conocido era dependiente. Lo idolatraba.

Esta Juliet era segura de sí misma. Confiada.

Diferente.

Y seguía siendo tan hermosa que le dolía el corazón.

¿Por qué tenía que aparecer su padre? ¿Por qué no podían haber tenido esta noche? ¿Era mucho pedir?

Solo una noche. Con su esposa.

Juliet cerró la puerta principal después de que su padre se fuera, apoyó la frente contra ella y respiró hondo. Eso no había sido agradable.

Papá había dicho todo lo que a ella le preocupaba y le había dado respuestas sinceras. Sí confiaba en que Tanner no se marcharía, al menos hasta que hubiera cumplido su parte del trato. Entonces se iría y ella ya lo había aprobado.

Giró la espalda contra la puerta y apoyó las palmas en ella, dándose una vista directa de la puerta del dormitorio de Tanner. Tenía que haberlo oído. Medio esperaba que saliera a defenderse. Pero no lo había hecho.

¿Por qué?

Quería ir con él. Quería invitarlo de nuevo a su habitación para que pudieran continuar donde lo habían dejado. Pero tenía la sensación de que ese momento ya había pasado.

Suspirando, apagó la luz del sofá y se dirigió a su rincón de la casa.

—Juliet.

Su voz se deslizó sobre ella en la oscuridad igual que lo habían hecho sus manos. Y con el mismo efecto.

Respiró hondo. No quería tener que darle las buenas noches así.

Pero había aceptado sus condiciones, así que se dio la vuelta.

Él estaba en el umbral de su puerta, imponente. Como siempre había sido.

—Gracias.

—¿Por... qué? —Esa no se la esperaba.

—Por defenderme.

—No debería haber dicho esas cosas, pero está molesto.

Tanner agarró el marco de la puerta por encima de su cabeza y se inclinó

hacia adelante. —No tienes que poner excusas. Estaba en su derecho de decir-
las. Quiero decir, después de todo, yo *sí* me fui.

—Con una buena razón.

Soltó la madera y dio dos pasos fuera de su habitación.

El corazón de Juliet se aceleró.

—Mira. —Se pasó una mano por el pelo—. Esta noche, antes de que
llegara tu padre... Estuvo bien. ¿Verdad?

Ella asintió, conteniendo la respiración, sin querer decir algo incorrecto.

—Así que... ¿Qué dices si, ya sabes, volvemos a donde estábamos antes de
que él llegara?

¿Decir? No quería *decir* nada. Quería gritarlo para que todo el mundo lo
oyera.

Pero mostró algo de contención.

—Me gustaría mucho, Tanner. No quiero irme a la cama sola esta noche.

—Entonces no lo hagas. —Le tendió la mano.

Para Juliet, fue como un salvavidas.

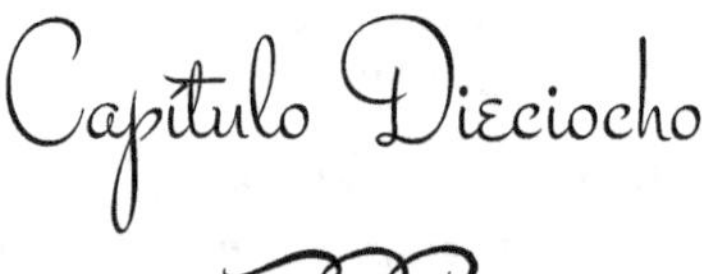

Capítulo Dieciocho

A la mañana siguiente, Tanner colocó el cartón de huevos sobre la encimera de la pequeña cocina de Juliet y puso la sartén con cuidado para que el metal no hiciera ruido sobre la hornilla. Juliet necesitaba dormir.

Que era la única razón por la que él estaba ahí fuera preparando el desayuno y no allí dentro haciéndole el amor.

Hacer el amor... Tenía que haber un término mejor.

Las imágenes de la noche anterior destellaron en su mente. Lo que habían hecho juntos era mucho más que *tener sexo*, pero no era hacer el amor. Claro, se preocupaba por ella. Siempre lo haría; ella tenía ese derecho. Pero no estaba enamorado. No podía amar a alguien que no podía ser honesta.

Pero aún podía quererla. Podía querer los recuerdos.

Cascó los huevos para el desayuno de ella. Revueltos; era la única forma en que le gustaban. Ni duros, ni escalfados, ni estrellados... Solo revueltos. Ni siquiera le gustaban las tortillas, aunque él le ponía suficiente queso, kétchup y tomillo como para que pudiera considerarse una si ella no insistiera en que los huevos estuvieran troceados.

Era curioso cómo lo recordaba después de todos estos años.

Metió un par de rebanadas de pan en el hornito tostador, sirvió dos vasos de jugo de naranja y buscó en su refrigerador algo de carne para el desayuno mientras los huevos se cocinaban.

Sonrió. Podía darle algo de carne para el desayuno...

Aunque era gracioso, también era triste. Si esto fuera real, si estuvieran de verdad casados y este fuera un fin de semana normal como cualquier otro, podría apagar la estufa e ir a hacer precisamente eso. Siempre podía hacer más huevos.

Por unos instantes, la idea fue tentadora. Lo que demostraba lo mala idea que era. Se quedaría quieto.

Pero entonces oyó maullar a la gatita.

Cerró la puerta del refrigerador. De todos modos, la carne para el desayuno no era tan saludable.

Apagó el fuego y luego se dirigió al cuarto de lavado donde habían puesto a la pequeña cuando esta intentó unírseles en la cama la noche anterior.

—Hola, pequeña. ¿Qué pasa? ¿Extrañas a tus amigos de la tienda? —Se apretó la gatita contra el pecho, pero ella trepó hasta su hombro y le lamió la oreja.

Le rascó encima de la cabeza y luego regresó a la cocina. —Te tengo una sorpresa, chiquitina.

Volvió a encender la hornilla, volteó los huevos y luego cortó un trocito para la gatita. Se lo puso en el hombro, ignorando sus garras que se le clavaban en la piel mientras se balanceaba allí. Menos mal que tenía hombros anchos.

—No le estás dando comida de personas.

Se giró al oír la voz indignada de Juliet. —¿Eh... sí?

—Tanner, no puedes hacer eso. Necesita comer su comida para gatitos.

—¿Me estás diciendo que crees que unos trozos duros y crujientes de lo que sea son mejores para ella que un huevo natural?

—Se supone que los gatitos no comen huevos.

—Piensa en lo que acabas de decir, Jules. —Volvió a voltear los huevos y apagó el fuego antes de darle la vuelta al pan en el hornito tostador para que se dorara por el otro lado. Abrió la puerta del refrigerador —despacio porque la gatita todavía intentaba acomodarse en su hombro y esas garras eran filosas— y tomó la mantequilla de la bandeja de la puerta.

—Si no lo conociera, no lo echaría de menos. —Juliet tomó los vasos y los puso en la mesa.

—Es demasiado temprano para juegos de palabras.

—Solo digo que no puede extrañar algo que nunca ha tenido. Ahora que se lo has dado, lo va a extrañar cuando no pueda volver a tenerlo.

Cerró la puerta del refrigerador, pero no se dio la vuelta, conteniendo el aliento. —¿Es un comentario sobre lo de anoche?

—¿Qué...? Oh.

Oyó el chirrido de la silla contra el suelo de baldosas, pero no se dio la vuelta para ver si se estaba sentando en ella. No podía. No quería ver el arrepentimiento en su cara. No quería sentirlo al mirarla. No se arrepentía de lo de anoche, a menos que ella sí lo hiciera. O, a menos que estuviera pensando en convertirlo en algo más de lo que era.

Tal vez *sí* era más de lo que él pensaba. Después de todo, algo lo había impulsado a hacerle esa invitación después de que su padre se fuera.

Maldita sea, debería haberle hecho caso a su conciencia anoche y simplemente haberse marchado.

Pero entonces se habría perdido el tenerla en sus brazos. Lo cual había sido genial.

Hasta que se despertó con la erección matutina de siempre. De ahí la razón por la que había venido a la cocina.

Movió las piernas, esperando ocultar cualquier evidencia. —¿Alguna noticia de tu abuela esta mañana? —Como cambio de tema, probablemente no era la mejor opción, pero fue la primera que se le ocurrió para dejar de hablar de la noche anterior.

—No. Pero quiero ir a verla. No tienes que ir si no quieres. Ya lo ha visto a usted, sabe que está aquí, ha mejorado un poco. Con eso debería bastar.

Emplató los huevos y las tostadas, y los llevó a la mesa. —¿Así que una vez y ya está? ¿De verdad cree que se lo va a tragar? Puede que su abuela esté débil, pero sigue tan lúcida como siempre. Estoy aquí, más vale que me aproveches. —Eso no sonó bien—. Quiero decir, más vale que haga acto de presencia. Para que sea creíble.

—Gracias, Tanner. De verdad aprecio la oferta.

—De nada. —Se encogió de hombros, luego agarró a la gatita antes de que se deslizara por su espalda, llevándose algunas capas de piel con ella.

La dejó en el suelo con otro trozo de huevo.

Juliet enarcó una ceja cuando él la miró de nuevo.

—¿Qué? No puedo evitarlo. Tengo una debilidad por los gatitos. Demándame. —Se puso a comer sus propios huevos—. Y hablando de la gatita, ¿ya tenemos un nombre o tendré que seguir llamándola *pequeña*?

—Estaba pensando en Houdini, pero es hembra y él no lo era.

—Como la Sra. Houdini estuvo muy feliz de descubrir, estoy seguro. —Tanner tragó otro bocado de huevo—. ¿Por qué *no* llamarla así? Mucha gente usa nombres neutros. Houdini era su apellido, así que puede ser del género que quieras.

Ella sonrió y fue como si el sol saliera en su cocina.

Tanner negó con la cabeza. Por el amor de Dios, una noche de sexo en siete años y se convertía en un poeta.

Era su señal para salir de allí mientras todavía pudiera.

Devoró los huevos. —¿Qué tal si te duchas mientras yo limpio? Luego será mi turno y después nos vamos.

—¿Qué? ¿No crees que debería aparecer en casa de Nana con esta facha? —Se alborotó el pelo.

Al instante, se vio transportado a la noche anterior, cuando había tenido las manos en ese pelo...

Se agachó para acariciar a Houdini, que le arañaba la pierna, probablemente en busca de más huevos. Juliet había tenido razón. Si nunca la hubiera probado anoche, hoy no estaría deseando más.

Se enderezó y se comió el resto de los huevos de un tirón. Parecía que le esperaba otra ducha fría.

* * *

—Gin. Gano otra vez. —Nana arrastró la ficha de póker hacia la pila que tenía delante—. No me estás dejando ganar, ¿verdad, Tanner?

—No, señora. —Tanner se echó el sombrero hacia atrás y se reclinó en la silla, apoyándola en las dos patas traseras—. Sé muy bien que no debo dejarle hacer nada.

—Así es. No vale nada si no lo haces tú mismo. —Nana barajó las cartas.

Juliet estaba asombrada del cambio en ella. Hacía una semana, Nana apenas podía levantarse de la cama, así que verla ahora, sentada aquí, jugando a las cartas durante —Juliet miró su celular— más de una hora... Había tomado la decisión correcta al traer a Tanner de vuelta.

Sin embargo, la desventaja de la gran mejoría de Nana era que Tanner no tendría que quedarse por mucho tiempo. Una vez que Nana volviera a la normalidad, podrían confesar la verdad y él podría irse, llevándose la hipoteca y el corazón de ella consigo.

—Anímate, Juliet. —Nana repartió la nueva ronda—. Mi racha de victorias no puede durar para siempre. Ganarás una partida, estoy segura.

Juliet abrió sus cartas en abanico: ni un solo par a la vista. Suspiro. —Quizá si seguimos jugando otra hora, pero necesitas descansar.

—Patrañas. —Nana movió las cartas en su mano—. He descansado tanto en ese maldito hospital que pensé que nunca más iba a despertarme. Se siente tan bien estar en casa y entre mis cosas familiares. ¿No está de acuerdo, Tanner?

Tanner tamborileó con la mano sobre la mesa. —Creo que es bueno para usted estar en casa. He oído que la gente se recupera mejor cuando sale del hospital.

—Me refería a ti. Debe sentirse bien poder instalarse y relajarse en casa por fin. Juliet eligió un lugar bonito y acogedor para ustedes dos, ¿no? Yo de verdad quería que ambos se mudaran aquí, al rancho, pero ella dijo que quería su propio lugar. Algo solo para ustedes dos. No puedo culparla. Recuerdo cuando William y yo nos casamos... Definitivamente necesitábamos nuestro tiempo a solas.

Juliet sintió que la cara le ardía a la luz de lo ocurrido la noche anterior.

Le ardió más cuando Tanner la miró de reojo. —Pero Juliet y yo no *acabamos* de casarnos.

Nana hizo un gesto con la mano y luego tomó una carta del mazo. —Eso es solo semántica. Han pasado tanto tiempo separados que debe parecer una segunda luna de miel ahora que están juntos de nuevo. —Tiró una carta sobre la mesa.

Tanner recogió el descarte y lo deslizó en su mano. —Algo así.

—Oh, cielos. Ahí voy yo y mi bocaza. Supongo que algunas cosas son privadas después de todo, pero estoy tan encantada de que estés aquí y podamos ser una familia de verdad que supongo que se me va la lengua. No me hagas caso. Simplemente estoy feliz de que estés en casa.

Juliet tomó su turno, sacando un tres para acompañar a todas las demás cartas sin relación en su mano, contenta de dejar que su abuela hablara por ella, ya que estaba diciendo todo lo que Juliet desearía poder decir.

—Bueno, me alegro de que estés feliz, Nana. Es bueno verte levantada y activa.

—Es bueno estar levantada y activa. Tengo una nueva perspectiva de la vida. Cosas como los derrames y demás, te hacen examinar tus prioridades. Lo que quieres de la vida.

Juliet sabía lo que quería y estaba sentado frente a ella.

Nana jugó su mano. —He decidido ser voluntaria en el hospital cuando esté lo suficientemente bien. ¿Sabes lo solitario y deprimente que puede ser cuando no tienes visitas? —Descartó la carta que sacó del mazo—. Tuve suerte de tener un montón de visitas, pero algunas de esas personas no tenían a nadie. La mitad de las flores que me enviaron los clientes de Burt fueron para esos pacientes. El aroma era demasiado abrumador en mi habitación y, de todos modos, ¿para qué necesitaba tantas? Aunque sí guardé el ramo que tú y Juliet enviaron.

Oh, diablos. Juliet se olvidó de mencionarle eso.

—Siempre me han encantado las lupinas, mi querido muchacho. —Nana le dio una palmadita en la mano—. Ahora, juega tu mano. Tengo la sensación de que voy a ganar esta ronda.

Penelope *sabía* que iba a ganar esta ronda. Y mucho más. El pobre Tanner parecía anonadado ante la mención de las flores.

¿Y Juliet pensaba que podía engañarla? Ja. Ella no había nacido ayer y a esa chica le faltaban muchos años de experiencia para siquiera acercársele, especialmente si esos dos pensaban que la estaban engañando. Sabía exactamente lo que estaban haciendo y por qué.

Pensaban que había tenido un derrame cerebral grave y feo, y estaban preocupados. Les dejó pensar eso, aunque lo que había tenido era un AIT menos grave y lo estaba explotando al máximo para poder sembrar las ideas en la cabeza de Juliet. O mejor dicho, ¿sacar a la luz las ideas que ya estaban en la cabeza de Juliet para que su nieta pudiera actuar?

Penelope sabía perfectamente lo que estaba haciendo. Igual que con las lupinas. Vaya, cualquiera podía oler a Juliet a kilómetros cuando ese chico andaba cerca. Se echaba la loción de lupinas como si fuera agua, y Penelope sabía por qué.

¿Cómo pensaban esos chicos que esas flores habían llegado allí, de todos modos? William había encargado un camión de dieciocho ruedas lleno para darle aquel campo instantáneo. Ella también había olido a lupinas durante años. Todavía guardaba una ramita seca de la primera que él le había dado en el libro junto a su cama. Y era sabido que de vez en cuando se ponía un poco de loción.

Estos chicos pensaban que tenían el monopolio del romance. Ja. Lo que no sabían no llenaría ni su taza de té. Y mientras pudiera mantener a Tanner cerca, no tendrían ninguna oportunidad contra ella.

—Gin. —*«Afortunado en el juego, desafortunado en el amor»*, una porra. Había tenido un matrimonio maravilloso y sus esfuerzos como celestina iban a funcionar igual de bien para su nieta.

—¿Otra vez? —Juliet suspiró y tiró sus cartas sobre la mesa—. Quizá debería llamarte *a ti* Houdini en lugar de a la gatita, ya que pareces sacar cartas de la nada como por arte de magia.

—Ah, pero cada quien tiene su propio tipo de magia, Juliet. —Penelope tomó la ficha de póker ganadora y la apiló en su montón—. ¿Quieren tomarse un descanso?

—¿Por? ¿Necesitas uno? —Juliet se levantó de un salto de su silla y en un instante estuvo al lado de Penelope.

Realmente amaba a su nieta.

—No, estoy bien. Pero ustedes dos podrían necesitar un respiro de la paliza que les estoy dando. Además, hay otra cosa que quiero hacer mientras los tengo a ambos aquí.

—¿Qué es? —Tanner, bendito sea, recogió las cartas y las apiló ordenadamente en el centro de la mesa.

Iba a tener que moverlas para lo que ella tenía en mente.

—Me gustaría que trajeras esa caja de allí. —Señaló la caja que le había pedido a Burt que preparara para ella. Él había refunfuñado todo el tiempo, pero cuando ella le señaló que esto era para ayudar a consolidar el matrimonio de Juliet, dejó de quejarse.

Su hijo amaba a su hija y solo quería verla feliz. Ningún hombre sería lo suficientemente bueno para Juliet a los ojos de Burt, pero sí reconocía que hubo un tiempo en que Tanner la había amado de verdad. Penelope había intentado convencer a su hijo de que Tanner todavía amaba a Juliet, que se había ido porque estaba muy herido por lo que ella había hecho. Si alguien debía entenderlo, era Burt. Pero él no estaba dispuesto a admitirlo.

Por eso su pequeño AIT había entrado en juego. Se sacudió la punzada de culpa por preocupar a su hijo y mentirles a todos. Esto era por un bien mayor. Necesitaba juntar a estos dos para que pudieran vivir felices para siempre y darle a ella y a Burt algunos bebés para disfrutar.

Razón por la cual estaba a punto de poner en marcha la siguiente fase de su plan.

Capítulo Diecinueve

Quizás mentirle a su abuela no había sido tan buena idea. Juliet se dio cuenta de eso mientras Nana hacía que Tanner pusiera los álbumes de fotos sobre la mesa.

No quería revivir el pasado. No lo había traído para eso; quería pensar en el futuro. Seguir adelante. ¿Cómo podían hacerlo regodeándose en el pasado?

Tanner no la miraba. Debía de estar tan incómodo con esto como ella, así que agradeció que no se hubiera levantado y se hubiera ido. No habría podido explicárselo a Nana. Después de todo, si se habían reconciliado, ¿por qué iban a molestarle unas fotos de su pasado?

Afortunadamente, los álbumes contenían buenos recuerdos; muchos de ella y Tanner juntos, ya que sus familias habían sido unidas antes de que el padre de él se hundiera demasiado en sus deudas de juego.

—¿Quién es esta, Nana, con papá?

—¿Ella? Ah, es Nancy. Nancy Hillson. Era una mujer encantadora, pero tu padre no lo vio así.

—¿Papá? ¿Quieres decir que salió con ella?

—Solo una o dos veces, creo.

Juliet estudió la foto. La mujer no le sonaba de nada. —¿Salió con otras mujeres? —Porque eso tampoco le sonaba de nada.

Nana tomó la foto y la miró. —No muchas. Creo que hubo una o dos más. Tenía esperanzas con Nancy, pero... —Nana suspiró y dejó la foto—. Dijo que no estaba listo. Que no creía que fuera buena idea presentar a alguien nuevo en tu vida.

En una ocasión, Juliet le había pedido una hermanita a su padre y la expresión de su rostro había puesto fin a esa conversación en ese mismo instante. Ahora, sabiendo lo que sabía sobre su madre, podía entender por qué había dudado en meter mujeres en su vida si no se iban a quedar, pero era una lástima que ahora estuviera solo.

Juliet no quería terminar sola. Pero tampoco quería a cualquiera. No, ella quería a Tanner y tenía la sensación de que nadie más estaría a la altura. Lo cual no era un buen augurio para su futuro.

—¿De verdad estaba tan enamorado de... Elaine? —Nunca había podido referirse a ella como su madre cuando hablaba de ella; hacía que el abandono de la mujer fuera demasiado personal.

Los labios de Nana se torcieron como si hubiera chupado uno de esos palitos de limón que le compraba a Juliet en la feria del pueblo todos los años cuando era más joven. —Creo que fue que estaba muy desilusionado con ella. No fue fácil cuando lo dejó. Tenía un negocio que dirigir, una hija que criar y a la que ayudar a sobrellevarlo y, para colmo, tener que lidiar con los chismes.

Los chismes eran solo una de las razones por las que Juliet no había querido que nadie supiera que Tanner la había dejado. La otra era la incontenible esperanza de que no lo hubiera hecho. No para siempre.

Lo miró, deseando que él entendiera por qué había hecho lo que había hecho. Por qué todavía podían hacer que esto funcionara.

Él estaba hojeando otro álbum.

—¡Dios mío!, ¿pueden ver esto? —Nana levantó una foto de una de las innumerables parrilladas de la empresa que su padre había organizado allí, en el rancho—. Llevo ese tupé horrible en la cabeza. Alguien debería haberme dicho que me veía ridícula.

El cambio de tema era definitivamente necesario. —Yo creo que te ves hermosa, Nana.

—Sí, bueno, tú no eres objetiva, querida. —Nana le pasó la foto a Tanner—. Ahora dime tú, Tanner. ¿Te parece atractivo este peinado en una mujer?

—Depende de la mujer. —Le guiñó un ojo a Nana y los dos se rieron.

Era tan bueno oír reír a Tanner. Juliet no había olvidado esa risa profunda que tenía, pero no la había tenido muy presente porque rara vez la había oído en la última década.

Aunque anoche se había reído cuando ella encontró una de sus zonas erógenas cosquillosas.

Había sido un momento de felicidad puro y honesto que se había vuelto ardiente al segundo siguiente. Obviamente, a ella no le había importado, pero le habría gustado oír su risa un poco más, sabiendo que ella la había provocado.

—Miren esto. —Nana levantó otra foto—. ¿No es esa la porrista que se creía tu mejor amiga? ¿Qué *está* haciendo aquí?

Tanner tomó la foto. —Sí, es Delia. Creo que está tratando de averiguar cómo zambullirse en la piscina sin mojarse el pelo.

—Esa chica no tiene dos neuronas que le hagan sinapsis. Aunque he oído que es buena para encontrar maridos ricos.

—«Maridos», en plural, es la parte clave de esa afirmación. —Tanner arrojó la foto sobre la mesa.

—Sí, bueno, no todo el mundo puede tener la inteligencia de Juliet. Hermosa *e* inteligente. Tanner, eres un hombre afortunado.

Afortunadamente, Nana bajó la vista hacia la siguiente fotografía, así que no vio a Tanner levantar las cejas, pero Juliet sí.

Ella se enderezó un poco más. De acuerdo, había hecho algunas cosas poco aconsejables en el pasado, pero no con malicia. Y ella era mucho más que esas dos malas decisiones y él debería recordarlo, porque la había amado por una razón en ese entonces y ella, fundamentalmente, era la misma persona. Especialmente después de anoche.

Puede que Tanner no estuviera enamorado de ella ahora, pero definitivamente había estado lleno de lujuria por ella la noche anterior.

Por suerte, Nana siguió sacando fotos que no eran polémicas. Las celebraciones del Día de la Comunidad del pueblo, partidos de futbol americano, vacaciones, parrilladas, fiestas de la cuadra... Todos buenos recuerdos.

Tanner sacó otro álbum de la caja y lo puso sobre la mesa.

Su sonrisa se tensó cuando abrió la cubierta.

—Oh, miren qué felices se ven aquí. —Nana señaló una de las fotos.

Juliet se inclinó. Era una foto espontánea que alguien les había tomado mientras esperaban que el fotógrafo preparara la iluminación para su foto de compromiso oficial —el primer compromiso—, debajo del árbol de magnolia en el jardín delantero.

Tanner la miraba con una felicidad manifiesta. Su sonrisa era la más grande que le había visto nunca y había puesto una mano en su nuca, atrayéndola para que sus frentes se tocaran. Recordó lo que le había susurrado en ese momento: «Te amaré por siempre, Jules. No podría ser más feliz».

Y luego había dejado de serlo.

—Y esta. —Nana señaló la siguiente. Su fiesta de compromiso, cuando sus amigos habían decorado las sillas como tronos y les habían hecho una corona con los lazos de los regalos a cada uno. Dios, las risas.

Y su vientre.

Keegan había estado allí. Había estado pateando dentro de ella toda la tarde. Habían bromeado con que quería salir de fiesta... de tal palo, tal astilla. Pero no podían ponerse de acuerdo sobre de qué palo, si del de ella o del de Tanner.

—Eh, acabo de recordar que quería preguntarle algo a Burt. —Tanner empujó su silla hacia atrás y se dirigió al despacho de su padre.

No podía culparlo.

Esa foto... La deslizó fuera de la funda en el álbum. Era a la vez desgarradora e increíblemente feliz. Así es como deberían estar.

Cómo podrían estar.

—Habrá más bebés, Juliet. —La mano de Nana cubrió la suya con una fuerza sorprendente.

—Eso espero. —Pero no serían de Tanner.

—Ten fe. Tú y Tanner han pasado por mucho y han salido fortalecidos. Tengo que creer que vivirán una vida larga y feliz juntos.

Era cierto; Nana tenía que creerlo. Al menos por un tiempo más.

Juliet se mordió el labio mientras volvía a colocar la foto en el álbum. Esta era la parte difícil, fingir que todo era verdad cuando ella deseaba con todas sus fuerzas que lo fuera y no lo era.

No debería haberse acostado con él anoche. Iba a tener que verlo salir de su vida por tercera vez, y tenía la sensación de que esta sería la peor. Porque entonces no habría nada que lo trajera de vuelta.

. . .

Tanner se dirigió a la primera puerta abierta que encontró, luego se inclinó, apoyó las manos en las rodillas e intentó recuperar el aliento. Esas fotos... Dios, esas fotos le habían quitado el aire. Su vida había estado justo donde quería y entonces... se había esfumado.

—Si está buscando a mi hija, ella no está aquí.

Tanner se enderezó de golpe. Mierda. *Era* el despacho de su padre y su papá estaba sentado con los pies apoyados en ese enorme escritorio que siempre había hecho que Tanner se sintiera como si lo hubieran llamado al despacho del director.

Ahora no era diferente.

—Mi, eh, espalda. Me estaba dando algunos problemas. —Apoyó las manos en la parte baja de la espalda y se estiró para que se viera más real.

—Imagino que todo ese baile que hace puede causarle algunos dolores musculares.

—¿Ba...? —Dejó de estirarse—. ¿Usted lo sabe?

El señor Chambers —Burt— plantó los pies en el suelo y se apoyó en el escritorio para levantarse. —Tanner, no hay mucho sobre usted que yo no sepa. Excepto quizás por qué está aquí. Aunque también tengo una idea bastante buena sobre eso. Puede que tenga a Juliet engañada, pero yo no estoy ciego de amor por usted.

Le había caído bien en algún momento. Justo antes de descubrir que Juliet estaba embarazada.

Probablemente no le ayudaría a ganárselo señalar que se necesitaron dos para ponerla en ese estado, aunque, para ser sinceros, solo se había necesitado una: Juliet. Con un condón perforado por un alfiler.

Sí, no era algo que un padre necesitara oír. —Estoy aquí porque su hija me pidió que viniera. Porque los ama a usted y a su abuela, y quiere que todos sean felices.

—¿Y usted? ¿Por qué vino? ¿Quiere que todos sean felices también? ¿Es por eso que esperó siete años para volver a casa? ¿Una gran celebración? —Golpeó el escritorio dos veces con los nudillos—. ¿Haciendo que la ausencia haga crecer el cariño?

Tanner contuvo su ira ante el tono burlón de su voz. El tipo seguía siendo el padre de Juliet y quería lo mejor para su hija. Si su propio padre hubiera tenido un pensamiento así, no habría *tenido* que casarse con Juliet porque no habría habido ninguna hipoteca que sostener sobre su cabeza. —Mire, Burt, no quiero pelear con usted. Ambos nos preocupamos por Juliet...

—Tiene una forma de mierda de demostrarlo.

—Oiga... —Tanner se contuvo de decir las duras palabras que quería y se pasó una mano por la boca—. Mire, esta situación no es óptima para ninguno de nosotros, pero estamos haciendo lo mejor que podemos. Ayudaría si usted... —«se mantuviera al margen», quería decir, pero eso solo haría su relación más tensa— nos diera la privacidad y el tiempo para lidiar con esto. Juliet no necesita que usted la anime a salir con otros chicos.

Su padre se metió las manos en los bolsillos del pantalón y levantó una ceja. —¿En serio? ¿Eso es lo que lo tiene tan cabreado? —Salió de detrás del escritorio y se apoyó en la parte delantera, cruzando un tobillo sobre el otro y cruzándose de brazos—. Han pasado siete años, Tanner. Siete. ¿De verdad espera que crea que se ha mantenido célibe todo este tiempo? Puede que tenga a Juliet engañada, pero ¿un tipo que hace lo que usted hace para ganarse la vida? Por favor. No soy tan ingenuo.

—No me he acostado con nadie desde Juliet.

—Francamente, no me importa. No me importa si ha sido un monje. El problema es que no ha sido un monje *aquí*. No ha estado aquí para nada. Mi hija se merece algo mejor. Sé que está resentido por todo el asunto de la boda, pero si hubiera aprendido la lección de la primera vez y se la hubiera mantenido en los pantalones, no habría salido como salió. Todo lo que tenía que hacer era respetar a mi hija poniéndole un anillo de compromiso en el dedo antes de llevársela a la cama. Pero no pudo hacer eso, ¿verdad? Incluso tuvo el descaro de hacerlo en mi propia casa. ¿Planeaba que me enterara?

Oh, diablos. El tipo no lo sabía. El padre de Juliet no sabía que ella lo había incriminado a él... a ellos.

Tanner estuvo a punto de decírselo, pero... ¿qué demostraría eso? Era cosa del pasado. ¿De verdad quería destruir las ilusiones del tipo sobre su hija solo para ser reivindicado? En cinco semanas y media, no importaría. Y dada la mejoría de Nana desde que él había llegado, podría que no fuera ni la mitad de ese tiempo. Tanner no ganaba nada diciendo la verdad al padre de ella y, a pesar de todo lo que Juliet le había hecho pasar, no quería destruir la relación de ella con su padre. No la odiaba.

Tal vez debería, pero la había amado durante tanto tiempo que simplemente no podía.

—Sabe... —Burt descruzó los brazos y las piernas y caminó hacia el minibar en la esquina—. Esto podría haber sido muy diferente si se hubiera quedado. —Tomó un vaso de la vitrina y sirvió dos dedos. Se lo ofreció a Tanner.

Tanner lo rechazó con un gesto. Lo último que necesitaba era tener la cabeza confusa al tratar con su padre.

—Te habría condonado la hipoteca, ¿sabes? No puedo tener a los abuelos de mis nietos endeudados conmigo. Habría desaparecido. Pero en lugar de eso, desapareciste *tú*. Lo sé todo sobre tu fondo fiduciario, Tanner. Tu padre me lo contó hace años. Lo quiero. Voy a reclamar la hipoteca en tu trigésimo cumpleaños. Si tu papá no puede conseguir los fondos —que no puede—, lo harás tú. Y se irá directamente a un fideicomiso para Juliet que no podrás tocar. Porque si crees que puedes venir aquí y fingir que quieres casarte con ella para poder obtener la mitad en un acuerdo de divorcio, estás muy equivocado.

Tanner temblaba de la rabia que sentía y estuvo a punto de contarle al tipo todo sobre la promesa de Juliet, pero si lo hacía, Burt encontraría la manera de impedirlo.

Él quería la hipoteca de sus padres; Juliet se lo debía. Y quería su fondo fiduciario para poder asociarse en un negocio con Gage y Bryan. Tenía que mantener la calma y dejar que Burt creyera que había ganado.

En lugar de eso, se aferró a los reposabrazos y, por segunda vez en su vida —y ambas en un lapso de veinticuatro horas— le mintió al padre de ella. —Adelante, Burt, reclámala. ¿Qué crees que iba a hacer con el fondo fiduciario de todos modos? Una vez que la pague, no tendrás ningún poder sobre mí.

—Bien. Me alegra que estemos de acuerdo en algo. Por fin. La pagarás, y luego podrás dejar que mi niñita recupere su vida. Dejar que siga adelante y encuentre a alguien que la valore. —Se bebió el whisky de un trago, golpeó el vaso contra la barra y luego salió por las puertas francesas hacia el patio trasero, dejando a Tanner procesando lo que acababa de decir.

Juliet con otro tipo.

No debería encontrar eso extraño. ¿Qué creía que haría ella cuando él se divorciara? ¿Meterse en un convento? ¿La gente todavía hacía eso?

Tanner negó con la cabeza. En serio. ¿Qué había pensado? ¿Que Juliet viviría el resto de su vida sola?

Ella quería tener hijos. Los treinta eran una buena edad. Todavía podía tener la familia que había querido.

Pero la había querido con él. Y él había querido una con ella.

Todavía podrías tenerla.

Quería escuchar a esa vocecita. Quería creer que era posible. Pero ¿cómo podría volver a confiar en ella? La confianza, una vez rota, era muy difícil de recuperar.

Especialmente porque ella estaba allá afuera mintiéndole descaradamente a su abuela.

Y tú estás aquí adentro haciéndolo con su padre... ¿cuál es la diferencia?

Tanner se puso de pie. Lo estaba haciendo porque Juliet se lo había pedido. Porque ella lo había sobornado para que lo hiciera.

Así que lo estás haciendo para beneficiarte a ti mismo. ¿Y en qué eres diferente de Juliet? Le dijo la sartén a la olla.

Bueno... mierda. Tanner se apoyó en el borde del escritorio de su padre. No le gustaba el paralelismo. Pero no iba a ignorarlo.

Ella tenía algo que él quería, así que él estaba haciendo lo necesario para conseguirlo.

Juliet lo había querido a él; había hecho lo necesario para conseguirlo.

Sonaba similar, pero había una diferencia entre una hipoteca и una vida.

¿De verdad? ¿Esa es tu justificación?

Negó con la cabeza, se apartó del borde del escritorio y se dirigió hacia la puerta. No era una verdad bonita a la que se enfrentaba, pero era una verdad al fin y al cabo.

¿Cómo podía estar enojado con ella si él estaba haciendo exactamente lo mismo?

* * *

—¿Juliet? ¿Puedo verte un minuto? —Tanner asomó la cabeza por la esquina de la oficina de su padre.

Ella quería que él la viera por mucho más de un minuto, pero aprovecharía las oportunidades cuando se le presentaran.

—Ve, querida. —Nana le dio una palmadita en la mano—. Yo guardaré todas las fotos. Es una buena terapia. Es mejor que buscar pinzas de ropa en un balde de arroz como me hacía hacer el terapeuta. Ve a ver qué quiere tu esposo.

Esposo.

Juliet se levantó de la mesa con manos temblorosas ante ese pensamiento. Esto se volvía cada vez más difícil.

—¿Qué pasa? —Lo siguió a la oficina de su padre y cerró la puerta detrás de ella—. ¿Dónde está mi papá?

—Salió al patio trasero. —Tanner se dirigió hacia el escritorio de su padre.

Lo siguió. —¿Por qué? ¿Qué le dijiste?

Él se dio la vuelta. —Más bien lo que él me dijo a mí.

Eso no sonaba prometedor. —¿Qué dijo?

Tanner se pasó los dedos por el cabello. —No es importante ahora. Solo tuvimos un intercambio de ideas. Aclaramos las cosas.

—Me estás asustando.

—No hay por qué asustarse. Tu padre quería asegurarse de que yo supiera cuál era su postura. Y la sé. Todo va a estar bien.

Se plantó frente a él y puso las manos en las caderas. —Eso no me hace sentir mejor.

Él suspiró y se pasó una mano por la boca. —Pues debería. Es decir, mira a tu abuela. Hoy está mejor que cuando llegué. Está mejorando a pasos agigantados. Creo que estará lo suficientemente fuerte como para soportar la verdad. Pero no le conté a tu padre sobre el plan. No quise darle más motivos para estar molesto. —Puso las manos en los hombros de ella—. No haría su vida —ni la tuya— más difícil en este momento. Solo le dije que necesitamos tiempo y que él necesita respetar eso.

El tiempo era lo único que no tenían porque Tanner tenía razón; Nana *estaba* mejorando, y más rápido de lo que Juliet había pensado. No es que se quejara, obviamente, pero había pensado que tendría más tiempo con él. —No parece que haya respetado mucho, ya que te dejó plantado.

—En realidad, eso no es algo malo. No es como si fuéramos los mejores amigos.

—Ojalá lo fueran.

Suspiró y le quitó la mano. Juliet sintió la pérdida de inmediato.

—Ojalá muchas cosas, Jules, pero estoy jugando con las cartas que me tocaron. Como todos nosotros. Centrémonos en eso.

Ella quería simplemente apoyarse en él. Rodearlo con sus brazos y decirle que lo amaba.

En lugar de eso, se aclaró la garganta y entrelazó las manos frente a ella. —¿Entonces, por qué me llamaste aquí? ¿Qué necesitabas?

En un mundo perfecto, él diría que la necesitaba a ella.

Pero su mundo había estado lejos de ser perfecto desde que tomó la decisión que lo cambió todo.

A ella. La necesitaba a ella.

Tanner dio un paso atrás. ¿Acaso se había vuelto loco? No debería necesitarla.

Maldita sea, lo de anoche no debería haber sucedido; le estaba metiendo ideas locas en la cabeza. Como las que casi había compartido con el padre de ella. —Solo quería asegurarme de que estuvieras bien. Parecía que necesitabas un descanso. Ya sabes, de esas fotos.

Había visto tanto miradas afligidas como atormentadas, y un atisbo de risa en los diez minutos que la había estado observando después de que su padre se fuera, dejándolo solo con sus pensamientos.

Sus pensamientos no eran un lugar tan bueno en el que estar ahora mismo. Abarcaban toda la gama, desde querer largarse de aquí hasta querer a Juliet aquí con él.

Elegir lo segundo debería haberlo sorprendido muchísimo, pero no lo hizo.

Así como lo de anoche tampoco lo había sorprendido realmente. Acostarse con Juliet le había parecido la cosa más natural del mundo, incluso con los siete años de silencio entre ellos.

Eso debería haberlo hecho correr a tomar el primer avión para salir de la ciudad, pero su integridad no le permitiría incumplir su trato.

—Yo... —Juliet se metió un mechón de pelo detrás de la oreja izquierda. Siempre elegía la izquierda; nunca la derecha. Solo una cosa más al azar que recordaba de ella—. Estoy bien. Las fotos de... Ya sabes...

—Lo sé. Por eso tuve que levantarme de la mesa.

—No sacó las otras fotos.

Las otras fotos. Tanner tragó saliva. Juliet lo conocía tan bien que sabía lo que le había preocupado ver. Primero las fotos del compromiso, luego...

—No podía arriesgarme. —Hasta el día de hoy, Tanner no había visto las fotos del nacimiento de Keegan. Su abuela las había tomado; dijo que había querido tener fotos de su hijo.

Tanner apenas había podido mirar a Keegan; ¿fotos de él? De ninguna manera. No necesitaba revivir el dolor. No con fotos, de todos modos. Lo revivía cada vez que pensaba en su hijo.

—No lo habría hecho. No a nosotros. Puede que las mire, pero sabe cómo nos sentimos.

—¿Alguna vez has... —Giró la cabeza, parpadeando para contener las lágrimas que se negaba a derramar.

—Sí.

Su voz era suave. Emocional.

La miró entonces. —¿Lo hiciste?

—Lo necesitaba. Necesitaba verlo. Vernos *a nosotros*. A él y a mí. Mis recuerdos son tan confusos por el dolor, los medicamentos y las emociones... Fue más tarde. Después de...

Después de que él se fuera. No necesitaba decir las palabras; él lo entendía. Pero no entendía lo de mirar las fotos. —¿No te... —Tragó saliva—. ¿No te trajo de vuelta el dolor?

—El dolor siempre está conmigo, Tanner. Simplemente se hace a un lado por un tiempo cuando me ocupo de la vida. Pero siempre está ahí, listo para que lo sienta si así lo elijo.

—¿Por qué elegirías hacerlo?

—Para recordarlo. Para hacerlo real. Si huyo de ello o finjo que no lo siento, es como si estuviera fingiendo que no existió. No puedo hacer eso. Era demasiado importante. Demasiado real para mí.

—Para mí también.

—Lo sé. —Cuando lo tocó esta vez, él no se apartó.

—Y con lo que le pasó a Nana... Simplemente hace que la vida sea más preciosa. Así que lo recuerdo. Los recuerdos son todo lo que tengo.

Tanner la rodeó con sus brazos y la atrajo hacia él. Era la cosa más natural del mundo y no podía *no* hacerlo.

Ella se aferró a su espalda y apretó.

Él bajó la barbilla hasta la coronilla de ella, sintiendo su cálido aliento contra su garganta. —Lo amaba tanto, Juliet.

Forzó las palabras a salir a través de una garganta anudada, tratando de no llorar. Lo había hecho una vez y había sido terriblemente difícil recuperarse.

Como esto. Abrazarla.

Debería parar. Debería soltar sus manos y alejarse de ella. Seguía siendo la mujer que lo había engañado para que se casara con ella no una, sino dos veces. No podía pasar por una tercera vez.

No importaba cuánto la hubiera deseado —y todavía lo hacía—, si había una cosa que a Tanner le habían inculcado en los últimos once años, era que no siempre obtienes lo que quieres.

Hubo un tiempo en que creía que la vida era justa. Que si vivías tu vida de una manera buena y honesta, tratando a los demás como querías que te trataran, sucederían cosas buenas.

Vaya chiste.

—Lamento haberte llamado aquí. —Suspiró y luego retiró sus brazos. Y su barbilla. Y cualquier otra parte del cuerpo que había estado pegada a ella. Esto no les estaba haciendo ningún bien a ninguno de los dos.

Yo diría lo contrario...

Acabó con ese pensamiento en el segundo en que sintió una agitación en sus pantalones cortos. Ni era el momento ni el lugar. Ni la mujer, a decir verdad. Lo de anoche podría haber sido genial, pero no borraba todos los años anteriores. No podía.

—¿Por qué? —Juliet parpadeó, mirándolo.

Tenía lágrimas en los ojos.

Por Dios, pensó que se había vuelto inmune a sus lágrimas. Después de todo, había derramado tantas y solo le habían causado más dolor. Pero no. Ver a Juliet a punto de llorar reabrió varias cicatrices que había creído selladas a fuego.

—Porque sí. —Tanner dio otro paso hacia atrás por instinto de supervivencia—. Porque deberías estar allá afuera con ella, haciéndola feliz. Pensé que estaba ayudando, pero supongo que no.

Deseó con todas sus fuerzas que ella se fuera. Que se diera la vuelta y regresara con su abuela sin dedicarle una sola mirada.

Juliet, siendo Juliet, no hizo ninguna de las dos cosas. En cambio, le acarició la mejilla con una mano. —La estamos haciendo feliz. Solo con estar aquí.

—Pero eso es solo temporal. Y le va a doler más cuando me vaya. No sé si esto fue una buena idea.

Ella llevó su otra mano a su rostro. —Si hay algo que he aprendido, Tanner Wentworth, es que las recriminaciones no cambian la situación. Solo tenemos que seguir adelante y aprender de nuestros errores. Por si sirve de algo, no creo que esto sea un error. —Pasó su pulgar por sus labios—. Y definitivamente tampoco creo que lo de anoche lo fuera.

No le dio oportunidad de responder, retrocedió un paso y salió de la oficina a grandes zancadas.

Tanner se derrumbó contra el borde del escritorio de su padre otra vez.

Tampoco estaba seguro de que lo de anoche fuera un error.

Capítulo Veinte

—¿En serio prefieres pollo frito en lugar de la comida de Ermalinda? —la noche siguiente, Tanner giró a la derecha para entrar en el centro comercial local, disfrutando de la potencia del Mercedes de Juliet. Los autos de la flota habían sido reservados para un evento corporativo, así que había estado llevando a Juliet al trabajo, luego iba al gimnasio y hacía pendientes en su casa hasta que era hora de recogerla. Un poco más domesticado de lo que había planeado, pero ella necesitaba que se hicieran esas cosas y él no quería arriesgarse a quedarse a solas con Nana. Solo Dios sabía lo que *ella* diría.

Al menos con Juliet, estaban en la misma sintonía. Sabían lo que pasaba y qué temas evitar.

Como lo de haberse acostado. Todavía no lo habían hablado y el tema estaba empezando a echar raíces y a plantarse en medio de su sala.

—Nana va a recibir a unas amigas y la verdad es que no estoy de humor para lidiar también con todas sus preguntas. Todo el mundo entenderá que queramos una noche para nosotros. —Juliet señaló un lugar junto a la acera—. Estaciónate ahí y yo entro rápido.

En lugar de eso, Tanner entró en un lugar de estacionamiento y paró el auto en su lugar favorito de la preparatoria. —Quiero entrar. Ha pasado mucho tiempo desde la última vez que vine a Pappy's.

Pero al parecer no para Juliet, porque un fuerte «¡Jules!» sonó desde detrás del mostrador cuando entraron.

Connor Crayton. El chico que había deseado a Juliet desde primer grado.

Pero incluso entonces, ella había sido suya.

Tanner sintió una gran satisfacción por ello, hasta que se dio cuenta de que, una vez que Juliet firmara los papeles del divorcio, sería veda abierta. Crayton iría tras ella en un abrir y cerrar de ojos.

—Qué bueno verte de nuevo, cariño.

Quizás ya lo estaba haciendo.

Ese pensamiento tampoco le sentó bien a Tanner. ¿A qué venía lo de *cariño*? ¿Y lo de *de nuevo*? ¿Acaso Crayton había estado aprovechando *su* ausencia para intimar con Juliet? ¿Con su esposa?

¿Amigo? Te vas a divorciar de ella, no tienes ni voz ni voto en el asunto.

No le importaba. En ese momento, ella seguía siendo su esposa y, si Crayton la estaba cortejando, Tanner le pararía los pies bien rápido.

—Crayton. —Tanner puso cada gramo de testosterona de su cuerpo en esa sola palabra.

Crayton se enderezó. Oh, sí, lo había captado a la primera. —Wentworth. No sabía que habías vuelto.

—Debes de no haber recibido la invitación para lo de Delia. Estuvimos allí hace unos días. —Sí, le puso una ligera inflexión en el *estuvimos* para despejar cualquier duda.

—Sí, bueno, Delia y yo... No se puede decir que seamos los mejores amigos.

No se podía decir eso de Delia y nadie, pero Crayton no debía de haber prosperado lo suficiente en la vida como para ser considerado material de esposo en el libro de Delia. Y, por una vez, Tanner seguiría su ejemplo. Crayton no se casaría con Juliet cuando él se fuera. No estaba seguro de cómo iba a garantizarlo, pero eso *no* iba a pasar.

—Bueno, me alegro de que hayas vuelto, amigo. ¿Te quedas esta vez?

El tipo podía borrarse esa sonrisita esperanzada y de suficiencia de la cara.

Le pasó el brazo por la cintura a Juliet e ignoró la pregunta. —Cariño, pide tú. —Vaya, hasta su acento tejano había vuelto para esa viril muestra de posesión.

Las cejas arqueadas que Juliet le dirigió decían que se había dado cuenta. —Eh, claro.

Tanner sintió una inmensa satisfacción al ver la mirada de Crayton ir y venir de la caja registradora a él mientras Juliet recitaba su pedido. Ni una sola vez el tipo la miró a ella.

Bien. Mensaje transmitido.

—¿Y qué quieres tú, Tanner? —Ella le dirigió esos grandes ojos azules y a Tanner se le cortó la respiración.

Estaba aún más guapa que cuando estaban en la preparatoria.

—¿Tan? —lo codeó con el hombro.

—Ah. Claro. —Cambió de postura. Debería haber estado prestando atención y no embobado mirándola como si todavía tuviera dieciséis años.

Entonces vio la cara de Crayton: desolada. Destrozada. Bien. Le dejaría pensar que la pausa se debía a que su esposa lo había dejado sin aliento.

De hecho, amigo, esa *es la razón por la que te quedaste callado.*

Cállate.

Recitó sus platos favoritos del menú, preguntándose si Crayton haría algo tan inmaduro como escupir en su bebida.

Le gustaría pensar que no, pero, por otro lado, también habría apostado que nunca se pondría en plan cavernícola por una mujer.

Por suerte, Crayton no estaba trabajando en la cocina, así que solo tuvo que meter la comida y las papas fritas en bolsas, y una adolescente sirvió sus bebidas. Aun así, Tanner lo observó como un halcón.

Y no le quitó el brazo de la cintura a Juliet.

Juliet no estaba muy segura de lo que estaba pasando, pero el hecho de que Tanner la llamara *cariño* y le pasara el brazo por la cintura le hizo pensar que él creía que Connor estaba interesado en ella. Tendría razón, Connor la había invitado a salir varias veces desde que Tanner se había ido, pero ella siempre le había dicho lo mismo: que estaba casada y que su marido estaba fuera de la ciudad por negocios. No había mentido y era la excusa perfecta para mantenerlo a distancia. Lo que pasaría una vez que firmara los papeles del divorcio era algo que afrontaría cuando llegara el momento.

Dios, no quería pensar en eso. ¿Por qué no podía ser esto real? ¿Por qué el brazo de Tanner a su alrededor no podía significar que lo quería allí y no por un estúpido desfile de *machismo*?

—No te olvides de la galleta extra —dijo cuando Connor dejó las bolsas en el mostrador.

—¿No creía que tenías a la mejor cocinera del estado trabajando para ti? ¿Por qué quieres una galleta de producción masiva?

—Connor, no dejes que Ermalinda te oiga decir eso; es la mejor cocinera del *país*, no del estado.

—Tienes razón. La última vez que probé uno de sus postres, quise robármela. Pero tu padre le paga demasiado bien, o quiere demasiado a tu familia, porque se rio en mi cara.

—Es la familia. —Tanner casi arrancó las bolsas del mostrador—. Es ferozmente leal. Pero, claro, los Chambers hacen que sea fácil serlo. —La codeó con el hombro—. ¿Lista para ir a casa, cariño?

Lo estaría si él seguía hablando así. Y el hecho de que casi sonara celoso...

—Mmm, claro. —Aprovechó la oportunidad para tomarlo de uno de sus brazos y saludó a Connor con la mano—. Gracias, Con. —Por más de lo que él sabía—. Nos vemos.

—Me encantaría, Juliet. —Connor le dedicó una sonrisa genuina, mucho más real que la que mostró al mirar a Tanner y decir—: Un gusto verte, Wentworth.

—Sí. Sí, lo fue. —Tanner le hizo ese gesto masculino de levantar la barbilla y empujó la puerta con la cadera—. Después de ti, Jules.

Literalmente casi tropezó en el umbral. Tanner siempre la había tratado bien, pero no recordaba la última vez que le había sostenido una puerta. Definitivamente no al salir del juzgado cuando se casaron.

Mmm, le estaba gustando esto de los celos. Ahora, ¿cómo podría usarlo a su favor...?

No. No iba a manipularlo. Debería avergonzarse incluso de pensarlo. Si Tanner iba a volver con ella, sería porque él quería. No quería pasar el resto de su vida preguntándose si se iría de nuevo. No, por muy duro que fuera verlo salir de su vida, era mejor tener una respuesta que estar siempre preguntándose si lo haría.

—¿Así que ves a Crayton a menudo? —Tanner dejó las bolsas en el suelo, detrás del asiento del copiloto.

Bien, le gustaba que él manejara. Igual que cuando estaban en la preparatoria. Él tenía una camioneta destartalada mientras que ella tenía el Jetta que sus padres le habían regalado por su decimosexto cumpleaños. Tanner lo había llamado un auto de niña y había dicho que si quería estar con él, irían en su camioneta. A ella no le había importado; la camioneta tenía un asiento corrido y mucho más espacio.

Sonrió ante el recuerdo.

—Esa es una reacción muy reveladora. —Tanner no sonaba feliz.

Oh, pensaba que estaba sonriendo por Connor.

Solo porque no fuera a manipularlo no significaba que tuviera que corregir sus suposiciones erróneas. —En realidad no. Solo paso por allí de vez en cuando. —Es decir, una vez cada tres años.

Tanner no respondió, pero cerró la puerta trasera con la suficiente fuerza como para que ella hiciera una mueca. Gracias a Dios por la ingeniería alemana; su auto podía soportar los celos de él.

Ella también podía. Le gustaba. Significaba que él sentía algo más que desdén por ella.

Intentó no sonreír cuando subió al auto. No quería que él pensara que pasaba demasiado con Connor o se preguntaría a qué había venido lo de la otra noche.

Ella se preguntaba a qué había venido lo de la otra noche. Oh, sabía por qué había dejado que sucediera; quería saber, desesperadamente, por qué *él* lo había hecho.

También quería que volviera a suceder. Lamentablemente, la noche anterior, él había preparado la cena mientras ella se duchaba después del trabajo, luego había sacado su computadora portátil mientras ella cambiaba de canal y jugaba con el gatito hasta que él dio por terminada la noche y se fue a la cama. Solo. Habían estado juntos, pero no.

—Nana quiere que la lleve a la peluquería mañana —dijo cuando se detuvieron en un semáforo—. No deja que papá vaya, dice que ya la ha cuidado demasiado. Pero me preocupa transportarla y me preguntaba si...

—Si iría contigo. —Solían terminar las frases el uno del otro en el pasado —. Por supuesto. La dejaré instalada en el salón y luego me iré a pasar el rato con Rick o alguien.

—¿Alguien hizo alguna pregunta incómoda cuando los viste en lo de Delia?

Él miró por el espejo lateral y luego cambió de carril. —No. Lo cual supongo que tiene sentido si de verdad estamos juntos. Todavía nos ven como una pareja.

Porque deberían serlo.

—Quieren reunirse el jueves por la noche. Noche de chicos. Les dije que lo consultaría contigo. Para ver cuáles eran los planes.

—Está bien, Tanner. Se te permite tener una vida aquí. Es normal que las personas casadas tengan intereses diferentes y salgan con sus amigos. No tenemos que estar pegados como lapas.

Hubo un silencio entre ellos. Habían estado pegados por algo más que la cadera la otra noche.

Dios, quería hablar de eso con él. Era un gran elefante blanco en el auto y no lo estaban abordando. Una parte de ella quería forzar el tema, la otra parte no estaba lista para hacerlo. No quería oír el discurso de «No podemos volver a hacer eso». Y de todos modos, las acciones —o la falta de ellas— hablaban más que las palabras.

Definitivamente se requería un cambio de tema.

Sacó su teléfono. —Aunque mañana tengo que ir a la oficina primero. —Marcó un número y contó los timbres hasta que Steve contestó—. Hola, Steve, soy Juliet. ¿Puedes hacerme un favor?

—Por supuesto, Sra. Wentworth. ¿Qué puedo hacer por usted?

Todavía le costaba acostumbrarse a la deferencia en su voz. Durante tantos años se había presentado en la oficina de papá simplemente como su hija. La mitad del personal la conocía desde que usaba pañales y la había visto con su uniforme de porrista. Había sido un poco intimidante entrar en su primer día como reemplazo de papá en un traje sastre, pero todos habían estado más que dispuestos a darle una oportunidad. Luego, a medida que tuvo algo de éxito, las amistades que había construido con el personal mientras era la hija de su padre habían ayudado a facilitar la transición a ser su jefa.

—¿Puede comprobar si ya hay algún auto de la flota disponible? Creía que el equipo debía regresar esta noche. Si es así, ¿puede hacer que me entreguen uno en mi casa, por favor? Póngalo a nombre de mi marido para el seguro.

—Su... marido. —No había un signo de interrogación al final de eso, pero podría haberlo.

—Sí. Tanner Wentworth. —Steve solo llevaba cinco años en la empresa. Habría asumido que él había oído hablar de su pasado, pero no podía culparlo por no haber retenido esa información.

—Entendido, Sra. Wentworth. Haré que el despacho envíe uno tan pronto como lo hayan limpiado, si hay alguno disponible.

—Gracias. Y, por favor, que dejen las llaves en la maceta a la izquierda de mi porche. —No quería que un golpe en la puerta interrumpiera lo que sea que ella y Tanner tuvieran en marcha. *Si* tenían algo en marcha...

—Por supuesto. Que tenga una buena noche, Sra. Wentworth.

—Gracias, Steve. Usted también.

Tanner la miró cuando colgó y eso la hizo sentirse cohibida. —¿Qué?

—Tú. Sonabas tan... no sé, profesional.

—Soy una profesional.

—Lo sé, pero es que... —ladeó la cabeza—. Es diferente. Eres diferente. De lo que recordaba.

—He madurado, Tanner. Todos lo hacemos.

Capítulo Veintiuno

Juliet no durmió mucho después de que comieran el pollo frito en un, bueno, si no fue un silencio cómodo, al menos no fue silencioso. Ver a Connor le había traído recuerdos de la preparatoria y, de hecho, se habían reído un par de veces mientras recorrían el camino de los recuerdos, aunque evitando cuidadosamente cualquier mención a Keegan.

Pero, sorprendentemente, no fue eso ni el elefante en la habitación que se había paseado por sus sueños lo que le impidió dormir. No, de eso solo podía culpar a Houdini.

Esa gatita iba a pasar muchas noches en el cuarto de lavado. Ese torbellino de curiosidad había decidido que el tocador era una pista de patinaje, la silla del rincón era un parque de diversiones y la panza de Juliet era un trampolín. Juliet durmió quizás un total de tres horas antes de arrastrarse fuera de la cama a las cinco y media y meterse a escondidas en el baño para ducharse y prepararse para el trabajo. Alimentó a la gatita, luego la encerró en el cuarto de lavado y ya estaba en camino a la oficina antes de que Tanner se despertara.

No quería pensar en él despertándose. En cómo se veía con los ojos adormilados, el cabello revuelto y su pecho... Tanner había dormido desnudo desde que ella se acostaba con él. Lo que no era ni de cerca tanto como ella hubiera querido.

El jefe de contabilidad asomó la cabeza fuera de su oficina.

—Juliet, ¿tiene un minuto?

La verdad es que no. Quería llegar al baño de ejecutivos y echarse agua fría en las muñecas, porque los recuerdos de Tanner la acaloraban de una manera que no necesitaba con este clima.

—Claro, Jim, ¿qué sucede?

Salió de su oficina y abrió un archivo.

—Hay algunos gastos de capital que su padre quería que hiciéramos el próximo trimestre y no estoy seguro de que queramos hacer ese desembolso de efectivo ahora que... bueno, no estamos seguros de si el enfoque de la división de transporte va a ser tan agresivo como se había proyectado.

Su padre se había enfocado por completo en hacer crecer la empresa, pero conocía el negocio desde los cimientos. Juliet todavía estaba aprendiendo, y aunque quería adherirse a la visión de su padre, no quería hacerlo a ciegas. Bajar el ritmo podría ser lo mejor para poder evaluar el futuro de la empresa. Incluso con la guía de papá, ella era la que tomaba las decisiones, así que quería entender cada matiz antes de tomar una.

—¿Puede organizar una reunión para esta tarde...? Ay, rayos. Lo olvidé. Tengo que llevar a mi abuela a un sitio. —Juliet se pellizcó el puente de la nariz. Los días de trabajo después de noches de insomnio no eran los mejores, se mirara como se mirara; si a eso se le añadía una cita y una reunión repentina, su día se desequilibraba más de lo que ya había empezado.

Se estaba engañando a sí misma; eso había ocurrido el día que Tanner llegó.

—Consulte con Maggie a ver si puede pasar mis citas de la mañana para mañana, y luego organice una reunión con Scott, Bill y Madison lo antes posible. Quiero que todos den su opinión sobre este asunto.

—Así se hará. —Jim asintió y se dirigió hacia el escritorio de la asistente de Juliet, Maggie.

La primera complicación de su día.

Bueno, al menos la mantenía sin pensar en Tanner.

Tanner no podía dejar de pensar en Juliet.

Se levantó de la cama, haciendo una mueca por la erección mañanera que estaba demasiado interesada en saber si Juliet seguía en la casa.

Se puso un par de pantalones cortos. Probablemente debería haber dormido con ellos anoche, pero una parte de él había querido *no* necesitarlos.

Excepto que no había hecho nada al respecto.

Eso era porque, aunque pasar el rato en su sala las últimas noches con ella sentada allí, viéndose tan adorable mientras jugaba con la gatita —y luego tan ardiente mientras se dirigía a su dormitorio— había sido una tortura, el pensamiento racional lo había mantenido plantado en su silla con la vista fija en la pantalla de la computadora. Una vez estaba permitido; curiosidad, por los viejos tiempos, como quisiera llamarlo, se les permitía esa única noche. Pero continuar... Eso sería empezar algo para lo que no estaba preparado.

Algo que no quería.

¿Seguro de eso? Tu no tan pequeño amigo de esta mañana dice lo contrario.

Se pasó una mano por la cara. Sí, claro, la deseaba a *ella*. Eso nunca estuvo en duda. Era todo lo que venía con ella: relación, confianza, familia... Lo habían intentado no una, sino dos veces, y bueno, su historial era un completo desastre.

La tercera podría ser la vencida, amigo.

O podría ser la que acabara con él.

No, gracias. Tenía su vida planeada y no incluía a Juliet.

Afortunadamente, ella no estaba en la casa cuando salió de su habitación. Revisó el garaje. El Mercedes no estaba, pero el Towne Car estaba en el lado izquierdo de la entrada, donde Steve lo había dejado. O quienquiera que lo hubiera traído.

Abrió la puerta principal y buscó la llave en la maceta, luego llamó a Rick para acordar verse cuando dejara a Juliet y a su abuela en el salón más tarde.

Se dio una ducha rápida y se estaba preparando el desayuno cuando oyó a la gatita maullar en el cuarto de lavado. Pobrecita, debía de sentirse sola.

Tanner abrió la puerta y ella salió disparada, tropezando consigo misma en su carrera hacia la libertad.

—Oye, tú. Ven aquí.

No, siguió corriendo, directa a la habitación de Juliet.

Por supuesto.

Tanner suspiró y la siguió. ¿No se creía en los viejos tiempos que los gatos eran instrumentos del diablo? Podía entender por qué.

Se detuvo en la puerta del dormitorio de Juliet. La última vez que había estado aquí más de unos segundos, ella lo había invitado. Ahora casi parecía incorrecto.

Hasta que vio a la gatita colgando de la barra de la cortina. Boca abajo.

—Ven aquí, pequeña salvaje. —Intentó alcanzarla, pero ella trepó a la parte superior de la barra, y las cortinas de Juliet ganaron un par de rasgaduras en el proceso.

—Houdini, baja de ahí. —Volvió a intentar alcanzarla, pero ella corrió por la gruesa barra de madera como una gimnasta en la viga de equilibrio..., y ejecutó una, ejem, interesante salida al final, cayendo sobre la cama de Juliet.

Debería haber sugerido Belcebú como nombre para ella.

Parecía que se había quedado sin aire o que se había llevado la sorpresa de su vida, pero al menos estaba quieta.

Hasta que fue a levantarla. Entonces salió disparada por la cama, saltando como un ciclista de BMX y usando sus muslos como impulso —garras incluidas—, rebotó en el reposapiés junto a la mecedora, luego aterrizó en el suelo y corrió debajo del tocador.

Por supuesto.

Tanner suspiró. Debería simplemente dejarla en paz. Si se sentía sola, ya lo encontraría.

O haría trizas las cortinas de Juliet.

Caminó hacia el tocador y estaba a punto de agacharse cuando algo encima llamó su atención.

Era un marco doble. A la izquierda había una foto de él y Juliet en el baile de graduación y a la derecha...

Una profunda y ardiente bocanada de aire llenó sus pulmones.

Keegan.

Juliet había guardado una de las fotos de su abuela.

No había visto las fotos. No había querido. Tenía sus recuerdos. Pero ahora...

Ahora no podía apartar la vista.

Levantó el marco. Incluso ahora, después de tantos años, se le hizo un nudo en la garganta y le costaba ver a través de la neblina de lágrimas en sus ojos, pero se obligó a mirar.

Keegan tenía su nariz y su barbilla. No podía decir nada de los ojos porque estaban cerrados, pero la curva de la mejilla... Esa era de Juliet. Todavía no tenía pelo y sus uñas eran prácticamente transparentes y, Dios, tan pequeño. Tan malditamente pequeño.

Dejó el marco. No era justo. Míralos a los dos, a él y a Juliet. Tan felices, con el mundo a sus pies. Ni siquiera el embarazo había sido el fin del mundo, sino el comienzo. Pero entonces todo se había venido abajo cuando perdieron a su hijo.

Tanner volvió a poner el marco sobre el tocador y se hundió en la cama de Juliet, dejando caer la frente sobre la palma de su mano. Dios mío, todavía dolía increíblemente después de todo este tiempo.

Y ella miraba esa foto todos los días.

¿Castigándose? ¿Obligándose a recordar?

No era como si él pudiera olvidarlo alguna vez.

Volvió a estirar la mano hacia el marco, pero luego la dejó caer sobre su muslo. No podía hacer esto. No podía quedarse aquí y fingir que podían ser amigos o seguir adelante. No con esa foto justo ahí. Mirándolo fijamente. Desafiándolo a decir que su vida *podía* ser la misma.

Un nudo se le apretó en el estómago y Tanner sintió el impulso de simplemente girarse de lado y acurrucarse para llorar. Simplemente llorar por todo lo que él —no, lo que *ellos*— habían perdido. Si Keegan hubiera vivido, podrían haber tenido una oportunidad.

Inhaló una respiración entrecortada. Por mucho que la idea de aislarse del mundo y entregarse a su dolor sonara bien, ya lo había hecho antes y conocía el dolor de cabeza y la sensación de náuseas que le seguirían. Tenía cosas que hacer hoy, gente que ver. Juliet, su abuela, Rick. Lo último que quería era aparecer con los ojos hinchados y un dolor de cabeza insoportable.

Se aclaró la garganta y se presionó los ojos con el pulgar y el índice. Ya había pasado por esto; no necesitaba volver a hacerlo. Amaba a su hijo y siempre lo haría. Pero la vida seguía, por horrible que sonara, y tenía que ponerse en marcha.

Por supuesto, fue entonces cuando la gatita decidió asomarse por debajo del tocador, su «miau» sonando como una pregunta.

Bueno, se decía que los animales podían sentir el estado de ánimo de una persona, y el suyo probablemente era dolorosamente obvio para ella.

Extendió la mano y, maldita sea, la cosita linda se subió directamente a su palma y le lamió la muñeca, mirándolo como si fuera la cosa más inocente del mundo, llena de confianza y amor.

Suspiró y negó con la cabeza mientras se levantaba, luego se la colocó en el hombro. Ella le lamió el lóbulo de la oreja y se acurrucó en la curva de su cuello, ronroneando satisfecha.

—Vamos, tú. Vayamos a desayunar.

Su teléfono sonó mientras entraba en la cocina. Corrió a su habitación, lo tomó de su tocador, y la anticipación se desvaneció cuando vio que la llamada era de Gage y no de Juliet.

Se preocuparía por ese sentimiento más tarde.

—Hola, Gage.

—Tan. Le mencioné a mi agente inmobiliario dónde estás y nuestra conversación sobre la expansión, y me acaba de llamar por un almacén que se alquila a media hora de ti. ¿Hay alguna posibilidad de que quieras ir a echarle un vistazo?

—Sí, claro. Espera un momento mientras busco un bolígrafo. —Salió de su habitación y se dirigió a la cocina.

Juliet tenía montones de menús de comida para llevar, pero ni una maldita cosa con la que escribir.

Buscó por la sala, pero no tuvo suerte. Ni de broma iba a volver a su dormitorio, así que quedaba su oficina.

—Dame un segundo más.

No le apetecía especialmente la idea de entrar en su santuario privado, pero, por otro lado, no podía imaginar nada más personal que la foto en su tocador, así que se atrevería.

Tenía una taza de café llena de bolígrafos en su escritorio, y un bloc de notas adhesivas al lado.

—Ok, ¿cuál es la dirección? —La anotó, haciendo malabares con Houdini mientras se movía de un lado a otro de su cuello—. ¿Habrá alguien allí para enseñármelo o solo voy a pasar por fuera?

—Dijo que le hicieras saber a qué hora te viene bien. Aquí está su número. Se encontrará contigo allí.

—Ok, suena bien. Tengo que llevar a Juliet y a su abuela a un sitio, pero luego debería poder pasar.

—Suena bien. Avísame. Y si necesitas más tiempo por allí...

—También te lo haré saber. —No quería discutir eso con él—. Gracias, Gage.

—No hay problema.

Odiaba ponerse tan personal con Gage, pero Gage tenía un sobrino con problemas de salud, así que el tipo no era ajeno a esta situación. Apestaba que ambos estuvieran lidiando con esto, pero solidificaba su deseo de querer trabajar con ellos. Los chicos tenían las prioridades claras.

Se dio la vuelta para irse y vio los títulos de Juliet colgados en la pared junto a la puerta. No los había visto en su apuro por encontrar el bolígrafo, pero ahora que lo hacía, se acercó a examinarlos.

Juliet Chambers-Wentworth.

Era lógico, supuso, que estuvieran a su nombre de casada, pero no podía creer que estuviera usando su apellido. Habría jurado que se habría quedado con su apellido de soltera. Después de siete años separados —y una luna de miel sola—, no habría pensado que ella querría algún recuerdo de él, y mucho menos unir su apellido al de ella.

Pasó los dedos por el cristal que protegía el pergamino. Se sentía extraño y correcto a la vez verlo allí. Algo que había planeado durante tanto tiempo, que había deseado, y ahora...

¿Y ahora qué?

No sabía qué. No sabía mucho de lo que estaba haciendo aquí ni de lo que estaba sintiendo aquí; pero todo lo que sabía era que tenía un trabajo que hacer por su futuro y que regodearse en su pasado no iba a ser productivo.

Estiró la mano hacia la gatita y la acunó contra su pecho.

—Vamos, pequeña. Comamos algo y luego tengo que irme.

A la otra oficina de Juliet. Donde la encontraría. Y a su abuela. Las dos mujeres responsables de esa imagen de Keegan. La que no abandonaba su mente.

El día no hacía más que mejorar.

Capítulo Veintidós

—Gracias por recogerme, Tanner. —La abuela de Juliet le puso la mano en el brazo cuando él la acomodó en el asiento delantero del Towne Car. La casa quedaba de camino a la oficina de Juliet y tenía más sentido hacer eso en lugar de devolverse; y devolverse era una costumbre de Juliet, una que él quería romper.

—Es un placer, Nana.

—Y para mí es un placer ver que tú y Juliet han resuelto sus diferencias. El amor vale la pena. No siempre es fácil, lo sé, pero nada que valga la pena lo es. Si lo fuera, no lo valoraríamos. Al final, lo que importa es el amor que dejas atrás, no las cosas. No los negocios, sino la familia. Eso es lo importante.

—Lo sé. Por eso estoy aquí. —Lo cual no era mentira.

—Entonces, ¿Juliet me dice que estás buscando expandir tu negocio en la ciudad?

Ciertamente esperaba que Juliet no le hubiera dicho *qué* negocio. —Es una idea. De hecho, en cuanto las deje a ti y a Juliet en el salón, voy a ir a ver un local.

—Maravilloso. Solo asegúrate de que tenga un estacionamiento grande. Por lo que he oído de BeefCake, Inc., vas a tener un éxito rotundo aquí.

Tanner casi se sale de la carretera. —¿Sabes lo del club? —Nunca habría pensado que Juliet le mencionaría el club de striptease a su abuela, pero, vamos, ¿qué sabía él de la relación que habían tenido en los últimos siete años?

—Claro que sí. Puede que sea de otra generación, pero sé cómo usar internet. Tus amigos tienen un negocio bastante exitoso.

—¿Nos buscaste?

—Tenía que hacer algo mientras me recuperaba. Puede que mi cuerpo no esté para bailar, pero mi mente sigue activa. Soy bastante buena con los buscadores, ¿sabes?

Nana parecía muy satisfecha consigo misma.

—Yo...

—Quizás deberías sugerirles a los dueños que ofrezcan algún tipo de transmisión en línea de pago por evento. No es pornografía si no están desnudos, y solo mira el tráiler de la película de Channing Tatum. Podrían hacer algo así para ganar dinero extra.

No podía creer que estuviera teniendo esa conversación con la abuela de Juliet. —Se lo, eh, mencionaré y veré qué dicen.

—Deberías. Tiene que haber una manera de monetizar sus espectáculos más allá de las bebidas y las propinas.

Nunca se había sentido incómodo con su trabajo, pero esa conversación estaba logrando su cometido.

—Tanner Wentworth, ¿te estás sonrojando?

—No, señora. —De acuerdo, acababa de romper su regla de no mentirle.

—Sí que lo estás. Y debo decir que me parece adorable. Pero bueno, siempre me has parecido adorable. Solías mirar a Juliet con ojitos de perrito enamorado cuando estaban en la primaria. Sabía que era solo cuestión de tiempo para que ustedes dos se dieran cuenta. Gemma y yo nos pusimos muy contentas cuando invitaste a salir a Juliet por primera vez.

Tenía un vago recuerdo de la noche en que su madre lo había llevado a él y a Juliet al cine. Se había sentido muerto de la vergüenza de que su mamá los llevara, pero de los tres padres y Nana, había pensado que ella era la que menos lo avergonzaría.

Y ahora, enterarse de que ella y Nana habían estado hablando de ellos...

—*Estás* sonrojado. —Le dio una palmadita en la mano.

—No puedo negarlo. —Logró esbozar una sonrisa y rezó para que no pareciera forzada.

Ella rio entre dientes y volvió a poner la mano en su regazo. —El amor es curioso, ¿no crees? Es el mejor sentimiento del mundo, pero también nos vuelve más vulnerables. Depositar toda tu confianza en alguien y entregarle la esencia de quién eres... Es un paso bastante grande. Puede dar miedo. Sobre todo cuando ya te han herido una vez.

Dos veces, pero ¿quién llevaba la cuenta?

—Tengo plena confianza en que tú y Juliet lo lograrán esta vez. Ustedes dos están destinados a estar juntos. Lo supimos desde la primera vez que la viste.

—Nana... —Inclinó la cabeza. Una cosa era aparecer allí y decir que estaban tratando de arreglar las cosas; otra muy distinta era mentir descaradamente y decir que vivirían felices para siempre—. Éramos unos bebés. La química que creíste ver, probablemente eran gases.

Fue bueno oírla reír. —Oh, Tanner, ya verás. Algún día, verás de lo que hablo. Hay un... no sé, un aura quizás alrededor de ustedes dos cuando están juntos que la mayoría de las parejas, incluso aquellas que se aman de verdad, no tienen. Casi me da envidia. Pero yo tuve una relación maravillosa. No muy diferente a la suya, me gusta pensar. Así que sé que si ustedes dos pueden llegar al punto en que dejen de culparse a sí mismos, les irá muy bien.

¿Culparse a sí mismo? ¿De qué estaba hablando ella? Él no se culpaba a sí mismo. Había entrado en los matrimonios con Juliet —el que no ocurrió y el que sí— con la mente abierta y un corazón lleno de amor por ella. Fue ella la que había arruinado las cosas.

Sí, la culpaba a ella. Porque ahí era donde debía estar la culpa. Él no había hecho nada malo.

Pero, al igual que con su padre, no iba a destruir las ilusiones de su abuela. Su tiempo aquí se suponía que le daría esperanza para el futuro de Juliet, no que derribaría su pasado.

—Entonces, ¿cuánto crees que tardará esta cita en la peluquería? Voy hacia el otro lado de la ciudad, a unos veinte minutos de la oficina de Juliet.

—Unas dos horas. Me lo voy a teñir. —Se dio unas palmaditas en el pelo, que tenía un mechón blanco entre el resto que era tan rubio como el de Juliet—. Supongo que parece una tontería hacer esto, considerando que en realidad no importa, pero a una mujer le gusta tener algo de vanidad y la mía es mi pelo. ¿Sabías que antes era tan bonito como el de Juliet cuando William y yo éramos novios?

—Me parece recordar que era bonito cuando yo vivía aquí.

—Cielos, Tanner, qué galán eres. No me extraña que seas el bailarín más popular de ese club.

Se le encendió la cara. ¿Cómo diablos se había enterado de eso? —Eh...

Ella rio de nuevo y le dio una palmadita en el brazo. —Es que es demasiado divertido molestarte, Tanner. Solo porque sea abuela no significa que no sea mujer. Se sabe que de vez en cuando he frecuentado establecimientos como el tuyo. Quizás hasta vaya a verte a ti y a tus amigos cuando abran su local por aquí.

Quería meterse debajo del asiento y bloquear las imágenes que ella le estaba metiendo en la cabeza. —¿Eh, Nana?

—¿Sí?

—¿Podríamos, eh, cambiar de tema? No sé qué tan apropiada es esta conversación, dado que estoy casado con tu nieta.

—Es cierto, lo estás. Y que no se te olvide.

Con el agarre que ella tenía en su brazo, a Tanner no se le iba a olvidar por mucho, mucho tiempo.

Si es que alguna vez lo hacía.

* * *

Nunca en su vida se había alegrado tanto de ver un edificio vacío.

Tanner todavía estaba tratando de dejar atrás la conversación con Nana. Desde el hecho de que supiera a qué se dedicaba, hasta el hecho de que realmente *supiera* lo que hacía, pasando por todo el comentario de «casado con su nieta» que se le había escapado... La mujer podría estar enferma, pero todavía podía dar un buen golpe.

—No parece la gran cosa.

Miró a Juliet en el asiento del copiloto. Su abuela había insistido en que Juliet lo acompañara, que no necesitaba que Juliet se le quedara mirando mientras le arreglaban el pelo, así que bien podría aprender algo sobre el negocio de Tanner, ya que eso era lo que hacían las personas casadas.

Ninguno de los dos pudo discutir esa lógica y mantener su coartada, así que Juliet lo había acompañado.

Había llamado al agente para concertar la reunión, pero después de eso, el viaje había sido silencioso, por lo que estaba agradecido. Lo de la otra noche se

182

hacía cada vez más grande cuanto más tiempo pasaba sin hablar de ello, pero ¿qué podía decir? *¿Gracias por el revolcón?*

No iba a proponerle su amor eterno y sugerir que volvieran a estar juntos, así que, en realidad, no tenía sentido. Fue lo que fue.

Y había sido bastante espectacular.

Sacudió la cabeza. Era hora de dejar de pensar en sexo y concentrarse en el negocio. —No es el exterior del edificio lo que me preocupa. —Bueno, aparte del acceso, que estaba en una vía principal, así que eso era bueno, y el estacionamiento, que era abundante —sonrió al recordar el comentario de Nana—, así que eso también funcionaba. La ubicación tampoco estaba mal; la zona no se había deteriorado demasiado y, con el desarrollo de este sitio, podría revitalizarse—. Tengo que ver por dentro para ver si el espacio puede albergar el escenario, el bar y las zonas de asientos.

El agente inmobiliario los estaba esperando cuando llegaron.

—¿Wentworth? James Pfeiffer. —El tipo le tendió la mano—. Encantado de conocerlo.

—Gracias por reunirse con nosotros con tan poca antelación.

Pfeiffer le dio la mano a Juliet a continuación, y luego señaló el edificio. —Este lugar ha estado vacío demasiado tiempo. Se está convirtiendo en una monstruosidad. La ciudad me está pagando bien para encontrar un inquilino, así que estoy más que feliz de hacerlo. ¿Entramos? —Hizo un gesto con la mano hacia la puerta de cristal.

La fachada necesitaba trabajo, y el toldo de chapa ondulada tendría que desaparecer, pero el exterior parecía lo suficientemente grande como para albergar las instalaciones que Tanner tenía en mente.

Pfeiffer les dio el recorrido, les mostró las conexiones eléctricas y las tuberías de agua, y los guio por la sección de servicios que podría incorporarse a una cocina. Ahora que Bryan y Gage habían incluido bailarines de ambos sexos en los espectáculos, el club se estaba convirtiendo en un destino nocturno, y la demanda de algo más que comida de bar los había llevado a añadir una cocina improvisada en su local insignia. Los locales posteriores tendrían las cocinas incorporadas.

Pfeiffer los dejó a él y a Jules para que recorrieran el espacio por su cuenta, sacando su teléfono y diciendo que estaría fuera haciendo llamadas por si tenían alguna pregunta.

Tanner sacó una cinta métrica láser que había comprado de camino y tomó algunas medidas. El escenario funcionaría si lo terminaban donde él estaba parado.

Miró a su alrededor. —Jules, ¿puedes pasarme esa cubeta de allí?

—¿Esta? —levantó la cubeta vacía de masilla.

—Sí, ponla ahí. —Señaló dónde estaría la esquina del escenario—. Y esa caja. Tómala, pero ten cuidado con las astillas.

Se la quitó de las manos y la puso a sus pies.

—¿Este es el escenario?

—Sí. Pondremos mesas ahí. —Hizo un círculo con la mano frente al escenario—. Eso debería dejar suficiente espacio para los camerinos detrás del escenario.

—¿No querrás decir cuartos para *des*vestirse? —murmuró Juliet en voz baja.

Tanner reprimió una sonrisa. Lo que hacía para ganarse la vida *sí* le molestaba a ella. Y si era honesto consigo mismo, admitiría que le gustaba que así fuera.

Pero eso era todo lo que admitiría. Porque no importaba. Se iba a ir a casa y hacer lo que había planeado antes de venir aquí, a pesar de la increíble noche de sexo. —El bar irá a lo largo de esa pared. Probablemente veinte taburetes, así que es una cantidad decente.

—No me imagino que mucha gente esté mirando el bar cuando está aquí.

—Te sorprenderías. —Arrastró un dos por cuatro roto hasta donde estaría el bar—. BeefCake, Inc. no es un antro de striptease, Jules; es una salida nocturna. Vienen parejas, traen a sus amigos. El menú está creciendo. Se está convirtiendo en un lugar de moda y no solo por el espectáculo. Me gustaría incorporar una pista de baile si puedo, para que podamos convertirlo en un club nocturno una vez que termine el show.

Se cruzó de brazos e inclinó la cabeza. —Realmente has pensado en esto.

—Como dije, este cuerpo tiene fecha de caducidad. No quiero seguir bailando mucho después de que debería haber guardado los pantalones de velcro.

Sus ojos se deslizaron por su torso.

Más abajo.

Así de repente, era como la otra noche otra vez y la deseaba tanto como entonces. La diferencia era que esta vez tenía un recuerdo recientemente actualizado de lo increíble que era el sexo con Jules para echar más leña al fuego.

Y, sí, estaba que ardía.

Carraspeó y se dio la vuelta, alejándose de ella. Tomaría fotos. Se las enviaría a Gage y a Bryan. Quitarse de la cabeza lo sexy que estaba Jules con su falda roja y recta que se abrazaba a esas caderas que él había agarrado, y sus preciosas piernas que se veían aún más sexis con unos tacones color canela que eran perfectos para la oficina pero cuyos pequeños lazos en los talones suplicaban a un hombre que los desatara, y la blusa blanca entallada que se curvaba en su cintura y se abría justo por encima de su escote y no debería ser sexi, pero dado que él sabía lo que había debajo... lo era.

Tomó algunas fotos del contorno improvisado en el suelo solo para volver a concentrarse en el trabajo. Luego tomó algunas más del techo y sus conductos, y después una de la zona del bar antes de apuntar su teléfono hacia el resto del lugar.

Se detuvo cuando estuvo frente a la puerta principal.

Jules estaba apoyada en el travesaño del cristal, su cuerpo silueteado por la luz del sol.

Su pelo caía por debajo de sus omóplatos, rizándose en las puntas lejos de donde su espalda se curvaba antes de llegar a su trasero.

Juliet tenía un trasero increíble. Firme, tenso, redondeado... Lo suficientemente pequeño como para caber en la palma de su mano, pero lo suficientemente grande como para llenarla.

Sus dedos se crisparon al recordarlo.

Algo más también lo hizo.

Sacó la foto. La última foto que tenía de Jules...

En realidad, no tenía ninguna foto de ella. Ella había sido la guardiana de sus álbumes de fotos cuando habían estado juntos y cuando él se fue... Cuando se fue, lo último que quería era un recuerdo de ella.

Tomó otra. Y otra. No podía parar de tomarlas, aunque no era como si ella se estuviera moviendo.

Tanner sí lo hizo. Se movió hacia la izquierda. El ángulo cambió y captó la curva de su mejilla.

Le recordó a la de Keegan.

El golpe en el estómago no fue tan duro como de costumbre.

Se pasó una mano por el pelo e inclinó la cabeza, haciendo que las ondas cayeran en cascada por su espalda.

Le encantaba el pelo de Juliet. Le encantaba su tacto, su textura, la forma en que se deslizaba entre sus dedos. La forma en que se sentía al rozar su piel. La forma en que se veía esparcido debajo de ella en su almohada.

O en la de ella.

Tomó algunas fotos más. Le encantaría una de frente a plena luz del sol, pero no podía pedírselo. Abriría la puerta a demasiadas preguntas. Preguntas para las que no tenía ninguna respuesta.

Ella se movió entonces y saludó con la mano al agente inmobiliario, presumiblemente, que estaba afuera.

Tanner miró la hora en su teléfono. Deberían irse. No era como si hubiera un montón de cosas que ver en el lugar, solo un montón de parafernalia de construcción desechada y un par de barriles de metal que esperaba que estuvieran vacíos, pero cuya retirada tendría que ser parte del trato. No necesitaban preocuparse por la EPA además de la zonificación.

—¿Tanner? —Juliet se volvió hacia él—. Creo que el tipo de la inmobiliaria ya terminó con sus llamadas.

—Sí, yo también ya casi termino. —Se guardó el teléfono en el bolsillo trasero.

—Y bien, ¿vas a alquilar o a comprar este lugar?

Se encogió de hombros. —Tengo que oír los términos primero. No estoy seguro de si Gage y Bry tienen el dinero, así que no puede pasar hasta que yo esté dentro.

Juliet exhaló. Profundamente. —Claro.

Se abrazó a sí misma, pareciendo pequeña y vulnerable.

Maldita sea, no quería sentir lástima por ella. No quería... arrepentirse de que se iba a ir.

No quería hacerle daño.

—Ven aquí, Jules. —La atrajo a sus brazos porque simplemente *tenía* que hacerlo, acurrucándola contra él como siempre lo había hecho, y apoyando su barbilla en la cabeza de ella.

Ella deshizo el abrazo a su propio cuerpo y lo abrazó a él.

Sintió su suspiro en lo más profundo de su alma.

—Oigan, ¿están us... oh. Cielos. Lo siento. —Pfeiffer había abierto la puerta, la había cerrado y había vuelto a salir en menos de two segundos, pero fueron suficientes para romper el momento.

—Yo... lo siento. —Jules dio un paso atrás y se pasó el pelo detrás de las orejas, volviendo a rodearse el abdomen con los brazos. La clásica postura de dolor: recoger las extremidades para proteger el centro—. No debería...

—Está bien. Sé que esto no es fácil. —Debería alejarse de ella. Lo sabía. En lugar de eso, le apartó algunos mechones que ella no había visto.

Sus labios se movieron; se tensaron, luego se los mordisqueó, luego se tensaron de nuevo, pero finalmente logró pronunciar algunas palabras—. Gracias, Tanner. Por eso. El abrazo. Y... por decir eso. —Carraspeó—. Bueno. Supongo que deberíamos irnos. Dejar tranquilo al señor Pfeiffer. Pobre hombre, debe estar muy avergonzado.

Tanner la miró más detenidamente. La Jules que recordaba se habría aferrado a él, rogándole que se quedara. No estaba acostumbrado a esta nueva Juliet, independiente y adulta.

Pero le gustaba.

Lo cual era un pensamiento lo suficientemente peligroso como para hacerlo moverse. Que le gustara Juliet siempre lo metía en problemas.

Dio dos pasos hacia la puerta principal y la abrió. —Después de ti.

Olió ese aroma suyo durante el resto de la tarde.

<h1 style="text-align:center">Capítulo Veintitrés</h1>

—Y bien... —dijo Sandy mientras se acercaba contoneándose por el borde de su sofá con una botella de vino y dos copas pintadas a mano. Una decía *Terapia* y la otra, *Excusa*—. ¿Cuál vas a elegir? —se las mostró a Juliet agitándolas.

Juliet puso los ojos en blanco y tomó la que decía *Excusa*. —Esta. Porque es la que está más cerca.

—Ajá. —Sandy se sentó en su sofá de flores con una pierna doblada debajo de ella—. Así que ahora puedes ir y hacer travesuras con ese bombón con el que todavía estás casada y decir que fue culpa del vino.

Lástima que no tenía esta copa la otra noche.

—¡Dios mío! —Los ojos de Sandy se abrieron como platos—. Ya hiciste travesuras con él, ¿verdad?

—¿Qué? Sandy, estás delirando. —Juliet tomó un sorbo apresurado de vino.

—Y tú estás caliente. O satisfecha. O caliente y con ganas de que te satisfagan. —Sandy usó su copa de vino para señalar a Juliet—. Hiciste tus cochinadas, ¿no es así?

—¿Nuestras *cochinadas*? En serio, ¿qué edad tenemos?

—No me cambies el tema, Juliet. Te acostaste con tu esposo.

Juliet se inclinó para dejar su copa sobre la bandeja de la gran otomana que tenían en frente... y para tener unos segundos para controlar su sonrojo. —¿Te das cuenta de cómo suena esa frase? No tiene absolutamente nada de malo.

—A menos que lleves siete años separada de dicho esposo y desearías con todas tus fuerzas seguir casada con él para siempre.

Sandy, por desgracia, sabía más detalles que Tamra.

Pero no los sabía todos, y si Juliet lograba borrar la sonrisa de su cara al recordar la otra noche, Sandy no tendría ninguna confirmación.

Se recostó y se mordisqueó el labio para contener la sonrisa, segura de que no estaba delatando nada.

Sandy ladeó la cabeza. —Te conozco, Juliet. No me engañas con eso de morderte el labio. Te acostaste con Tanner y no te arrepientes.

—¿Tú te arrepentirías? —Maldita sea, no debería haberle respondido.

—¡Ajá! ¡Lo sabía! —Sandy levantó su copa—. Ya era hora de que entraras en razón. Dejar que ese hombre que es puro fuego viva a nueve estados de distancia todos estos años... Debes tener piedras en la cabeza, amiga.

—Sabes por qué...

—Sé por qué *dijiste* que no irías con él, pero hasta un tonto puede ver que ustedes dos deben estar juntos. Puede que solo te conozca desde que empecé a trabajar para tu padre, pero siempre ha sido evidente. Alguien menciona a Tanner Wentworth y se te ilumina la cara como un arbolito de Navidad. Y si lo que vi cuando fuimos a su club sirve de algo, el hombre siente lo mismo por ti. Ustedes dos necesitan llegar a algún tipo de pacto de perdón y hacer que funcione de una vez. Demonios, estoy a un metro de ti en el sofá y el hombre ni siquiera está en la habitación, y puedo sentir el calor que emana de ti. No tengo idea de por qué estás aquí sentada conmigo cuando tienes *eso* esperándote en casa. Si yo fuera tú, estaría allá.

—Salió esta noche. —Juliet se acomodó la almohada en la espalda—. Con sus amigos de la preparatoria.

—¿Me estás diciendo que sus amigotes borrachos son más atractivos que su hermosa esposa? No lo creo. —Le dio un codazo en la rodilla a Juliet—. Si ambos se quedaran juntos en esa casita acogedora, podrían descubrir que en realidad no quieren ir a ningún otro lado.

Juliet se recostó con un suspiro. —Es complicado.

—Ah, lo sé. Me lo contaste. Y es una porquería todo por lo que has pasado. Pero si se aman —y no puedes decirme que no es así—, entonces puede funcionar. —Sandy bebió un sorbo de su vino.

—Estamos muy distanciados. —Juliet se pasó una mano por el cabello—. Tal vez si se hubiera quedado después de nuestra boda, o si yo lo hubiera buscado, pero... Tiene derecho a estar enojado conmigo. Tiene derecho a no confiar en mí o a no perdonarme.

Sandy apartó la copa de vino de sus labios. —Creo que *tú* necesitas perdonarte a ti misma, Juliet. Has estado cargando con esto todos estos años. Sí, tomaste algunas decisiones cuestionables, pero eras joven. Todos tomamos decisiones cuestionables cuando somos jóvenes. De ahí la tasa de divorcios en este país.

—Tomé dos decisiones cuestionables que afectaron su vida.

—Tú no lo arrastraste al altar.

—Mi padre lo hizo.

Sandy apoyó el brazo en el respaldo del sofá y tocó el hombro de Juliet. —Pero esa no fuiste tú.

—Es como si lo hubiera sido.

—Y aun así pudo haberse ido. Pero no lo hizo. ¿Por qué?

—Por la hipoteca.

—¿En serio? —Sandy ladeó la cabeza. Y su copa de vino. De la que derramó un poco en su camiseta—. Ay, mierda. Manchas de vino tinto y esta es mi camiseta favorita. —Sandy se levantó de un salto del sofá y se dirigió a la cocina—. ¿Me estás diciendo que Tanner iba a sacrificar el resto de su vida por las deudas de juego de su padre? Piénsalo bien, Juliet. Tus padres no iban a echar a la calle a sus padres. Han sido amigos durante años. —Abrió el refrigerador—. El padre de Tanner podría haberle vendido su parte del negocio a él. Tenía opciones. Quizás Tanner *quería* una razón para casarse contigo; para aliviar su culpa por haberte abandonado después de que perdiste a Keegan. Quizás se sentía culpable por eso, ¿alguna vez lo pensaste?

—Tanner no tenía nada de qué sentirse culpable. Fue toda mi culpa. Si no me hubiera embarazado a propósito, no habríamos perdido a Keegan. —Hasta el día de hoy, seguía pensando que era un castigo kármico por lo que había hecho, y nadie iba a convencerla de lo contrario. Solo odiaba que Tanner y Keegan hubieran tenido que pagar el precio—. Y si no hubiera planeado esa noche...

Sandy asomó la cabeza desde la cocina. —Puras estupideces.

Juliet negó con la cabeza. —¿Perdón?

—Dije, *puras estupideces*. Sigues inventando excusas, pero lo que no estás viendo es que Tanner siempre ha vuelto. Incluso ahora. Hay una razón, Juliet, y no es porque sea un buen tipo. —Volvió a meterse en la cocina—. Te garantizo que no haría esto si una de las bailarinas exóticas con las que se lleva bien se lo pidiera. Ese hombre está colado por ti y tienes que hacer que se dé cuenta.

Sandy le había dado esperanzas hasta que añadió esa última frase. Juliet tomó su vino de nuevo. —De ninguna manera. Lo único que he hecho todo este tiempo es manipularlo. No puedo volver a hacerlo. Él se merece algo mejor. Demonios, *yo* me merezco algo mejor. Tanner tiene que querer estar conmigo porque me ama, no porque esté atrapado conmigo o se sienta obligado, culpable o sienta lástima por mí. Si no puedo tener a Tanner por completo, no quiero nada de él.

—Esa es la primera cosa madura que has dicho desde que empezamos esta conversación. ¿Sabes cuál tiene que ser la siguiente?

—¿Cuál?

—Que vas a ir a buscar a tu hombre.

Juliet miró hacia la puerta de la cocina. —Entre Tanner y yo hay mucho más que hormonas.

—Cariño, no subestimes el poder de las hormonas. Se sabe que esas cosas han provocado guerras.

—Exacto. Y no necesito más en mi vida. Ayudar a Nana a mejorar ya es una batalla suficiente en estos días.

Sandy regresó a la sala, secándose la camisa con una toalla de papel. —Lo sé. Da miedo. Y es difícil. Pero conozco a tu abuela y lo único que ella *no* va a querer que hagas es dejar escapar a Tanner. Vaya, cada vez que surge su nombre, se le dibuja una sonrisa en la cara casi tan grande como la tuya. Quiere bisnietos. Y los quiere con el apellido Wentworth. Y tú también. Solo tienen que superar su pasado para llegar a su futuro. Y tenerlo aquí es una oportunidad demasiado grande como para desperdiciarla. Así que mueve ese lindo traserito tuyo a casa y encuentra la manera de que él se quede allí contigo.

Juliet tomó otro sorbo de vino. Solo uno pequeño porque, si ella y Tanner iban a hablar —y Sandy le había dado razones suficientemente convincentes para sacar a relucir ese elefante en la habitación—, quería tener la cabeza despejada cuando Tanner llegara a casa esa noche.

Por desgracia para Juliet, él nunca llegó.

<h1 style="text-align:center">Capítulo Veinticuatro</h1>

Tanner tenía un dolor de cabeza más grande que el estado en el que se encontraba.

Tragos de Jägermeister. ¿En qué carajos había estado pensando?

Había estado pensando que era mejor no volver a casa la noche anterior. Había estado pensando que, si lo hacía, volvería a ocurrir lo mismo que la otra noche y no quería complicar las cosas más de lo que ya estaban.

Pero, cielos. Su maldita cabeza.

—Oye, Tan. ¿Estás bien, hermano? La voz de Rick pareció resonar en las paredes de su cueva de hombre.

Tanner entreabrió un ojo. Una cueva de hombre decididamente afeminada. La cortina de las ventanas podía ser del azul de los Cowboys, pero los lazos en la parte superior de la cenefa mataban la masculinidad de un solo golpe. Y las lentejuelas plateadas de los taburetes del bar...

Rick se había tomado las burlas encogiéndose de hombros con buen humor. —A veces, muchachos, no vale la pena luchar. Y a veces, la recompensa lo vale.

No hacía falta que dijera más. Todos lo entendieron.

Y todos estaban teniendo acción. Todos menos él.

Tú la tuviste la otra noche.

Sí, una aberración que no debería haber ocurrido.

Hizo una mueca. Llamar a lo que él y Juliet habían hecho una aberración era... bueno, una abominación.

—Toma. —Rick le puso un vaso doble de caballito debajo de la nariz—. Para curar la cruda.

Bastó un solo sorbo para que Tanner se echara para atrás. —No, gracias. Aleja esa mierda de mí. —Se agarró la cabeza. Nunca debió tomarse el sexto. Pero había querido una razón para no volver a casa de Juliet.

Y la había conseguido.

Demonios, probablemente no debería ir ahora.

Revisó su celular.

Ningún mensaje. Ninguna llamada.

No estaba seguro de cómo se sentía al respecto.

—En serio, Tan, bebe. Te ayudará con la resaca.

—Me merezco la resaca. Diablos, todos nos la merecemos. ¿Acaso creemos que todavía somos adolescentes?

—Sí, claro, porque tener treinta años es ser muy viejo. —Rick, el muy cabrón, le dio un puñetazo en el hombro—. Pensé que estabas deseando cumplir los treinta. Vas a ser un hombre rico, ¿no?

Tanner se frotó la nuca. Les había contado a los chicos sobre el fideicomiso hacía años y anoche lo habían estado fastidiando con eso. Por suerte, nadie sabía del problema de su padre con el juego, así que todos pensaban que estaba planeando algunas compras grandiosas el día que cumpliera treinta años.

Se habían decepcionado un poco al saber que lo iba a invertir en un negocio. Había dicho *club nocturno* y lo había dejado así. Si supieran que se dedicaba a bailar...

—Entonces, ¿has visto a tus padres? —Rick dejó el vaso sobre la mesa y luego tomó unas cuantas botellas de cerveza vacías; el tintineo le taladró el cráneo a Tanner.

O quizá fue la pregunta de Rick.

—Todavía no.

—¿Lo harás?

Tanner abrió un ojo. —¿Por qué? —Había algo... extraño en la voz de Rick. Y en su pregunta. Tanner no recordaba la última vez que Rick hubiera mencionado a sus padres, y mucho menos que se interesara por cuándo había hablado con ellos.

—Por nada. Es solo que veo a tu viejo por el pueblo y... bueno, no se ve muy bien.

—¿Le pasa algo?

Rick se dio la vuelta y la bolsa de basura de plástico golpeó contra la mesita de centro en otro estrépito de cristales que le destrozó los nervios. —El hecho de que me lo preguntes a mí es un problema.

—Es... complicado.

—Es tu padre, Tan. Quizá quieras ir a verlo.

Una cosa más a la que no había querido enfrentarse al volver aquí.

Tanner agarró el vaso de caballito de donde Rick lo había dejado sobre la mesa y se bebió el contenido de un trago. El líquido le quemó la garganta hasta el estómago.

Bueno, *eso* sí que fue una llamada de atención.

Sacudió la cabeza, luego se pasó los dedos por el pelo y se levantó. Necesitaba una ducha antes de poder lidiar con la pregunta de Rick y la realidad que conllevaba. Sin mencionar a Juliet. Tampoco quería enfrentarse a ella.

Por suerte, a esa hora, probablemente ella ya iba de camino a la oficina, por lo que volver a su casa debería ser seguro.

* * *

Equivocado.

Lo supo en el momento en que abrió la puerta principal. Podía olerla. Esas campanillas azules...

—¿Tanner? ¿Eres tú?

—¿Esperabas a alguien más? —Se dirigió a la cocina. Ella no tenía café, pero el té tenía más cafeína. Necesitaba eso. Y un poco de jugo de naranja.

Lo que no necesitaba era que Juliet apareciera con un vestido que se le ceñía al pecho y caía sobre la curva de sus caderas hasta justo por encima de las rodillas, sin dejar nada a su imaginación. Porque él sabía lo que había debajo.

—¿Dónde estabas...? Oh. ¿Estás bien?

—¿Tan mal me veo?

—Es que... bueno, has tenido mejores aspectos.

—También me he sentido mejor. —Sacudió la cabeza y hasta eso le dolió—. No sé en qué estábamos pensando.

Ella tomó un vaso del gabinete y se lo entregó. —Igual que en la preparatoria. Ustedes se juntan y tienen las células cerebrales colectivas de una ameba.

Él sacó el jugo de naranja del refrigerador. —¿Las amebas siquiera *tienen* células cerebrales?

—Entiendes lo que quiero decir.

—Auch, Jules. No tienes que ser tan dura. —Le quitó el vaso, lo que le dio una segunda oportunidad para mirar ese vestido—. ¿Es eso lo que te vas a poner para ir a la oficina? —Maldita sea, ¿por qué le preguntó eso? No era de su incumbencia lo que ella se ponía para ir a la oficina. Sirvió el jugo de naranja en el vaso.

—¿Por qué? ¿Qué tiene de malo?

Se encogió de hombros y se llevó el vaso a la boca. Era mejor que entrara jugo en lugar de su pie.

—En serio. ¿Qué tiene de malo? —Juliet se miró el frente del vestido, luego por encima del hombro, lo que lo estiró sobre su pecho.

—Nada. —Todo. Tanner se bebió el jugo de un trago.

Ella lo miró de nuevo y se alisó el vestido sobre las caderas. —Me lo he puesto antes.

—Dije que está bien, Jules. No me hagas caso. —Sacó una taza de su gabinete, la llenó de agua y la metió en el microondas. Necesitaba cafeína. Ya.

Aunque, en realidad, la visión de Juliet con ese vestido le aceleró la sangre más rápido que la cafeína. —¿No se te va a hacer tarde?

—Respondí mis correos desde casa esta mañana. Quería... quería hablar contigo.

Las alarmas se dispararon en su cabeza, lo que no ayudó con la resaca. No se dio la vuelta. —¿Hablar de qué?

—Sobre... —Exhaló—. La otra noche.

Solo había una «otra noche» y él no quería hablar de eso. —Creo que es mejor dejarlo como está.

—¿Y cómo está?

Se dio la vuelta... maldita sea. Su cerebro iba unos segundos por detrás de su cuerpo, por lo que se sacudió dentro de su cráneo. —¿Qué quieres decir con *«cómo está»*? Es lo que es y deberíamos dejarlo en el pasado.

—¿Por qué?

—¿Por qué? Porque no cambia nada, ¿recuerdas? Eso fue lo que acordamos. —La sangre le palpitaba en el cerebro y quería atribuirlo al estrés de su pregunta y al volumen con el que le había respondido... pero no creía que fuera por eso.

—Lo recuerdo, Tanner. Recuerdo muchas cosas. Como lo que siempre hubo entre nosotros.

—De eso se trata todo esto, ¿no es así? Por eso viniste a mi club a buscarme. Quieres que volvamos. ¿Tu abuela siquiera está enferma o te lo inventaste?

Juliet se quedó boquiabierta y se agarró de la encimera. —¿Cómo puedes preguntar eso? Por supuesto que lo está. Yo no haría eso. Lo viste por ti mismo.

Mierda. Se sintió peor por esa pregunta que por la resaca. Se pasó una mano por el pelo y luego se apoyó con las palmas en la encimera detrás de él. —Tienes razón. Lo siento. Eso estuvo fuera de lugar. Claro que lo está. Sé que no te inventarías eso. —Se frotó la barba incipiente de las cinco de la mañana—. Mira, Jules. No puede haber nada entre nosotros. Hay demasiado equipaje. Demasiada desconfianza. No podemos volver atrás.

—No quiero volver atrás.

No podía haber oído bien. Se metió un dedo en la oreja. —¿Eh?

—No quiero volver atrás. Tienes razón; *hay* demasiado equipaje. Demasiado dolor, malas decisiones y mentiras que superar. Pero podemos avanzar, Tanner. Podríamos si quisiéramos.

Ese era el problema; él no quería.

¿En serio? Eso no es lo que decías la otra noche, y puedes intentar culpar a las hormonas o a la distancia o a lo que sea, pero la realidad es que querías a Juliet entonces. Y volviste por más. Hay algo entre ustedes; siempre lo ha habido. Te debes a ti mismo lidiar con ello en lugar de huir. Has estado huyendo desde que Keegan murió. Es hora de detenerse y oler las campanillas azules, amigo.

Claro. Y visitar a sus padres, también. Vaya, este viaje era pura diversión.

Tanner flexionó los dedos contra el borde de la encimera. —No puedo hacer esto, Jules. No ahora.

Ella abrió la boca para decir algo, pero la cerró. Pero sintió cómo esos ojos azul pizarra intentaban escarbar en su psique. En su alma.

Hubo un tiempo en que podían hacerlo. Porque ellos *habían sido* su alma.

—Está bien, Tanner. Tienes razón. Ahora no es el momento. Tengo que ir a trabajar y tú tienes que... Lo que sea que tengas que hacer hoy.

—Voy a ver a mis padres.

Las palabras lo sorprendieron tanto a él como a ella.

—¿Lo saben?

Hizo una mueca al negar con la cabeza. —No lo sabía hasta ahora, así que no, no lo saben.

—¿Vas a llamarlos?

Se encogió de hombros, se apartó de la encimera y abrió el microondas. —No sé. Probablemente no. Por si cambio de opinión.

—¿Estás seguro de que es prudente?

—No. Pero tampoco lo fue lo de la otra noche y sobreviví a eso.

Más o menos.

* * *

Había *sobrevivido a eso*.

Sobrevivido.

Y se suponía que Sandy tenía una gran percepción de Tanner Wentworth.

Él realmente no quería intentar que las cosas funcionaran con ella.

¿Y por qué te sorprende?

Porque... ella sí quería. Porque había pensado que la otra noche significaba algo. Él todavía la deseaba físicamente. La había abrazado después de que su padre se fuera. Tenía que sentir algo por ella para haber hecho eso, ¿verdad?

Excepto que no quería hablar de ello. No quería volver a tocar el tema. No quería escucharla.

Juliet movió la nota adhesiva de un lado a otro de su escritorio, como había estado haciendo durante los últimos cinco minutos. Tenía que concentrarse en el trabajo. Volver al día a día. El futuro era demasiado difícil de pensar.

—¿Juliet? —Maggie, su asistente, la llamó por el intercomunicador desde su escritorio.

Juliet devolvió la nota a su calendario y presionó el botón del micrófono. —¿Qué pasa, Maggie?

—El señor Wentworth está aquí para verla.

—¿Tanner? —Juliet intentó no chillar su nombre, pero no tuvo mucho éxito.

—Eh, no. Un tal señor Palston Wentworth.

¿El padre de Tanner? ¿Qué podría querer él de ella?

197

Juliet se tomó un par de segundos para recobrar la compostura y luego volvió a pulsar el micrófono. —Hazlo pasar, Maggie.

—Enseguida.

La oficina de Juliet estaba a solo un metro y medio del escritorio de Maggie, por lo que no le dio mucho tiempo para prepararse para la llegada de su suegro.

Suegro. Era curioso que ese fuera su primer pensamiento sobre ese hombre. No había visto a los padres de Tanner desde que su madre había pasado a pedirle una foto de Keegan. Habían estado en el hospital esa noche cuando Nana tomó las fotos. El señor Wentworth no se le había acercado desde el hospital y no lo había visto desde entonces. Ni siquiera se había presentado en el juzgado para su boda.

Claro, con el problema de la hipoteca, no lo había culpado realmente. Pero Tanner sí.

El hombre no se parecía en nada a como lo recordaba. Demacrado, con los hombros encorvados y el cabello que una vez había sido espeso y rubio como el de Tanner ahora era gris y ralo... El señor Wentworth había envejecido más que los años que habían pasado.

—Señor Wentworth. —Juliet rodeó su escritorio y le tendió la mano. Su abuela se había asegurado de enseñarle buenos modales—. ¿Qué puedo hacer por usted?

El padre de Tanner miró su mano extendida como si no estuviera muy seguro de lo que era. Pero luego la tomó con la suya, nudosa. —Más bien, lo que yo puedo hacer por ti.

Le dio un último apretón, luego se apoyó en el respaldo de la silla frente a su escritorio y se sentó con cuidado, colocando una pequeña bolsa sobre su regazo.

—¿Lo que usted puede hacer por mí? —Regresó detrás de su escritorio, prescindiendo de la silla junto a él. No era una visita social y él nunca la había reconocido como su nuera. De hecho, nunca la había reconocido en absoluto cuando ella había ido a casa de Tanner. La mayoría de las veces, apartaba a Tanner para hablar de fútbol con él. Juliet se sentía aliviada de pasar el tiempo con la señora Wentworth, ya que el padre de Tanner siempre había sido brusco y distante.

—Sé que estás al tanto del problema entre tu padre y yo. —El señor Wentworth se acomodó en su asiento—. Sobre la hipoteca.

—Sí, lo sé.

Tamborileó los dedos sobre la bolsa y la miró mientras se mordía el interior de la mejilla.

Luego, dejó la bolsa en el extremo de su escritorio y volvió a descansar las manos en su regazo. —Estoy aquí para pagarte.

Juliet no respondió. No sabía qué decir. Sabía por qué su padre había comprado la hipoteca al banco; sabía por qué el señor Wentworth se la debía a ellos en primer lugar. Si le decía que perdonaba la deuda y él tenía todo ese dinero, no se sabía qué haría con él. Y si se lo decía a Tanner... Bueno, entonces no habría ninguna razón para que él se quedara.

Necesitaba tiempo para pensar. —De acuerdo. Tendré que avisar a nuestros abogados para que preparen los papeles. ¿Quiere quedarse con esa, um, bolsa, hasta entonces?

—No. —Se rascó la mandíbula—. No, quédatela tú. Dame un recibo; confío en ti.

Nunca había sido un hombre de muchas palabras, pero pudo oír la tensión en las que pronunció. Esto no era fácil para él.

A decir verdad, tampoco era fácil para ella. No quería tener que ocultarle esto a Tanner, pero tampoco quería facilitarle que se marchara. Tenía que quedarse. Por el bien de Nana.

Y por el suyo.

Capítulo Veinticinco

—¿Tanner? —A su madre se le cayó la mandíbula, provocando que una tonelada de culpa invadiera el corazón de Tanner. No debería haber perdido el contacto con ellos. Sin importar lo que hubieran hecho, seguían siendo sus padres.

—Hola, mamá. —La envolvió en un abrazo.

Seguía sintiéndose como su mamá. Todavía lo rodeaba con sus brazos de la misma manera que lo había hecho desde que él era pequeño. Había olvidado cómo se sentía. No es que hubiera estado precisamente de humor para abrazos cuando lo obligaron a ir al juzgado, la última vez que la había visto.

Debería haber vuelto. Aunque solo fuera de visita.

—Cielos, mírate. Ha pasado tanto tiempo.

—Lo sé, mamá. Lo siento.

Tenía lágrimas en los ojos. —Bueno, ya estás aquí. Eso es lo que importa. —Se hizo a un lado—. Pasa. Lamento que tu padre no esté en casa para verte. Volverás, ¿verdad?

—¿Papá no está aquí? ¿Dónde está? —Tanner no quería preguntar, pero algo lo impulsó, aunque temía la excusa que su madre inventaría. Su padre tenía un problema con el juego y ella se lo había permitido.

Los había odiado a ambos por eso la última vez que estuvo aquí, pero ahora... Ahora sentía lástima por ellos.

Quería recuperar la hipoteca para ellos. Darles la oportunidad de empezar de nuevo. Pero insistiría en que ambos fueran a terapia. Papá no podía volver a perder el rancho porque Tanner no iba a poder rescatarlo por segunda vez. Tenía su propia vida de la que preocuparse.

—Dijo que tenía que hacer unos mandados.

—¿Qué clase de mandados? ¿Pensé que estaba trabajando en el rancho?

—Oh, sí, lo está. Pero acaba de salir un cargamento de ganado y entró con una gran sonrisa, me dio un beso en la mejilla y me dijo: «Gemma, voy a salir. No me esperes despierta».

Mierda. Mierda. Y triple mierda. Eso no sonaba nada bien.

—Pero puedes quedarte un rato conmigo, ¿verdad? No viniste a ver solo a tu padre.

Su culpabilidad se duplicó. Ah, bueno, no era como si su padre no hubiera podido meterse en problemas en los últimos siete años. Una tarde no podría hacer mucho más daño.

—Por supuesto que puedo, mamá. —Cerró la puerta detrás de él—. ¿No tendrás por aquí alguna de tus galletas?

—Vamos, Tanner Nathan Wentworth. ¿Qué sería del Rancho Wentworth sin mis galletas caseras con chispas de chocolate? Los peones todavía vienen por ellas en sus descansos, igual que cuando tú acarreabas heno. —Lo guio hacia la cocina—. Vamos, te las traeré. Si hubiera sabido que venías, habría hecho un lote para que te lo llevaras.

Otra puñalada en el corazón. Durante el brevísimo tiempo que había sido padre, sabía lo que significaba amar a un hijo y le había negado eso a su madre.

—Estoy, ah, aquí por un tiempo, mamá.

La sonrisa en su rostro cuando se dio la vuelta lo reconfortó y lo llenó de más arrepentimiento por haberle causado dolor. —Oh, cariño, me alegra mucho oír eso. ¿Dónde te estás quedando?

Y ahora venía la parte difícil...

La siguió a la cocina. —Con Juliet.

Los pasos de su madre vacilaron. —¿Ju... Juliet? ¿Chambers?

—Wentworth, mamá. Todavía estamos casados.

Su madre se puso *muy* ocupada buscando esas galletas en la alacena. —¿Lo están? Hubiera pensado que te habrías encargado de eso hace años.

—No, no lo hice. —No quería abordar este tema con su madre, pero era necesario decirlo. Se había mordido la lengua durante demasiados años y sabía lo preocupada que había estado su madre cuando Burt compró la hipoteca.

Caminó hacia la alacena y le quitó el tarro de las galletas. —Sentémonos.

Ella parpadeó, pero no dijo nada. No hacía falta. Podía ver el mismo miedo en sus ojos.

—Está bien, mamá. Todo va a estar bien. —Le ofreció una silla.

Ella se dejó caer en ella. —¿Qué quieres decir, Tanner?

—Quiero decir que me voy a encargar de la hipoteca por ti. —La esperanza que brilló en sus ojos fue su recompensa y le confirmó que debía estar aquí, vivir la mentira que Juliet había inventado, por algo más que la abuela de ella.

—Pero, ¿cómo...? —Se tapó la boca—. Tu fondo fiduciario. —Ahora los ojos de su madre se endurecieron. Se volvieron decididos—. No, Tanner. No lo permitiré. Ese dinero es tuyo y no es para rescatarnos a tu padre y a mí. No quiero ni oírlo.

—Mamá...

—No. No puedes hacerlo. —Se levantó y retorció el paño de cocina que colgaba del bolsillo de su delantal—. Ya te has perdido de tanto en tu vida. Todas las cosas que deberían haber sido... —No necesitaba recitar la lista; se la sabían de memoria—. No permitiré que también pierdas tu futuro. Ese dinero es para ti. Para comprar una casa, pagar préstamos estudiantiles, conseguir un auto. Lo que sea que quieras hacer. Mi padre lo creó justo por esa razón y no voy a permitir que nos lo entregues. No lo aceptaremos.

—Mamá, espera. Me estás entendiendo mal.

—No, no es así. No puedes inventar algún plan para decirme que en realidad no lo estás haciendo, cuando esa es la única forma en que podrías hacerlo. No lo permitiré, Tanner, ¿me oyes? No lo haré. Prefiero vivir en la miseria que verte renunciar a ese colchón financiero por culpa de los... bueno, los problemas de tu padre.

—Mamá, papá tiene una adicción al juego. No es solo un problema.

—Sea como sea, Tanner, no debes preocuparte por eso. Recuperaremos el rancho. Tu padre está trabajando más duro que nunca y estamos empezando a ver la luz al final del túnel. Todo saldrá bien. Te lo prometo.

Él le tomó las manos. —No, mamá, lo que no entiendes es que no voy a usar mi fondo fiduciario para conseguirlo. Juliet me lo va a dar. Libre de deudas.

Ahora se quedó con la boca abierta y, por una vez, no tuvo nada que decir.

Pero él podía ver la pregunta en sus ojos. —Porque la estoy ayudando con algo y, a cambio, está dispuesta a perdonar la deuda.

Las lágrimas se deslizaron por las comisuras de sus ojos. —¿Por qué? ¿Qué podrías estar haciendo?

Exhaló, soltó sus manos y se recostó contra el duro respaldo de madera de la silla. —Estoy fingiendo ser su esposo.

—Pero pensé que lo eras. ¿No acabas de decir que no están divorciados?

—Sí, pero lo estaremos. Sin embargo, estamos fingiendo que ese no será el caso, por su abuela.

—¿Su abuela?

—A Nana le dio un derrame cerebral y no se estaba recuperando bien. Juliet pensó que si su abuela tenía algo feliz en lo que concentrarse, querría mejorar. Y funcionó. Se recuperó lo suficiente como para que la dieran de alta del hospital antes de que yo viniera. Y ahora está mucho mejor. Todavía está cansada y tiene algún problema de coordinación con una mano, pero ya está de pie y andando. Incluso fue a la peluquería el otro día.

—¿Todo porque has vuelto al pueblo?

—Bueno, porque ve a Juliet feliz y eso la hace feliz a ella.

—Pero, ¿qué va a pasar cuando Juliet esté triste?

—¿Qué quieres decir?

—Vamos, Tanner. Conoces a Juliet. Diablos, todo el mundo sabe lo que Juliet siente por ti. ¿Crees por un minuto que va a poder verte salir de su vida otra vez y estar feliz por ello?

—Tendrá que estarlo. Es nuestro acuerdo. Ella solo quiere que su abuela mejore.

Su madre tamborileó los dedos sobre la mesa. —Bueno, supongo que ya está hecho, así que no hay nada que podamos hacer ahora más que llevarlo hasta el final, pero déjame ser la primera en decirte que no quiero que finjas ser algo que no eres por mí. Y puedo garantizarte que Penelope tampoco quiere eso, así que tú y Juliet tienen que tomar una decisión. Este limbo en el que ambos están flotando no es bueno para nadie.

—Es solo por un tiempo. Irónicamente, como mucho hasta mi cumpleaños, aunque su abuela está tan bien que podría terminar antes para que podamos acabar con esto.

—¿La mentira o el matrimonio?

—Son la misma cosa.

Su madre ladeó la cabeza. —¿Lo son?

—¿Qué quieres decir?

Se inclinó hacia adelante y le acarició la mejilla. —Veo cómo te pones cuando dices su nombre. De la misma manera que siempre lo has hecho. Todavía te importa Juliet y tienen una historia juntos.

—Una historia no muy buena, si recuerdas.

—Lo recuerdo. Pero también recuerdo lo enamorados que estaban. Ella era joven. Tú eras joven. Tenía miedo de que la dejaras.

—Mamá, ella planeó quedar embarazada.

—Lo sé, cariño. Pero tú no te estabas asegurando exactamente de que no sucediera.

—Usaba condón. —No podía creer que estuviera teniendo esta conversación con su madre. Su padre le había cantado las cuarenta en su momento; no por el hecho de que hubiera un bebé de por medio, sino porque no podría jugar a la pelota.

Su madre abrió el tarro de las galletas y sacó tres. Puso dos sobre una servilleta frente a él en la mesa y usó la otra como puntero. —Pero los condones no son cien por ciento efectivos, Tanner. Todo el mundo lo sabe. Así que siempre fue una posibilidad. Te arriesgabas con Juliet cada vez. —Le dio un mordisco a la galleta, limpiándose las migajas sueltas con el dorso de la mano—. ¿Quién puede decir que, si no hubiera hecho lo que hizo, no habría quedado embarazada de todos modos? ¿A quién culparías entonces? Así son las cosas, Tanner. Quien juega con fuego se puede quemar. Y cuanto más juegas con él, mayor es el riesgo. Te quemaste. Pero no fue tan malo, ¿o sí? Recuerdo lo emocionado que estabas con Keegan. Cómo tú y Juliet decoraron el cuarto del bebé y cómo le acariciabas la barriga. Fue dulce. Tal como lo es el amor.

Tanner golpeó el borde de la galleta en su servilleta. —¿Entonces, qué estás diciendo? ¿Que debería perdonarla por arruinar la vida que había planeado, hacer borrón y cuenta nueva y seguir casado con ella como si nada hubiera pasado?

Su madre se tomó su tiempo para dar otro mordisco y masticarlo a conciencia, haciéndolo retorcerse bajo su escrutinio.

Finalmente, terminó. —En una palabra, sí. Claro, ella ha tomado algunas decisiones que no fueron las mejores, pero en el fondo, fue porque te amaba. Tenía miedo de perderte.

—Y aun así lo hizo.

—Exacto. ¿Crees que esa chica no ha pagado lo suficiente todos estos años? La autoinculpación es algo horrible con lo que vivir. —Su madre parpadeó y desvió la mirada—. Lo sé muy bien.

Tanner le dio un mordisco a la galleta. O más bien, un mordiscón. —Y sin embargo, sigues casada con él, mamá. ¿Por qué?

Ella inspiró bruscamente y parpadeó, luego se aclaró la garganta. —Porque lo amo. Porque hay bondad en él. Oh, sé que pensaste que se lo permití, y tal vez lo hice, pero me gusta pensar que le impedí que fuera peor. Que sin mí, lo habría perdido todo.

—Pero podrían haber perdido el rancho, mamá, si el señor Chambers no hubiera intervenido.

—Pero lo hizo y no lo perdimos. Y seguiremos sin perderlo, incluso sin tu ayuda. Porque tu padre, con mi amor y apoyo, buscó ayuda.

—¿Qué tipo de ayuda?

—Va a terapia. Desde hace un tiempo. Dejó que otra persona se encargara de la contabilidad. Ahora tenemos una contadora. Becky es tan meticulosa en asegurarse de que todo se haga de la manera correcta que finalmente tenemos algo extra. Y tu padre no se lo juega. Me ha llevado a un par de cenas bonitas. Me dio dinero para comprar un vestido nuevo. Está hablando de tomarse unas vacaciones el año que viene. Imagínate. Unas vacaciones. No recuerdo las últimas que tomamos.

Tanner sí. Fue a la feria estatal el verano que entró al equipo universitario. Después de eso, las apuestas en sus partidos habían comenzado. O, si habían empezado antes, habían escalado a un punto en que su padre no podía mantenerlo.

—¿Así que está funcionando, entonces? ¿La terapia?

—Algo está funcionando. No lo he visto tan feliz en años.

—Eso no es lo que dijo mi amigo Rick. Dijo que papá no se ve igual.

—Oh, no lo está. Perdió peso. Le digo que está trabajando demasiado, pero él simplemente se encoge de hombros y sigue con sus cosas. Pero se levanta cada mañana y está ahí con todos los peones. Y luego... luego, por la noche, va a la tienda de pesca del centro. Ha empezado a trabajar ahí un tiempo. Dice que lo relaja. Calma su mente. Y la paga no es mala. Nos da nuestro pequeño extra.

¿Su padre tenía un trabajo de medio tiempo además de dirigir el rancho? ¿Había contratado a alguien para hacer sus cuentas? Tanner no podía imaginar que estuvieran hablando del mismo hombre que era tan controlador con su negocio que guardaba los libros de contabilidad bajo llave en la caja fuerte de su oficina.

Algo no encajaba.

—Pero un poco de dinero extra no va a pagar la hipoteca, mamá. Déjame hacer esto. Demonios, deja que Juliet lo haga. Me la debe. Nos la debe a todos.

Mamá deslizó su mano sobre la mesa para tomar la de él. —Perdónala, Tanner. No es bueno tener tanta ira dentro de ti. Afecta tu forma de pensar. Tu percepción. Cometió un error. Dios sabe que ninguno de nosotros es perfecto.

—Cometió dos.

—Bueno, cometió dos. Pero, ¿cuántas otras decisiones correctas tomó? Seguramente hubo algo bueno que viste en ella o no habrías estado con ella para empezar. Concéntrate en lo bueno, no en lo malo. La vida es demasiado corta para lo malo.

¿Así que ella quería que él, qué? ¿Permitiera que Juliet dirigiera su vida? No, gracias.

Eso había pasado antes y todo había estado fuera de su control. Había sido incapaz de evitar perder todo lo que había querido en la vida, desde el embarazo hasta el aborto espontáneo, su beca e incluso casarse con Juliet; todo se había decidido por él, le habían quitado la capacidad de elegir su propio camino. Por eso se había ido; necesitaba recuperar el control de su vida.

Y ahora lo tenía.

Un poco de control. Te estás escondiendo a varios cientos de kilómetros de tus amigos, tu familia, todo con lo que creciste. ¿Vale la pena este resentimiento hacia Juliet? ¿Te ha llevado a algún lado que no sea estar sentado en la cocina de tu madre comiendo galletas? ¿Qué clase de vida es esta? Limbo es la palabra correcta. Jesús, amigo, vive un poco.

Estaba viviendo, maldita sea. O lo había estado antes de que Juliet lo obligara a volver aquí.

Ella no te obligó; te lo pidió. Gran diferencia. Esta vez, volviste con los ojos bien abiertos. Regresaste porque tú lo decidiste, no por ninguna otra razón. Piensa exactamente por qué.

No necesitaba hacerlo. Sabía exactamente por qué estaba haciendo lo que estaba haciendo, y por qué había hecho lo que había hecho.

Y no era por la hipoteca, ¿verdad?

Maldita sea esa vocecita de la razón.

Apartó su silla de la mesa. —Tengo que irme, mamá.

—Oh, pero tu padre...

—Lo veré en otro momento. Ahora mismo, solo necesito pensar.

—Has tenido siete años para pensar, cariño. ¿No crees que ya es hora de que empieces a actuar?

Sus palabras hicieron que se diera la vuelta. —¿Actuar? No he parado de moverme desde que me fui de aquí.

—Lo sé. Demasiado ocupado para volver a casa. Abriéndote camino en el mundo. Por eso no insistí en que volvieras. Sabía que necesitabas tiempo a solas. Recuerda, Tanner, Keegan era nuestro nieto. Lo queríamos tanto como tú. Tanto como te queremos a ti.

Esas palabras fueron como un golpe al corazón. No había pensado... No se había dado cuenta...

Ahora realmente necesitaba pensar.

—Mamá, tengo que... tengo que irme.

—Solo no te vayas muy lejos esta vez, Tanner. No puedes huir de tus recuerdos.

Capítulo Veintiséis

Lo intentó. Dios, sí que lo intentó. Pero parecía, mientras salía a correr para despejar la mente, que estaba corriendo *hacia* ellos.

Tanner redujo el paso cuando Juliet entró en el camino de su casa, cuando él estaba a media cuadra. Se escondió detrás de un arbusto tan crecido que alguien de verdad necesitaba podarlo para despejar la acera. Pero en ese momento, disfrutaba del escondite que le proporcionaba.

¿Un escondite? ¿En serio? ¿De su propia esposa? ¿Una chica a la que conocía de toda la vida?

O eso había creído.

Pero esta Juliet... La observó salir de su auto, y la pierna que mostraba le secó la boca de una forma que la carrera no había logrado. No conocía a esta Juliet. Ese vestido solo debería ser para salir de noche. Con él. Nadie más debería verla con él y, de repente, se sintió muy enojado de que ese tal Steve probablemente la hubiera visto. Que cualquier cantidad de tipos probablemente la hubieran visto.

La vio rodear la parte trasera de su auto, con el vestido aferrado a su trasero. Y esos tacones que llevaba... hijo de puta, tenían tiras que se le envolvían en los tobillos.

Debería simplemente seguir corriendo sin más.

Pero su madre tenía razón. A esa conclusión había llegado durante su carrera. Él y Juliet necesitaban hablar. Aclarar las cosas. Decir lo que había que decir. Ya no eran unos niños y, si este era el final, el final de su relación y de su matrimonio y de todo lo que había pasado entre ellos durante los últimos casi treinta años, tenía que haber algún tipo de cierre.

Y si no lo era...

¿Cuál de las dos cosas quería?

Esa era la pregunta fundamental: ¿qué era lo que *quería*? ¿Una vida entera de recuerdos dolorosos de una mujer a la que una vez amó? ¿O una vida con la mujer a la que todavía amaba?

Tropezó. ¿Todavía la amaba? ¿Cómo? ¿Por qué? ¿Solo porque ella, qué? ¿Había madurado? ¿Había ido a la universidad? ¿Dirigía la empresa de su padre? ¿Se había tragado su orgullo y su dolor lo suficiente como para venir a buscarlo no por ella, sino por su abuela?

Sí. Por eso. Eran razones para mirar a la Juliet que había conocido antes y ver que ahora era mucho más.

Quizá *sí* había una oportunidad para ellos.

Con las palabras de su madre resonando en sus oídos, Tanner trotó hasta la puerta principal. Necesitaban hablar.

Desafortunadamente, cuando entró, la oyó en la ducha. Ese *no* sería el lugar para tener la conversación que quería tener.

Y entonces la oyó cantar.

Tuvo que reírse. Juliet tenía una voz preciosa —había sido su talento en los concursos de belleza—, pero la mujer era un desastre cantando una canción country. Como a él no le gustaba la música country, no era un problema, pero a Juliet sí. Así que cantaba. Intentaba ponerle ese deje nasal, pero sonaba como si se hubiera tragado las palabras. A ella la molestaba muchísimo, mientras que a él le hacía sonreír.

Como estaba haciendo ahora.

Juliet lo hacía sonreír. Lo hacía reír. Lo hacía sentir cosas.

Sentirse vivo.

Era eso, esa sensación que lo recorría. No era el subidón de la carrera; eso palidecía en comparación. Juliet hacía que el mundo pareciera más brillante, los días más largos, las noches mejores, los altos más altos, los bajos más bajos...

Miró alrededor de su casa. Decía tanto de ella. Había trabajado y estudiado para poder valerse por sí misma. Para abrirse camino. La casa no era grandiosa ni recargada, pero tenía las habitaciones justas y una decoración acogedora... El hogar perfecto para ella.

Y ella era el hogar para él.

Exhaló. Todo esto podría ser suyo si tan solo la perdonara.

—Miau.

La gatita se restregó contra sus tobillos, parpadeándole con sus ojos verdes.

La levantó. Ella también le recordaba lo que debía ser un hogar. Buddy le había dado vida a su apartamento. Había llenado el vacío de estar solo en él. Desde que el gato había muerto, había estado allí lo menos posible porque ya no era lo mismo. Sin embargo, no había adoptado otro gato.

Sabía por qué. Se había estado protegiendo de que le importara. De amar a alguien o a algo para no tener que volver a perder a nadie. Pero eso no era vivir.

Esto, tener un hogar, alguien a quien regresar, compartir los altos y bajos de la vida, las preocupaciones y los triunfos... Eso era vivir. De eso se trataba la vida. Su madre tenía razón. La abuela de Juliet tenía razón.

Todavía la amaba y quería hacer realidad esa vida juntos.

Dejó a la gatita en el sofá, luego se quitó la camiseta y la lanzó por el pasillo hacia el cuarto de la lavadora, quitándose las zapatillas y los pantalones cortos de correr mientras se dirigía al baño.

Su esposa estaba allí y era hora de que él empezara a vivir de nuevo.

Juliet se quitó el champú de los ojos mientras terminaba la canción de Rascal Flats, deseando poder borrar la imagen de esa bolsa de su mente con la misma facilidad.

¿Por qué el padre de Tanner no pudo esperar para dársela? ¿Por qué tenía que ser ahora? ¿Por qué no el mes que viene, cuando ya no tendría importancia? Pero ahora ella tenía la responsabilidad de decírselo a Tanner, dándole la razón perfecta para irse. La retención de la hipoteca desaparecería, él tendría su fondo fiduciario y Nana estaba definitivamente en camino a la recuperación. No tendría ninguna razón para quedarse.

A menos que ella le diera una.

Se frotó el agua de los ojos. ¿Qué otra razón podría darle? Se habían acostado, pero eso no había cambiado las cosas. Necesitaban tiempo para estar juntos para que él la perdonara. Y, con suerte, que se enamorara de ella otra vez.

Ese era el problema; no había garantía de que lo hiciera. Y eso era lo que más la asustaba. La idea de una vida sin Tanner...

Ahora se secó algunas lágrimas de los ojos.

No quería perderlo, pero si él se enteraba del dinero de su padre, lo haría.

Se enderezó. Ya no era una adolescente; era una adulta. Una que tenía que afrontar la verdad y lidiar con las consecuencias. Tenía que ser sincera. Se acabaron los juegos.

Se lo diría cuando llegara a casa.

Tomó el jabón y estaba a punto de lanzarse a cantar su canción favorita de Carrie Underwood cuando la puerta del baño se abrió.

—¿Tanner?

Él descorrió la cortina de la ducha sobre la bañera y ahí estaba, en toda su gloriosa desnudez.

Y *sí que era* glorioso.

—¿Esperabas a alguien más? —Entró en la bañera.

—Ni siquiera te esperaba a ti.

Cerró la cortina de un tirón. —Dijiste que querías hablar.

No era exactamente el lugar para tener una conversación coherente, porque su cerebro estaba perdiendo agudeza rápidamente cuanto más tiempo permanecía él allí. —No estaba pensando exactamente en que hablaríamos en la ducha.

—Bien.

Y esa fue la última palabra que dijo durante mucho, mucho tiempo.

Ay, Dios. Hacía tanto tiempo que no hacían el amor en la ducha. Juliet quería saber por qué ahora, pero con su lengua en su boca, no iba a preguntárselo.

Desde luego, tampoco iba a sacar el tema del dinero, porque sus manos se sentían tan bien deslizándose sobre su cuerpo todavía resbaladizo por el jabón, atrayéndola hacia él mientras el agua caía en cascada sobre ellos. Tuvo que cerrar los ojos, pero eso solo era un precursor para cuando las sensaciones se volvieran demasiado intensas. En el pasado, a veces habían intentado mirarse hasta el final, pero siempre llegaba ese momento en que Tanner la sacaba de sí misma y ella no tenía control sobre sus acciones; simplemente respondía a lo que él le estaba haciendo.

Esta era una de esas veces.

Sus manos le ahuecaron el trasero y él se giró de lado, envolviendo las piernas de ella alrededor de su cintura mientras la apretaba contra la pared.

—Te deseo, Juliet —gruñó en su cuello.

—Está bien —fue todo lo que logró jadear. El agua le golpeaba en la frente, lo que dificultaba hablar y respirar, pero no iba a pedirle que parara.

Giró la cabeza hacia un lado, apoyándola contra la frente de él mientras él ascendía lamiendo desde su cuello hasta sus labios, mientras su polla se crispaba contra ella.

Dios, lo quería dentro de ella.

Y entonces lo estuvo.

Fue tan natural y correcto como siempre lo había sido entre ellos. Como si no hubieran pasado siete años. Como si la otra noche no hubiera sido la primera en tanto tiempo. Todavía se conocían. Todavía sabían dónde tocar y dónde besar, lamer y mordisquear. Cómo respirar mientras sus lenguas se hacían el amor, cómo y cuándo agarrar y apretar, cuándo soltar solo para volver a aumentar la tensión.

Ella y Tanner trabajaban en tándem. Siempre lo habían hecho en todo; bueno, en todo menos en lo que ella había arruinado.

Se le cortó la respiración y perdió un movimiento en su ritmo.

—¿Juliet? —Tanner se apartó para mirarla, la preocupación en sus ojos hizo que quisiera llorar.

Gracias a Dios por la ducha; él nunca sabría que se le escaparon algunas lágrimas.

—No pares, Tanner. —Llevó los labios de él de vuelta a los suyos, sin decir el resto de esa frase—. *No dejes de amarme.*

La subió un poco más contra la pared, separando las piernas debajo de él, y se meció dentro de ella.

Juliet gimió. Dios, se sentía tan bien.

Él hundió los dedos en su pelo, girando su cabeza hasta el ángulo preciso. Juliet apretó los muslos a su alrededor, sonriendo cuando él siseó.

—¿Te gusta? —logró murmurar entre lenguas.

Él gruñó y embistió más profundo dentro de ella.

Juliet no pudo contener las lágrimas entonces. Esto no era un arrebato hormonal postfiesta. Esto no era sexo de «hace-tanto-que-no-nos-vemos». Era Tanner abriendo su puerta, entrando en su ducha con el propósito expreso de hacer esto con ella. Él había tomado esa decisión y ella tenía tantas esperanzas de descubrir por qué.

Pero primero...

Se contoneó contra él. Necesitaba que siguiera embistiéndola. No tenía muchas oportunidades de hacer más que contonearse, atrapada entre su glorioso pecho cálido y los fríos azulejos de la pared, con el jabón resbalando por sus cuerpos.

—Más, Tanner —gimió—. Quiero más.

Con un beso que le hizo estremecer hasta los dedos de los pies, le dio más.

Tanner le apretó el trasero mientras entraba y salía de ella, y le hizo el amor a su boca con la lengua, sujetándole la cabeza para que no pudiera ir a ninguna parte; no que ella quisiera. Todo lo que quería, todo lo que *siempre* había querido, estaba justo aquí en esta ducha con ella.

Sus embestidas se aceleraron. Ella deslizó una mano hasta su trasero. Tanner tenía un trasero increíble. Lo agarró, atrayéndolo hacia ella con ese ritmo.

—Sí, Juliet. Así es. Tócame, cariño.

Pasó la otra mano por su costado y sobre su pezón. Él soltó un jadeo cuando lo hizo... Así que volvió a hacerlo.

Él se retiró, no demasiado, pero lo suficiente para que ella supiera que no quería que se alejara ni siquiera eso.

—No estás jugando limpio —dijo él con dureza.

—¿Querías que fuera justo? ¿O querías sexo increíble?

La mirada ardiente en sus ojos respondió a esa pregunta. —A ti, Juliet. Te quiero a ti.

No le dio la oportunidad de responder mientras embestía de nuevo en ella, llevándola a ese lugar donde solo podía sentir. Ya pensaría más tarde.

Juliet era el mismísimo cielo. Envuelta a su alrededor, apretándolo por dentro... Era imposible sentir dónde terminaba el cuerpo de él y dónde empezaba el de ella.

Siempre había sido así entre ellos. Nunca hubo un momento en que no sintiera esa unión total cuando hacían el amor.

Si tan solo ambos se hubieran aferrado a ello.

Sus talones golpeaban su trasero, marcando el ritmo. Eso también siempre se les había dado bien; captaban el ritmo del otro a la perfección.

Inclinó las caderas, recordando cómo eso la había lanzado a la estratosfera, y ahora no fue diferente. Ella abrió los ojos de golpe y lo miró, lo miró de verdad, allí en el momento con él, viendo dentro de su alma y mostrándole toda la suya.

Juliet era amor. Para él, por él, en él... Se había equivocado tanto al no darles otra oportunidad.

No iba a cometer ese error de nuevo.

Los músculos de ella se contrajeron a su alrededor, y eso fue todo lo que necesitó. La siguió con tal potencia que fue como si fuegos artificiales estallaran en el aire a su alrededor.

Dios santo, qué bien se sentía.

Tan correcto.

Escalofríos los recorrieron, réplicas. Antes siempre se habían reído de ellos, pero ahora... él no podía reír. Demonios, apenas podía formular una frase coherente y lo único que quería era quedarse así para siempre.

Pero, por supuesto, no podía. El agua se enfrió, las piernas de ella perdieron fuerza y tuvo que salirse de ella con cuidado para bajarla.

Se estiró para cerrar el grifo. —¿Frío?

Se mordió el labio inferior. —Para nada.

Dios, la amaba.

Le ahuecó el rostro. Le pasó el pulgar por el labio inferior para que lo soltara. Luego, le deslizó el pulgar entre los labios.

Ella lo lamió y su pene cobró vida como si no acabara de tener uno de los orgasmos más demoledores de su vida.

—No lo hagas. —Negó con la cabeza, sin estar muy seguro de qué le estaba pidiendo que no hiciera.

En lugar de eso, le mordisqueó el pulgar. Tuvo la misma reacción.

Tanner suspiró, estremeciéndose, sin saber qué decir. Había irrumpido aquí decidido y lleno de testosterona, con la necesidad de reclamarla como su esposa. Y ahora...

Ahora, tenía que decirle lo que quería. A ella. Su vida. La vida de ambos.

Y quizás incluso un hijo.

Un hi... Mierda. No había usado condón.

—¿Qué pasa? —Juliet le agarró los brazos.

—No usamos condón.

—Oh. —Volvió a morderse el labio inferior, pero esta vez él estaba demasiado preocupado por lo que acababan de hacer como para pensar que era sexi.

Bueno, casi demasiado preocupado.

—¿Qué vamos a hacer, Juliet?

—Está esa pastilla del día después. Iré a comprarla. No te preocupes, Tanner. No estoy tratando de obligarte a que te quedes.

Se merecía eso. Pero ella también. Era una reacción válida de su parte si hubiera pensado eso.

Si.

Pero no lo había pensado. Ella no esperaba que él apareciera en su ducha y, cuando lo hizo, no le dio la oportunidad ni siquiera de recordarle lo del anticonceptivo. Y como *él* no había estado pensando en eso, no había ninguna regla que dijera que *ella* debería haberlo hecho.

Por algo gran parte de la población podía llamarse bebés «sorpresa».

No le importaría un bebé «sorpresa».

Inhaló profundamente. —No lo hagas.

—¿No hacer qué?

—No te tomes esa pastilla.

—Pero...

—Hagamos esto, Juliet.

Ladeó la cabeza, sus hermosos ojos entrecerrados. —Define *esto*. Porque acabamos de hacer *esto* y ahora estamos discutiendo sobre pastillas del día después y condones. Cosas que deberíamos haber discutido antes.

Le tomó las manos y se las llevó a los labios, besándole los nudillos. —Lo nuestro. Hagamos lo nuestro otra vez.

Sus dedos se flexionaron y contuvo el aliento. —Tanner, ¿qué estás diciendo?

Le besó las manos de nuevo. —Aquí no. Este no es el lugar donde quiero tener esta conversación. ¿Puedes estar vestida en unos diez minutos? Me gustaría ir a un lugar especial para esta charla.

—Puedo hacerlo en cinco.

Entonces se rio de ella. —La Juliet que conocí hace diez años no podría haberlo hecho en media hora, y mucho menos en cinco minutos.

—No soy esa Juliet.

—Lo sé.

Le dio una palmada juguetona en el trasero cuando ella salió de la habitación delante de él, riéndose cuando ella chilló y se tapó con las manos por detrás.

—Demasiado tarde. Ya he visto cada parte de ti, Jules. Sé lo perfecto que es tu trasero.

Ella miró por encima del hombro, con un rubor encendido en las mejillas. Juliet era así; podía ser una tigresa en la cama, pero se sonrojaba si él bromeaba al respecto fuera de ella.

Había extrañado las bromas.

Corrió a su habitación y se puso una camiseta y unos pantalones cortos. Iba a llevarla al campo. El que estaba lleno de altramuces azules. Hablarían, arreglarían las cosas y entonces... entonces le haría el amor allí. Otra vez. Un nuevo comienzo.

Miró la mesita de noche. Había puesto los condones allí, y allí se quedarían.

Quizás hoy podría ser toda una serie de nuevos comienzos.

Juliet no lo logró en cinco minutos. Fue más bien en ocho, pero Tanner estaba dispuesto a darle todo el tiempo que necesitara mientras apareciera.

Y lo hizo, con un vestidito veraniego sexi y el pelo mojado recogido en un moño. —¿Así está bien?

—Dios, sí, Jules. Así está perfecto. —Lo único que podía imaginar era meter las manos bajo ese vestido y subírselo por encima de la cabeza.

Quizás hablarían más tarde. Quizás ahora mismo, podría llevarla de vuelta a la cama y podrían hablar allí.

No. Quería hacer esto bien. Quería que no se tratara de hacer el amor, al menos hasta después de que arreglaran su pasado y hablaran de su futuro.

Deseaba mucho uno para ellos. Juntos.

—¿Lista para irnos?

—Estoy ansiosa.

Tanner le abrió la puerta y...

Su padre estaba allí, con la mano levantada para llamar.

Rick tenía razón; su padre se veía diferente. Demasiado delgado, su pelo canoso y ralo, la ropa le quedaba grande. ¿Mamá pensaba que esto era mejor? —Papá.

—Hijo.

Tanner hizo una mueca. Rara vez era «Tanner» cuando su padre le hablaba. «Hijo» parecía un estatus más importante que quién era él en realidad. —¿Qué está haciendo aquí?

—Necesito hablar contigo. Tu madre me dijo que te encontraría aquí.

Juliet le agarró el brazo. —Um, ¿Tanner? Creo que...

Tanner levantó una mano. Juliet no tenía por qué preocuparse; ella era más importante que su padre. Lo que tenían que discutir era mucho más importante. —Va a tener que esperar. Juliet y yo estábamos a punto de salir.

—No puede. Necesito hablar contigo. Es importante.

Estaba dividido. Quería escuchar a su padre, pero quería empezar su vida junto a Jules.

Su padre cruzó el umbral. —Solo necesito unos minutos. No tardaré mucho.

Tanner miró a Juliet. Ella estaba allí, con los dedos apretados en su brazo, mordiéndose el labio inferior de nuevo. No estaba seguro de por qué.

—Cariño, ¿estás bien? No tengo que hacer esto ahora.

—Creo que sí, hijo.

Ni siquiera miró a su padre. El día que ese hombre lo llamara por su nombre sería el día en que empezaría a sentir que le importaba. Hasta entonces, en lo que a Tanner concernía, Palston Wentworth era solo el tipo responsable de casi perder la casa de su madre.

—Ve, Tanner. —Juliet esbozó una sonrisa temblorosa y se abrazó a sí misma—. Pero recuerda, te quiero. Siempre te he querido. Y siempre te querré.

Las palabras eran lo que él quería oír, pero su tono...

Sus instintos se despertaron. Algo andaba mal. Era como si... como si ella supiera lo que su padre iba a decir y supiera que no le iba a gustar.

¿Más secretos?

El resplandor de haber hecho el amor se atenuó y no estaba seguro de querer oír lo que ninguno de los dos tenía que decir.

Pero iba a hacerlo.

—Bien. —Tomó las llaves del coche del gancho en la pared—. Volveré, Jules. Y entonces hablaremos. —Pasó junto a su padre sin mirarlo—. Vamos.

Juliet los vio alejarse. Vio su futuro irse con ellos.

Iba a salir a la luz. Lo del dinero de la hipoteca.

Debería habérselo dicho de inmediato. Debería haberlo llamado. Algo tan importante no debería haber tenido que esperar.

¿Cuándo aprendería que la verdad tenía que salir a la luz? ¿Que no se ganaba nada ocultándola y que se perdía todo?

Una vez más, iba a perder a Tanner.

Inhaló con dificultad. Una vez más, iba a tener que recoger los pedazos y seguir adelante. Sola. Y esta vez, realmente sola. Su padre había tenido razón. Por mucho que hubiera esperado que Sandy y Nana...

Nana.

Oh, Dios, Nana.

Juliet tenía que decírselo. Ahora. Antes de que se enterara por su cuenta.

Tenía que confesarse. Decirle a Nana por qué había sucedido esto. Asegurarle que estaría bien. Que todos estarían bien.

Se posó una mano en el abdomen, tratando de calmar su respiración. Podía hacerlo. Había tenido suficiente práctica. No era el fin del mundo. Su mundo, sí, pero no *el* mundo.

Agarró sus llaves y su bolso. Nana merecía la verdad.

Todos la merecían.

Capítulo Veintisiete

—Calma, hijo. —Su padre apoyó la mano en el tablero.

—No me digas lo que tengo que hacer. —Tanner estuvo a punto de acelerar aún más, pero eso sería incluso más infantil que su respuesta. Una por la que no se iba a disculpar.

—¿Nunca pude, verdad?

—¿Me estás tomando el pelo? —Miró a su padre—. Siempre me estabas diciendo qué hacer. Qué jugadas hacer, cómo mejorar mis entrenamientos, qué debía comer, cuánto dormir, cuándo podía y no podía salir...

—Intentaba ponerte en forma para una carrera en el fútbol americano. Tú eras el que no se lo tomaba tan en serio como deberías.

Tanner agarró el volante hasta que sus nudillos se pusieron blancos. —Me lo tomaba muy en serio. Conseguí esa beca, ¿o no?

—La que luego perdiste por estar más interesado en acostarte con alguien que en hacerte un nombre.

Contó hasta diez antes de responder. —Solo estás furioso porque ya no podías apostar en mis partidos.

—Eso fue un golpe bajo, Tanner.

—Si te queda el saco, póntelo. —Al parecer, los golpes bajos era lo que su padre asociaba con su nombre. Genial. Esta sería una conversación para el recuerdo. Vaya manera de pasar de la gloria al infierno... Hacerle el amor a

Juliet un minuto y al siguiente ser menospreciado por su padre. —¿Qué haces aquí, papá? ¿De qué querías hablar?

—Ve al Missy's Diner. No deberíamos tener esta conversación mientras manejas.

—¿Y tenerla en público es mucho mejor?

—No estoy aquí para pelear contigo, Tanner. Estoy aquí para disculparme.

—¿Por qué?

Su padre señaló con la mano el pequeño centro comercial de la izquierda. —Ve al Missy's. Me vendría bien una taza de café.

Aferrándose al volante, Tanner giró a la izquierda de forma un poco agresiva. Odiaba que su padre le diera órdenes. Especialmente cuando *él* iba a sacarlo de apuros.

Se estacionó en el lugar junto a la entrada, puso la palanca en «Park» de un golpe y salió, activando el seguro con el control remoto casi antes de que su padre tuviera la oportunidad de cerrar la puerta.

Se dirigió a la cabina más alejada de la entrada. Cuanta menos gente escuchara esta conversación, mejor. Por suerte, a esa hora del día el Missy's no estaba lleno. Sería bueno que pudieran subir el volumen de la música ambiental para amortiguar la conversación, pero Tanner no podía controlarlo todo.

Eso era lo que le jodía muchísimo. Su padre estaba dando las órdenes. Como siempre. Había sido lo único que no había extrañado cuando se mudó.

Juliet *no* había sido una de esas cosas que no extrañaba, por mucho que hubiera intentado convencerse de lo contrario.

Missy se acercó a su cabina con una cafetera en cada mano. —¿Descafeinado o normal?

Su padre volteó su taza. —Normal.

—Yo no quiero, gracias. —Ya estaba suficientemente acelerado.

Missy sirvió el café y luego les dio los menús.

—No tengo hambre. —Tanner dejó el menú en el borde de la mesa.

Su padre se tomó unos segundos y luego se lo entregó a ella. —Para mí un sándwich de queso a la plancha. Americano, sin pepinillos.

—Suena bien. —Missy le sonrió—. Si cambias de opinión, Tanner, solo silba.

No había cambiado en todos estos años. Era lo mismo que le decía cuando estaba en la secundaria y su padre dirigía el lugar. Afortunadamente, ella solo era unos cuatro años mayor que él, así que no había sido inapropiado. Pero no estaba más interesado ahora que en aquel entonces. Nunca querría a otra mujer que no fuera Juliet.

Y quería volver con ella cuanto antes para decírselo. —¿Y bien, qué pasa, papá? ¿Qué es tan importante para decirme que tuve que interrumpir mi tiempo con Juliet?

—Sobre eso... —Su padre juntó las yemas de los dedos y se tomó su tiempo antes de responder—. Lamento por lo que te hice pasar cuando eras niño. Con mis apuestas. Sé el estrés que agregó a nuestro hogar y sé que me guardas rencor por ello. Con justa razón.

Tanner se reclinó en el asiento. No se esperaba esto. Nunca pensó que vería el día en que su padre se disculpara. Papá siempre había dicho que no tenía un problema. Se había mantenido firme al respecto. Había dicho que las cosas mejorarían. *Y* que no era asunto de Tanner.

Técnicamente, eso probablemente era cierto; hasta el día en que Burt Chambers tuvo los medios para obligarlo a casarse con Juliet.

—Mamá dijo que estás en terapia.

Su padre asintió y luego tomó un sorbo de su café. —Necesitaba ayuda. Estaba tan deprimido porque Burt tenía la hipoteca y te obligó a casarte con Juliet que...

—¿Sabías de eso?

—Por supuesto. Burt se aseguró de que lo supiera.

—Ese hijo de puta...

—Cálmate, Tanner. —Su padre levantó una mano—. Burt tenía todo el derecho de estar enojado conmigo. Casi nos cuesta el negocio. O, como mínimo, su reputación por ponerla en riesgo. Me dijo que había comprado la hipoteca para salvarla, pero que no lo hacía por la bondad de su corazón. Me dijo algunas cosas muy acertadas sobre mí que no quise reconocer en ese momento. Así que luego soltó que te había chantajeado para que te casaras con Juliet. Pero como sabía lo que sentías por esa chica, no pensé que fuera un problema.

—Qué bien. Que yo no pueda decidir el curso de mi propia vida no es un problema. Me alegra ser tan importante para ti. —Tanner deseó haber pedido café solo para tener una taza que estrellar contra la mesa, porque se lastimó la palma de la mano.

—Eres importante para mí. —Su padre desvió la mirada y se carraspeó antes de volver a mirarlo—. Sé que esto es demasiado poco y demasiado tarde, pero quiero que sepas que lo siento. Por toda la presión que puse sobre ti y por haberla cagado con las apuestas. Y por darle a Burt los medios para chantajearte. No tenías que hacerlo, Tanner. Nunca esperé que lo hicieras. Me hizo sentir orgulloso y avergonzado a la vez, si te digo la verdad. Pero pensé que amabas a Juliet, así que no era un problema.

En ese momento, Missy apareció con su sándwich.

—Gracias, cariño.

—De nada, señor Wentworth. ¿Tanner? ¿Seguro que no quieres algo?

Tenía la cadera ladeada hacia la derecha y la mirada en sus ojos...

—Gracias, Missy, pero tengo lo que necesito.

—Bueno, ya sabes dónde encontrarme. —Se encogió de hombros con una media sonrisa antes de alejarse.

—Esa chica te quiere —dijo su padre—. Siempre lo ha hecho.

—No me interesa.

—Nunca te interesó.

—¿Podemos volver al asunto que nos ocupa?

Su padre le dio un mordisco. —Es más o menos lo mismo.

—No sé a qué te refieres.

—Juliet. Tú. Ustedes dos siempre iban a estar juntos, por eso no pensé que fuera tan grave que Burt forzara el matrimonio. Pero cuando te quedaste lejos y no volviste, bueno, la realidad me golpeó. Me abrió los ojos. Por eso empecé la terapia. No deberías tener que cargar con las consecuencias de lo que hice. Así que tenía que hacer algo al respecto. —Le dio otro mordisco.

—¿Qué. Hiciste? —Tanner temía la respuesta.

—Nada ilegal. —Su padre dejó el sándwich y se limpió los dedos en la servilleta—. Conseguí un par de Wagyu. Entré en una cooperativa de cría y vendí lo suficiente para seguir ampliando el ganado. Hace dos días, un comprador me contactó por todo el lote.

El ganado Wagyu no era barato porque su carne, esa carne de Kobe por la que la gente estaba tan loca últimamente, alcanzaba buenos precios.

—¿Cómo te permitiste el primer par?

Su padre hizo una mueca. —Yo, eh, tenía un amigo que me debía un favor.

Por supuesto que sí. Y Tanner sabía exactamente de qué tipo de *favor* estaba hablando. Uno que involucraba cartas o deportes o caballos. —Un favor carísimo.

—Ya dejé ese estilo de vida, Tanner. Sabía que iba a salir de eso. Me debía un dinero que no tenía, así que tomé el ganado en su lugar. Tenía un plan que podía sacarme del hoyo. Me tomó algo de tiempo —no el suficiente para ayudarte—, pero a día de hoy, la hipoteca está pagada.

—¿Le pagaste a Burt? —Tanner se reclinó mientras las ramificaciones de eso recorrían su mente. Juliet no podía devolverle la hipoteca porque ya no era un problema. Le gustaba eso; era como hacer borrón y cuenta nueva entre ellos.

—Me hubiera encantado, pero el cabrón se negó a verme. Me dijo que tenía que arreglarlo con Juliet. Así que lo hice. Fui a su oficina y le di el efectivo. ¿No te lo dijo?

Y así, con un par de frases, la felicidad de Tanner se vino abajo.

Ella había tomado dinero de su padre y no se lo había dicho. Le había dejado pensar que todavía tenía poder sobre él. Lo había estado manipulando de nuevo para conseguir lo que quería, y él había entrado en su ducha y se lo había dado, sin hacer preguntas.

Dios, qué idiota era. No había cambiado. Seguía siendo la misma mentirosa malcriada y manipuladora que había sido hacía once años.

—Tengo que irme. —Tanner apoyó las palmas en la mesa y se puso en pie de un empujón—. ¿Puedes conseguir cómo volver?

—Claro. ¿Vas a celebrar con tu chica?

—Eh, sí. Algo así.

Celebrar no era la palabra que Tanner habría elegido. Al menos, no para esto. Sin embargo, sí celebraría su libertad cuando volviera a casa. A *su* casa. A nueve estados de distancia de Juliet.

* * *

Los papeles del divorcio llegaron tres días después.

Juliet sabía que lo harían. Tanner ni siquiera había vuelto a por sus cosas después de la conversación con su padre.

Había pasado un fin de semana horrible intentando hablar con él, pero, por supuesto, sus llamadas se iban al buzón de voz. Le había dejado mensajes, pero en vista de estos papeles, obviamente no los había escuchado.

O no le había creído.

Extendió los papeles sobre la mesa de la cocina, parpadeando para contener las lágrimas. *Disolución del matrimonio...*

La idea era demasiado dolorosa.

—Miau. —Houdini caminó sobre los papeles, dejando pequeñas huellas de sus patas donde había pisado una gota de café de Juliet en la mesa.

Juliet le rascó las orejas. —Desapareció más rápido que tú, Houdini. —Como sabía que haría.

Debería haberlo llamado antes de salir de la oficina. Debería habérselo dicho en cuanto lo vio.

Debí, hubiera, pude... Pero no lo hizo.

Una vez más, había tenido tanto miedo de perderlo que sus acciones —o, en este caso, su *inacción*— habían provocado que sucediera.

Pero Nana la había perdonado; ¿por qué Tanner no podía? Especialmente porque esta vez solo era culpable de no actuar de inmediato. Iba a decírselo.

Juliet tomó otro sorbo de café, mirando las páginas pero sin ver otras palabras que no fueran *Disolución del matrimonio.*

Casi lo había tenido todo. Estuvo *así* de cerca... Solo habrían bastado unas pocas frases y esto no sería un problema.

Si eso es todo, ¿entonces por qué es un problema? Tanner necesita escuchar la verdad.

Lo cual estaba muy bien, pero él no le devolvía las llamadas.

¿Y qué? ¿Fuiste a verlo una vez? ¿Por qué no ir de nuevo? ¿Qué tienes que perder?

Se reclinó en la silla. Sí, ¿por qué no? ¿Qué tenía que perder?

Su corazón ya estaba roto.

Capítulo Veintiocho

El sábado siguiente por la noche

—¡Muévelo, Tanner!

La mujer que estaba junto a Juliet se llevó las manos a la boca y soltó un silbido ensordecedor.

Arriba en el escenario, Tanner sonrió y siguió contoneándose y haciendo movimientos sensuales.

Juliet quiso arrancarle los ojos a la mujer.

Su *esposo* —ningún juez los había declarado divorciados todavía— movía las caderas como las había movido en su ducha.

Esas eran *sus* caderas, *sus* movimientos sexis. Si tuviera el valor, saltaría al escenario y lo sacaría de allí.

Le dio otro trago largo a su refresco, *sin* alcohol. Si estuviera un poquito alegre, de verdad que podría hacerlo, pero quería tener la cabeza despejada para hablar con él cuando terminara.

Dios, iba a ser un suplicio llegar a la parte del *después*. La semana que acababa de pasar prácticamente la había matado, pero no había podido salir de la oficina, incluso se había quedado hasta tarde la noche anterior para terminar unas negociaciones que Jim necesitaba que ella manejara.

Había tomado el primer vuelo disponible esa mañana y había llegado allí lo más rápido que pudo.

El espectáculo continuó, los otros chicos tomando sus turnos en el centro del escenario, pero Juliet no podía dejar de mirar a Tanner contonearse al fondo.

No le había tomado mucho tiempo agarrarle el ritmo a las cosas.

Miró alrededor del bar. ¿Qué tanto se estaba *divirtiendo*? ¿Acaso pensaba que ya estaban divorciados? ¿El hecho de que le hubiera entregado los papeles significaba que para él era un hombre libre? ¿Estaba saliendo con alguien? ¿Acostándose con alguien?

Dios, le dolía pensar en eso.

Por fin, todo terminó. Los chicos salieron del escenario y las luces del local se encendieron un poco. Juliet se bebió el resto de su trago y luego se abrió paso entre la multitud hacia el camerino.

Un tipo guapo con un sombrero de vaquero —ese debería ser el disfraz de Tanner, pero no lo era— salía de la parte de atrás, con el chaleco abierto sobre unos hombros anchos y un abdomen plano, nada de lo cual le provocaba la más mínima reacción a Juliet.

Lo tomó del brazo. —Busco a Tanner Wentworth.

El tipo se echó el sombrero hacia atrás y la miró fijamente. —Tenemos una regla que prohíbe confraternizar.

—Soy su esposa.

No supo decir si la sorpresa del tipo se debía a que ella estuviera allí o a que Tanner tuviera esposa.

Francamente, no le importaba. *Seguía* siendo su esposa y quería verlo. —¿Está bien que pase?

El tipo se rascó una ceja. —Eh, sí. Supongo. Pero si la puerta está cerrada, toca. Es un camerino compartido.

—De acuerdo. Gracias. —Se escabulló por su lado y pudo sentir los ojos de él en su espalda todo el camino hasta que dobló la esquina.

La puerta estaba cerrada.

Respirando hondo, Juliet tocó.

Otro tipo enorme abrió la puerta, el mismo que había visto la última vez que estuvo allí.

—Vaya, hola, encanto. Qué bueno verte de nuevo. Por favor, dime que esta vez no vienes por Wentworth.

Intentó mirar por encima de él, pero su pecho y sus hombros eran casi tan grandes como los de Tanner. —*Sí* vengo por él.

—Maldición. —El tipo suspiró y negó con la cabeza—. Oye, Tan. Hay una nena aquí para ti.

—Ocupado.

Su cuerpo tembló al escuchar la voz de Tanner.

—No creo que quieras estarlo.

El grandulón no apartó los ojos de ella mientras lanzaba las palabras por encima del hombro.

—Sigo ocupado, Markus.

Markus sonrió y se encogió de hombros. —Ya oíste al hombre. Está ocupado. Pero yo estoy libre.

Tenía tantas ganas de empujarlo para quitarlo del camino, pero tenía la sensación de que, a pesar de toda su amabilidad, se pondría del lado de Tanner.

Hasta que oyera quién era ella.

—Soy su esposa.

Sip, la cara que puso indicaba que se había quedado de piedra.

Se hizo a un lado.

Juliet no perdió tiempo en pasar a su lado. —Hola, Tanner.

La mirada de Tanner se alzó de golpe. —Maldita sea, Markus, te dije que estaba ocupado. —Se levantó y se dio la vuelta, dándole una vista perfecta de sus jeans ajustados a su trasero por debajo de su torso desnudo mientras se agachaba para tomar algo de su casillero—. Vete, Juliet.

—No.

Se enderezó, pero no se dio la vuelta. —No quiero hablar contigo.

—Lástima, porque yo sí quiero hablar contigo. No vas a poder huir de nuevo.

—Eh, Tan, te veo luego. —Markus salió rápidamente.

Tanner exhaló y se puso una camiseta, luego se pasó las manos por el cabello antes de darse la vuelta. —Puedo hacer lo que se me dé la gana, Juliet, ahora que ya no tienes la hipoteca para usarla en mi contra.

—Lo sé.

—Sí, sé que lo sabes. Mi padre me lo contó todo. A diferencia de ti.

La mirada en sus ojos...

No. No iba a permitir que pensara cosas horribles de ella esta vez. Esta vez, solo era culpable de no haber dicho algo de inmediato. Pero había planeado decírselo. Simplemente se había... distraído. Lo cual, podría argumentar, era culpa de él.

—¿Cuándo se suponía que lo hiciera, Tanner? ¿En el segundo en que entraste en la ducha? Discúlpame si no estaba pensando en tu padre en ese momento.

—No es gracioso.

—No estoy tratando de serlo. En serio, Tanner, ¿cuándo se suponía que te lo dijera? ¿Entre las veces que me metías la lengua en la boca? ¿Cuando me alzaste contra la pared? ¿Durante tu orgasmo? No me diste la oportunidad.

—Eso es fácil de decir ahora que te descubrieron. Igual que todas las otras veces. ¿Alguna vez planeaste decirme la verdad sobre la concepción de Keegan si todo hubiera salido bien? ¿O por qué tu padre apareció *casualmente* en el momento justo para atraparnos cuando se suponía que iba a estar fuera toda la noche? ¿O eso también fue una mentira? No puedo confiar en ti, Juliet. Esta vez no. Fue demasiado conveniente que todo saliera de esta manera. Debí haber sospechado que harías algo así cuando le mentiste a tu propia abuela para que yo fuera. Dios, soy un idiota.

—¡Basta, Tanner! —Juliet se tapó los oídos—. Solo detente, ¿quieres? Ya no lo soporto. Sí, te mentí y te manipulé cuando estábamos en la preparatoria. Sí, lo arreglé todo para que mi papá nos atrapara en la cama después de la universidad. Sabía exactamente lo que estaba haciendo en ambas ocasiones y te he pedido disculpas más veces de las que puedo contar. Tenía miedo de perderte. Ya había perdido a mi ma... a una persona que había dicho que me amaba; no podía perderte a ti. No es una excusa, pero fue mi razonamiento. Pero créeme, perderte a ti, nuestro matrimonio, a Keegan... fueron suficientes. Aprendí la lección. Incluso le confesé a Nana lo que hice para que volvieras a casa. Ya no soy la misma persona que solía ser.

Las lágrimas comenzaron a brotar y no había nada que pudiera hacer para detenerlas. —¿Cuánto más tengo que pagar por esos estúpidos errores? Nunca los cometí para hacerte daño; los cometí porque te amaba, y en mi inmadurez e inseguridad, pensé que no importaría porque estaríamos juntos.

»Ahora sé que fue una tontería e injusto para ti, pero no puedo retroceder en el tiempo y borrarlo. —Se pasó el brazo por debajo de la nariz para detener los moqueos—. ¿Y sabes qué? No sé si querría hacerlo. Sé que estuvo mal, pero algo tan bueno salió de eso. Keegan. A pesar de todo lo que no debí haber hecho, tuve a Keegan. Aunque fuera por ese poquito tiempo, tuve un hijo.

Nuestro hijo. Nuestro niño. Lo veo todos los días y lo extraño todos los días. Así como te extraño a ti. Cuando regresaste esta vez, juré que no haría nada para ponerlo en peligro. Supe en el momento en que tu padre me dio ese dinero que tenía que decírtelo. Pero no me diste la oportunidad.

Se secó las lágrimas de los ojos con las palmas de las manos. —No te habría ocultado esa información. Mereces la verdad. Igual que la merecías en ese entonces. Lamento lo que hice y cómo lo hice, pero el universo o el karma o como quieras llamarlo me lo devolvió con creces, ¿no? Los perdí a los dos. Así que no tienes que seguir castigándome, Tanner. Me despierto con esa certeza todos los días. Pero nunca volvería a hacerte algo así. Tú...

Las lágrimas y las emociones la estaban ahogando y no pudo terminar. Pero, además, ¿qué más había que decir? Tanner la perdonaría o no. Pero al menos él sabría la verdad.

Tanner no pensó, simplemente fue hacia ella, la rodeó con sus brazos y la abrazó. Apoyó la barbilla en la cabeza de ella mientras sollozaba contra él; oírla con tanto dolor le destrozaba el corazón.

Y entonces él también estaba llorando.

Y no solo unas pocas lágrimas, no. Grandes y dolorosos estremecimientos lo sacudieron, y la rodeó con sus brazos y se aferró a ella, necesitando que ella lo sostuviera tanto como él necesitaba sostenerla a ella.

No habían llorado juntos en aquel entonces. No, él había estado paralizado por el dolor y ella inconsolable, y todo lo que él había podido hacer era abrazarla e intentar respirar.

Apenas podía respirar ahora. El dolor... Dios santo, el dolor.

No se trataba del dinero. No realmente. Se trataba de ellos. De su pasado. De su dolor.

De su pérdida.

Habían perdido tanto y él había necesitado el tiempo para procesar, bueno, todo.

Los brazos de Juliet se deslizaron por su espalda y apretó la tela de su camiseta entre sus puños mientras lo atraía más cerca de ella.

Necesitaba sentarse. Sus piernas no lo sostenían, y mucho menos a los dos.

La rodeó con más fuerza por la cintura y se sentó en la banca, tirando de ella hacia su regazo y hundiendo la cara en su cabello.

Ella le llevó la palma de la mano a la mejilla y se la acarició.

Tanner tomó una enorme y temblorosa bocanada de aire tratando de controlar sus emociones.

—Tan... —Susurró su nombre contra su mejilla, su piel tan suave contra la de él.

Dios, la había amado una vez.

Todavía la amaba.

—¿Tanner?

Su voz, tan suave, se deslizó por debajo de su dolor y él quiso extender la mano. Tomar el consuelo que se ofrecía en esa única palabra.

Se apartó y parpadeó, las lágrimas hacían que su rostro se viera borroso. No es que importara, había memorizado cada hoyuelo, cada curva y cada tic de sus labios años atrás.

—Lo siento mucho, Tanner. Por todo. Por las mentiras, por perder a Keegan...

—Shhh. —Puso sus dedos sobre los labios de ella sin pensarlo. Que ella pensara que había tenido que pagar por la muerte de Keegan... No podía soportar que cargara con eso—. No podías saberlo, Jules, lo que pasaría. No es tu culpa.

—Pero si no me hubiera quedado embarazada...

—Esa vez. No hay garantía de que no hubiera sucedido en otra ocasión. Los condones no son cien por ciento efectivos. Podría haber ocurrido sin tu ayuda.

Ella parpadeó, sus hermosos ojos parecían el océano al atardecer. —¿Eso significa que... me perdonas?

Le apartó el cabello de la cara y le tomó la nuca con la mano. La miró a esos hermosos ojos llenos de lágrimas. El temblor de sus labios. Los surcos de sus lágrimas por sus mejillas. Estaba sufriendo tanto. ¿Y con qué propósito? No cambiaría las cosas. No traería de vuelta a Keegan y, honestamente, perder a Keegan no fue su culpa. A Juliet le había encantado estar embarazada y había sido muy cuidadosa con lo que comía y bebía y se aseguró de hacer ejercicio. Ella había querido a su hijo, no porque fuera un medio para mantenerlo con ella, sino porque Keegan era *suyo*. Hecho del amor que se tenían. Ella estaba sufriendo tanto como él.

No se habían sanado por separado; quizás, juntos, podrían hacerlo.

Su pulgar secó las lágrimas que se deslizaban junto a su boca. —No podemos seguir mirando hacia atrás. No podemos seguir culpándonos. Si hubiera vivido, habría sido lo mejor que nos hubiera pasado. Y el hecho de que no lo hiciera no lo convierte en lo peor. Descubrimos lo que era amar a un hijo. Toda esa batalla desinteresada y feroz para mantenerlo a salvo. Perdimos esa batalla, pero salimos ganando por haberlo conocido. Siempre lo extrañaré. Siempre me preguntaré cómo habría sido, pero pude sostenerlo en mis brazos, Juliet. Sostuve a mi hijo. Por unos breves momentos, fui un padre con mi hijo. Me considero afortunado por haber descubierto cómo es ese tipo de amor.

—¿Afortunado? Me odiabas por haberme quedado embarazada de él y luego, cuando yo... —Tomó una profunda y temblorosa bocanada de aire—. Cuando lo perdí, fue como si te estuviera quitando más cosas. De nuevo.

La atrajo hacia sus brazos. —Tú no lo perdiste. Por la razón que fuera, no estaba lo suficientemente sano para sobrevivir. No puedes culparte por eso, Juliet. Yo nunca lo hice.

—¿No? Me culpaste por todo lo demás.

—Quizás tenía miedo de mirarme a mí mismo. Si te hubiera amado más, o te lo hubiera demostrado mejor, tal vez no te habrías sentido tan insegura. No me di cuenta de lo que debió haber sido perder a tu madre. De lo frágil que pensabas que era el amor.

—No. No puedes culparte a ti mismo.

—Entonces dejemos de culparnos el uno al otro... y a nosotros mismos.

Sus ojos buscaron los de él y Tanner solo quería que todo el dolor desapareciera. Solo quería lo que debería haber sido suyo desde el principio.

—Te amo, Juliet. Por eso tienes el poder de herirme. Pero sé que tú también me amas. Y ahora, ahora que tenemos esta perspectiva, ahora que somos mayores y tenemos esta perspectiva, podemos hacer que funcione.

—¿Hacer que fun... Tanner? ¿Lo dices en serio? ¿De verdad lo dices en serio? ¿Quieres seguir casado?

—¿*Seguir* casado? —Se rio entre dientes—. Por supuesto que no firmaste los papeles. Supongo que no debería haberlo esperado.

—En realidad... —Se lamió los labios—. Sí los firmé. Solo que no los envié.

—¿Los firmaste?

Ella asintió. —Están en el hotel. No quería simplemente firmarlos y enviártelos sin hablar contigo. Sin que supieras la verdad. Entonces, si aun así no querías arreglar las cosas, te los daría.

—Todavía quiero que lo hagas.

Ella se tensó en sus brazos y él se dio cuenta de lo que había dicho.

—Para poder quemarlos, Juliet. Ya no quiero el divorcio. Quiero una esposa. A ti. Y quiero la vida que deberíamos haber tenido. La familia. No es demasiado tarde.

—¿Eso significa que me crees?

—Sí, te creo. Y te perdono por el pasado. Entiendo por qué lo hiciste. Pero tengo que asumir parte de la culpa por no ser como querías que fuera. Como necesitabas que fuera.

—Ay, pero Tanner, sí lo eras. Lo eres. Eres todo lo que siempre he querido.

—Por no ser suficiente *en ese entonces*. Pero que sepas esto, Juliet Chambers-Wentworth. Eres mi esposa y nunca te dejaré ir.

Epílogo

Seis semanas después

Penelope tomó un sorbo de su vino. Le gustaba mucho esta uva. Niágara, se llamaba. Afrutada y dulce, justo lo indicado para un feliz día de boda; o renovación de votos, como lo llamaban Juliet y Tanner.

Como sea que lo llamaran, ella estaba encantadísima de que finalmente hubieran arreglado las cosas.

También estaba encantadísima de que Juliet de verdad creyera que la había engañado. La pobrecita se había disculpado tanto cuando le explicó cómo había conseguido que Tanner regresara a casa.

Casi hizo que Penelope confesara la verdad.

Casi.

—¡Nana! ¡Ven a bailar con nosotros! —la llamó Juliet con un gesto.

Penelope alzó su copa. El vino acababa de ser añadido a su lista de cosas permitidas, gracias al Dr. Jackson. Su condición para guardar silencio era que ella cumpliera sus reglas para la recuperación. Le había dicho que no quería volver a verla por otro derrame cerebral, así que iba a tener que cuidarse.

Ahora tenía el incentivo.

Echó un vistazo a la pista de baile y se abanicó. Los compañeros de trabajo de Tanner estaban allí y, aunque llevaban toda la ropa puesta, no había forma de ocultar esos movimientos de baile. Las solteras presentes esa noche eran muy afortunadas.

También estaban allí todos los amigos del instituto de Juliet y Tanner, todos un poco mayores, algunos más gordos, otros más calvos, pero era el mismo grupo que recordaba de cuando pasaban el rato en la piscina durante los veranos. Y todos se lo estaban pasando en grande.

Bueno, esa chica Delia andaba de cacería, pero eso no era nada nuevo.

Miró a su alrededor. Los padres de Tanner estaban en su mesa, charlando y sonriendo. A Penelope le alegró el corazón verlos allí. Tanner había tenido motivos para estar enojado con su padre, pero de lo que no se había dado cuenta era de que no tenía por qué rescatar a Palston. Esa había sido su elección... y una muy buena.

Penelope tomó otro sorbo de su vino. La vida era buena.

Bueno, la suya lo era. La de su hijo, en cambio, necesitaba mejorar. Estaba solo en un rincón, observando el salón, con una expresión en el rostro que distaba mucho de ser una sonrisa. Penelope no le había visto esbozar ni una en todo el día.

No era el costo lo que le afectaba; Tanner se había mantenido firme en que él y Juliet pagarían la celebración y no aceptaría ni un centavo del dinero de Burt. A Penelope le gustaba eso de Tanner; el chico quería valerse por sí mismo. Por eso necesitaba una mujer que también pudiera hacerlo, y Juliet se había convertido en esa mujer.

Pero Burt... se estaba hundiendo en su guarida y desconectándose del mundo. Con suerte, Juliet tendría un bebé pronto para que Burt pudiera volver a dirigir la empresa; y no le importaba lo anticuada que sonara. Juliet no querría dejar a su hijo por horas y horas; la empresa seguiría allí cuando estuviera lista para volver al trabajo. Y Burt realmente necesitaba algo en lo que concentrarse ahora que ella estaba «mejor».

Sonrió y tomó otro sorbo de su vino.

—¿Sintiéndose bien consigo misma? —Ermalinda tomó el asiento a su lado, chocando sus copas de vino.

—Me siento bien por ellos.

—¿Va a decírselo?

—¿Qué? ¿Que no estaba tan mal como les hice creer? ¿Y por qué demonios haría yo eso? Ese tipo de cosas es lo que los puso en esta situación para empezar.

Ermalinda se reclinó y enarcó las cejas. —De tal palo, tal astilla.

—Odio cuando aprendes nuevos dichos.

—Usted odia cuando tengo razón.

Penelope tomó un sorbo de vino y se tomó su tiempo antes de responder, con la mirada fija en su hijo. —Cierto. Pero funcionó.

—¿El fin justifica los medios?

Penelope dejó su copa de vino en la mesa y fue su turno de enarcar las cejas. —Vaya, vaya. ¿No eres tú la estudiosa?

—Lo soy. —Ermalinda inclinó su copa de vino hacia Burt—. Mire.

Mientras Penelope observaba, una mujer se acercó a su hijo.

Nancy Hillson.

Y esta vez, Burt de verdad habló con ella.

—Bien jugado, Ermalinda. Bien jugado.

—Solo aprendo de la maestra, *señora*.

* * *

Juliet tiró de Tanner hacia la cama de la suite nupcial. Él había insistido en que tuvieran una verdadera ceremonia en la iglesia y una recepción esta vez, y a ella le había encantado que quisiera hacer una declaración tan pública. Incluso había traído en avión a sus amigos de Beefcake, Inc, para la ocasión. Bueno, a los de la sucursal del norte de Beefcake, Inc, porque los de la sucursal de Texas podían manejar hasta la ceremonia de renovación de votos de su jefe.

—Vaya, vaya, Jules. ¿Un poco ansiosa?

—¿Puedes culparme?

—Apenas. —Y la besó para demostrarlo.

Bueno, más que besarla.

Pasó un rato antes de que Juliet pudiera pensar con claridad, pero tenía algo en mente que él necesitaba saber.

Le pasó la mano por el pecho. Siempre le había encantado el pecho de Tanner.

No había mucho de él que no amara.

—¿Sabes, Tanner?, para todo tu gran discurso sobre la honestidad, me mentiste.

235

Él levantó la cabeza para mirarla. —Nunca te he mentido, Juliet.

—Sí, lo hiciste. La primera vez que hicimos el amor después de que volviste. Me dijiste que no era un «y vivieron felices para siempre». Que ibas a hacerme el amor y luego te irías. Que no era para siempre. —Se acurrucó contra él y le dio una palmadita en el corazón—. ¿Ves? Mentiste.

Él sonrió y era una buena sonrisa. —Bueno, tal vez solo dore un poco la píldora.

—¿Dorar la píldora? ¿No es eso como decir que estás un poquito embarazada? —Se esforzó por no sonreír.

Tanner puso los ojos en blanco. —Juliet, no se puede estar un poquito embarazada. O lo estás o no lo estás... —Su sonrisa se tensó—. ¿Juliet?

No podía hacerlo esperar más. Deslizó sus dedos de los de él, le tomó la muñeca y le posó la mano sobre su vientre, la suya encima.

—Oye, ¿Tan? Tengo algo que decirte...

Fin.

* * *

¡Gracias por leer! Por favor, ayuda a que otros lectores encuentren mis libros dejando una reseña donde lo compraste. Y si quieres leer más de mis historias, ¡pasa la página!

Bombón

Copos de Nieve

JUDI FENNELL

Capítulo Uno

—Ya empezó otra vez.

Gina Taormina ni siquiera iba a mirar *aquello*, la enésima cesta gigante llena de cosas que *él* había elegido. —Devuélvela —le dijo a Candy, su mejor amiga y recepcionista en su *spa* de día, El Lirio Dorado.

—Vamos, Gina. El tipo solo quiere que le hagas caso.

En lugar de eso, Gina tomó el fajo de facturas. Y eso ya era mucho decir. —Devuélvela.

—Pero, Geen, es una increíble...

Gina golpeó el mostrador de granito de la recepción con el borde de las facturas. —No me importa lo que sea, Candy.

—¿Estás segura de eso?

Claroquedemoniosquelosestaba. —Devuélvela.

—Ay, vamos, Gina. Dale una oportunidad al chico.

Gina rodó los ojos y negó con la cabeza mientras se cerraba la chaqueta de técnica y caminaba hasta el lado de Candy en el mostrador de recepción, que era donde se encontraba el centro de operaciones del *spa*: la agenda de citas, el lector de tarjetas de crédito, la computadora, la impresora y los recibos del día anterior. —No salgo con estríperes.

—Pues es una verdadera lástima. Yo sí saldría con un estríper. Sin pensarlo dos veces.

Y al día siguiente, se habría ido. Gina lo había aprendido por las malas. Las excepciones eran contadas, y dado que era amiga de una de ellas y pariente de otra, sus posibilidades de encontrar una tercera eran casi nulas. Lo había intentado y, *vaya*, le había salido el tiro por la culata.

Gracias a Dios que nunca había actuado según lo que sentía por Gage, el socio de su primo Bryan. Especialmente ahora que Gage estaba con Lara. Nadie lo supo nunca, y la cosa nunca se puso rara con Bryan, lo que podría haber pasado. Sí, aparte de esas dos excepciones, definitivamente había superado a los estríperes. No, rectifico: había superado a los *hombres*. Según su experiencia, siempre tenían otras intenciones. Bueno, pues ahora ella también las tenía. Y no incluían nada que tuviera pene.

Abrió un cajón de un tirón para tomar un bolígrafo. —Devuélvela. Candy. Ahora.

Candy colocó la cesta —siempre eran cestas muy bonitas— sobre la agenda de citas. Probablemente para que a Gina no se le pasara por alto. —¿Me la puedo quedar?

—No, porque entonces él pensará que *yo* me la quedé, y esa es la última caricia al ego que Froggy necesita.

Cerró el cajón de un golpe con el muslo y salió de detrás del mostrador como si la cesta estuviera hecha de kriptonita.

Para ella, lo estaba.

—Bien, pero ¿y las otras caricias que necesite? ¿Y por qué demonios llamas a ese bombón por su apodo de la secundaria?

Porque así fue como conoció a Froggy, alias Darien Foster, en aquel entonces, y todos esos años de humillaciones por su parte no le habían dado motivos para pensar que era menos sapo que antes. Aunque ahora pareciera un modelo de portada de novela romántica. Nunca debería haber ido a esa reunión de exalumnos. Él habría seguido siendo un mal recuerdo.

Gina se apartó los rizos de la cara y miró hacia afuera. Otros cinco centímetros de nieve habían caído durante la noche. Tenía que sacar el resto de los adornos navideños y empezar a decorar. —Deshazte de ella, sea lo que sea. Quizás así por fin entienda el mensaje de que no estoy interesada.

Candy tamborileó una uña color rojo manzana sobre el elegante lazo navideño rojo y de encaje de la cesta. —Quizás quieras echarle un vistazo a esto antes de ponerte en plan «no estoy interesada». Es un detalle muy dulce.

Ese era el problema; los «regalitos» de Froggy, digo, de Darien, se estaban volviendo cada vez más dulces. Había empezado cuando regresó al pueblo para la reunión de exalumnos. Flores, luego chocolate, luego una sola rosa con el chocolate, pero después se había puesto listo y había comenzado a enviar productos para que ella los regalara en su salón.

Eso era un arma de doble filo; no podía permitirse regalar productos en ese momento porque necesitaba invertir su dinero en el negocio para poder *mantenerse* a flote. Estaba en el punto de inflexión en el que sus empleados necesitaban más horas, pero si no había clientes, no podría pagarles. Lamentablemente, el centro comercial estaba perdiendo inquilinos, por lo que el flujo de clientes sin cita no era el que había sido dos años atrás cuando empezó el negocio, y había invertido demasiado dinero en montarlo como para poder permitirse mudarse a otro lugar. Si podía pagar el alquiler, el propietario no podría echarla. Pero sin una afluencia de clientes, no sabía cómo iba a seguir lográndolo. Los productos gratis no eran la solución.

Pero Darien había empezado a dejar cestas llenas de esas cosas. Surtidos, como si se los estuviera regalando a *ella*, pero una sola mujer no podía usar tantas lociones, y tres cestas de lociones y aceites con diferentes aromas le llevarían a esa mujer más vidas de las que Gina tenía.

Odiaba que intentara llegar a ella a través de su negocio.

Odiaba que intentara llegar a ella en absoluto. —Solo devuélvela, Candy.

—Ojos que no ven, corazón que no siente, y cuanto antes, mejor. No necesitaba pensar más en Darien Foster. Ya era bastante malo que trabajara para su primo, Bryan, pero eso era lo más cerca que iba a estar. —Y echemos un vistazo a las citas de la próxima semana. Creo que estaremos bien de personal con lo que tenemos ahora.

—Mmm... —Candy se enroscó un largo rizo rubio en forma de sacacorchos alrededor de los dedos, con la clásica expresión de rubia tonta que la chica había perfeccionado cuando quería salirse con la suya. O cuando tenía que dar malas noticias.

Lástima por Candy que Gina supiera que, detrás del estereotipo de rubia que Candy adoptaba para sus propósitos, se escondía el cerebro de un miembro de Mensa. Por eso Candy estaba allí; había puesto ese cerebro en marcha y había hecho una fortuna en la bolsa. Trabajaba para Gina porque quería algo divertido que hacer durante el día, no porque necesitara el dinero. Que era la única razón por la que Gina podía permitirse una recepcionista a tiempo completo.

—¿Mmm, qué?

—Tenemos una despedida de soltera reservada para el diecisiete. Para un tratamiento completo de *spa*.

Normalmente, una despedida de soltera sería algo bueno. Le permitía utilizar el *spa* un domingo, el día que solo abría para eventos especiales, y un evento de este tamaño le garantizaría el alquiler del mes. Pero como las semanas entre Acción de Gracias y Navidad no estaban resultando ser un hervidero de solicitudes de masajes, Gina había aprobado que cada una de sus masajistas se tomara unas vacaciones. No entendía el bajón; el clima frío parecía el momento perfecto para embadurnarse en aceite y recibir un buen masaje —por no mencionar que era un gran alivio para el estrés navideño—, pero las reservas eran escasas. ¿Acaso las mujeres no se preparaban para los estragos de las compras navideñas?

—¿De cuántas personas estamos hablando?

—Doce.

—¿*Doce*? ¿Quién tiene una corte nupcial tan grande?

—La hermana de Sophie Cavanaugh.

—¿*La* Sophie Cavanaugh?

—Solo hay una Sophie Cavanaugh.

Cierto. Sophie Cavanaugh era una presentadora del noticiero local que había ganado atención nacional durante la cobertura de una tormenta local, cuando salvó a un niño de ser arrastrado por la corriente en una calle inundada, mientras las cámaras grababan. No estaba de más que la mujer fuera preciosa, tuviera un cerebro de verdad en su cuerpo que dejaría en ridículo a Barbie, y que nadie —hasta ahora— le hubiera encontrado ni un solo trapo sucio desde que la historia se hizo viral. Y ahora venía al *spa* de Gina para la celebración de la despedida de soltera de su hermana. Si a Sophie le gustaba...

Tan solo el boca a boca podría valer más de lo que Gina podría *siquiera soñar* con gastar en publicidad. Y podría ser el empujón económico que El Lirio Dorado necesitaba.

—De acuerdo, empieza a llamar. Podemos rotar a las invitadas entre todas las estaciones, así que necesito al menos dos masajistas más aquí.

—Ya lo hice.

Por supuesto que lo había hecho. Porque Candy no era tan tonta como le gustaba que la gente pensara. —¿A quién conseguiste?

—Bueno...

—¿Qué, Candy?

—A nadie.

—¿Qué quieres decir con que *a nadie*? Las dos solas no podemos atender a doce mujeres.

—Ya lo sé. —Candy se agarró un mechón de pelo—. El rubio es de bote, ¿recuerdas?

—No estaba diciendo que fueras estúpida.

—Eso es lo que pareció.

—¿Podemos centrarnos en el problema? Sabes que te quiero y te valoro.

—Y cuando se me acaben los servicios de *spa* gratuitos, me vas a pagar lo que valgo, sí, sí, ya entendí. —Candy soltó un suspiro de resignación y se soltó el pelo—. La reserva de masajistas locales está agotada. Todas están ocupadas.

—Pero si nuestras citas ni siquiera están llenas, ¿cómo es que no hay nadie disponible?

—¿Dónde has estado? Llenamos el resto de la agenda de todas el sábado. Ese anuncio que pusiste el mes pasado debe de haberse hecho viral o algo. Que era lo que te iba a decir cuando llegaras esta mañana, antes de que nos distrajera el señor Casanova.

Genial. Froggy, digo, Darien, ahora estaba alterando las operaciones de su negocio. Como si no hubiera sido suficiente con haberlo hecho en su vida social en la escuela.

—¿Sabes qué, Candy? No devuelvas su regalo a donde sea que lo haya comprado. Devuélveselo a él. Con una nota que diga que no estoy interesada. —Gina tamborileó las yemas de sus dedos sobre el mostrador de la recepción —. Ah, ¿y qué tal si le envías una nota al coordinador de miembros de la Cámara de Comercio? A ver si algún masajista independiente se ha unido recientemente. ¿No se graduaron hace poco un montón de la escuela de negocios local?

Candy se sacó un lápiz de detrás de la oreja, una prueba de su grosor era que Gina ni siquiera había visto el lápiz allí. Ni los pendientes colgantes de bastón de caramelo tampoco. —Anotado. Una nota diciendo que no estás interesada, y otra diciendo que sí lo estás.

—Solo no las confundas.

—A ver, jefa, ¿acaso haría yo eso? —Ahí estaba Candy otra vez con su gesto de enroscarse el pelo y su mirada vacía que había perfeccionado.

Gina le dio un golpecito en la nariz. —Más te vale que no, si sabes lo que te conviene.

Candy apartó el dedo de Gina con un rápido movimiento. —Oh, créeme. Sé lo que les conviene a todos.

Que fue *exactamente* por lo que Candy intercambió las notas.

* * *

Dare se quedó mirando la cesta en el porche de su casa.

Maldita sea, ¿cómo se suponía que iba a conseguir que Gina siquiera le *hablara* si seguía devolviendo sus ofrendas de paz? De acuerdo, entendía por qué podría guardarle algo de rencor, pero la secundaria había sido veinte años atrás. No podía seguir guardando rencor todo este tiempo, ¿o sí? Eran niños. La pubertad y toda su incertidumbre, además de intentar encajar. Y luego estaba ese apodo de mierda con el que se había quedado. Froggy. Como si el cambio de voz hubiera sido su culpa. Pero los chicos de secundaria no le daban un respiro a nadie, y una vez que le pusieron ese apodo, se le quedó pegado.

Y desde entonces, Gina no había querido saber nada de él.

Vale, vale, eso podría tener algo que ver con que él hiciera ese comentario sobre sus, ejem, atributos en su muy distintivo graznido durante la clase de geografía, justo después de que el señor Nester les mostrara una diapositiva de las montañas Grand Tetons.

Toda la clase había estallado en carcajadas, el señor Nester se había puesto rojo antes de enviarlos a ambos a la oficina del director Dilworth. Lo que, para colmo de males, solo empeoró las cosas porque Gina se vio obligada a caminar con él —su verdugo— hasta el otro pabellón para llegar allí. Él, por supuesto, había intentado restarle importancia, pero Gina no estaba para bromas. Desde la perspectiva de veinte años después y con cierta comprensión de las chicas adolescentes (gracias a los relatos de su compañero de universidad y socio, Bill, sobre sus gemelas de trece años), entendía que los pechos de Gina habían sido lo último sobre lo que ella quería que se llamara la atención, pero, demonios, él había sido un chico adolescente. Tenía una perspectiva de primera mano sobre *eso*.

Y, sí, su mano había tenido mucho que decir sobre los pechos de Gina cuando era un adolescente.

Se movió, incómodo. Aparentemente, algo más todavía lo tenía.

Era increíble: una sola mirada en la reunión, esos preciosos rizos negros y sus ojos muy, muy oscuros en los que había querido perderse incluso en la escuela, y era como si estuviera de vuelta allí, sentado detrás de ella y oliendo su perfume o champú o lo que fuera que lo mantenía despierto por las noches. Y se refería a *despierto* en todo el sentido de la palabra.

Nada había cambiado.

Y ella *todavía* no quería reconocer su existencia.

Levantó la cesta y un sobre cayó de ella. Con su nombre en el frente.

O quizás sí...

Volteó el sobre y deslizó el dedo bajo la solapa. Esta era la primera vez que Gina le respondía directamente. Las otras seis cestas habían sido devueltas a la tienda de regalos donde las había comprado, sin ninguna nota.

Quizás estaba empezando a llegar a ella.

«*El* spa *está con exceso de reservas. ¿Conoces a algún masajista que pueda* suplir?».

Como nota, era tan personal como la de Tweety, el gato callejero que lo había adoptado seis minutos después de mudarse a su casa de alquiler, al expresarle alguna clase de afecto dejándole un conejo muerto en el porche. Aunque pensó que podría haber sido porque le había endilgado al gato un apodo de pájaro —que lo demandaran por su retorcido sentido del humor—, el veterinario le había dicho que en realidad era un gesto significativo, así que Dare lo había aceptado a regañadientes. Antes de tirar el supuesto «regalo» a la basura, claro está.

¿Era este el conejo muerto de Gina?

Vale, eso no sonó bien por tantas razones, *Atracción fatal* venía a la mente, así como que «la muerte del conejo» era un eufemismo para el embarazo; ambas cosas estaban en la periferia de su interés por Gina, pero de maneras que le gustaría pensar que eran mentalmente sanas y que progresarían en una línea de tiempo normal.

Sacudió la cabeza. Su cerebro estaba haciendo cortocircuito, como lo había estado haciendo desde que la vio en la reunión seis meses atrás.

El de ella también debía estar haciendo cortocircuito, si le estaba preguntando por masajistas.

Aunque, por otro lado, ¿quién era él para analizar un conejo regalado?

Él podía hacer masajes terapéuticos. Después de todo, era conocido por dar buenos masajes en sus tiempos. De día y de noche también.

Algo que quería que Gina descubriera.

De primera mano.

Royally Sunk

Metida hasta el Cuello

Reel es un tritón sin cola y Erica le tiene pavor al océano. Solo una cosa podría hacerla entrar al agua: una pistola. Y solo una cosa podría mantenerla ahí: el sexi tritón que le salva la vida, solo para arriesgar la suya.

Bajo el Azul Salvaje

Valerie es una princesa sirena varada en medio del país. Rod es el príncipe que se dispone a rescatarla. Pero ¿podrán eludir el complot de un usurpador y volver al océano antes de que su cola —y su derecho al trono— desaparezcan para siempre?

La Captura de Su Vida

Logan *huyó* del circo; lo único que quiere es que su vida sea normal. La mujer desnuda que aparece en su barco es todo *menos* normal. Especialmente cuando Angel resulta ser una sirena, con una furiosa monstrua marina tras ella.

. . .

Amor en las rocas

La princesa Mariana no es una farsante; realmente *es* una artista, lo que está a punto de demostrar con la estatua que está tallando en una isla desierta. El problema es que Jace se esconde allí, así que lo único que liberará a Mariana de su prisión real es lo mismo que hará que maten a Jace. El romance ya es bastante duro, pero cuando hay un tsunami en el pronóstico del tiempo, el amor está en las rocas.

Haciendo Olas

Lee sobre El Incidente que hizo que Erica le temiera al océano, la razón por la que encontraron a Valerie, la princesa perdida, y cómo Michael, el joven hijo de Logan, encontró a una sirena. Las historias *antes* de las historias.

Bottled Magic

Sueño con una Genia

La suerte de Matt finalmente ha cambiado cuando la genio Eden escapa de su botella y aterriza en su regazo. Literalmente. Y ella jura que nunca volverá a entrar. Desafortunadamente para ambos, el tipo que la metió allí la quiere de vuelta y no se detendrá ante nada para recuperarla.

El Genio Sabe Más

Samantha hereda la finca de su padre, que incluye a un genio que tiene un último amo al que servir antes de que termine su servidumbre. Sam está más que dispuesta a liberar a Kal, hasta que su codicioso ex decide que si no puede tener a Sam, nadie podrá.

Mi Bella Genia

Zane heredó la mansión familiar, de la que no ve la hora de deshacerse para acabar con los rumores de la alocada historia de su familia. Lástima que la genio que ha sido la causa de esos rumores ha sido liberada para hacer de las suyas una vez más. Solo que esta vez, es con su corazón con lo que está jugando.

Tu Deseo Es Su Orden

Descubre cómo Kal fue aprisionado en su lámpara y por qué necesita servir a 1001 amos. Es la historia antes de la historia.

<u>Once-Upon-A-Time Romance</u>

La Bella y El Mejor

Jolie es chef personal de día y escritora de novelas románticas de noche. Así que cuando consigue un trabajo para el atractivo y solitario artista, Todd, tiene el héroe perfecto para su libro. Hasta que Todd se entera y la echa de su cocina, de su casa *y* de su corazón.

Si el Zapato Te Queda

Érase una vez, hace mucho tiempo, en una tierra muy, muy lejana, vivía una chica llamada Cenicienta. Esta no es su historia. *Esta* es la historia de Lucinda Isabella Casteleoni, quien, como su tocaya, tiene una madrastra malvada, dos hermanastras horteras e incontables horas de duro trabajo que (no) la esperan. Pero, a diferencia de esa princesa de cuento de hadas, el Príncipe Azul de Bella no aparece por ningún lado. Hasta que un viejecito de brillantes ojos verdes abre una zapatería al final de la calle. Entonces comienza la magia...

A Través del Vitral

Un viaje accidental a la Inglaterra medieval tiene a la ejecutiva de publicidad Kate luchando por encontrar un camino a casa... Pero ¿podrá traerse de vuelta al atractivo caballero de brillante armadura del que se ha enamorado?

<u>BeefCake, Inc.</u>

Bombón & Cupcakes

Lara quiere que sus cupcakes sean un éxito. Al bailarín exótico Gage no le importaría probarlos, pero su horario de trabajo para pagar las facturas del hospital de su sobrino no le deja tiempo para hacerlo. Hasta una fiesta donde el adonis y los cupcakes se encuentran y, ¡*oh*, qué delicia!

Bombón & Errores

Cuando Bryan confunde a Jenna con una prostituta y ella se da cuenta de que él es el padre de su hijo adoptivo, los errores y malentendidos comienzan a multiplicarse. Pero algo más también está creciendo entre ellos. A veces, un giro equivocado puede ser muy acertado...

Bombón y Nuevas Tomas

Tanner quiere que su exesposa se vaya de su vida para siempre, pero cuando la abuela de ella sufre un derrame cerebral y él tiene que fingir que sigue enamorado de Juliet, ¿podrá arriesgarse a una segunda oportunidad con la única mujer que nunca dejó de amarlo?

Bombón & Copos de Nieve

Gina ha estado enamorada de Darien desde siempre, hasta el día en que él la humilló en la escuela. Quince años después, él la deja fría. El bailarín exótico Darien ha vuelto a la ciudad para arreglar un par de cosas. Una es el desastre que le causó a Gina hace años... y *quizás* reavivar las llamas que una vez tuvieron. Pero la única manera de derretir el hielo alrededor del corazón de Gina es subir la temperatura, tanto en el trabajo... como fuera de él.

<u>Manley Maids</u>

¿Qué pasa cuando tres hermanos irresistiblemente sexis pierden una apuesta de póquer contra su emprendedora hermana? Son contratados para su empresa de

limpieza de casas. Ahora, los Manley Maids están a su servicio. Satisfacción garantizada.

Lo Que Una Mujer Quiere

Sean, el dueño de un resort, planea comprar una finca histórica, hacerse un nombre y ganar millones, así que se muda bajo el pretexto de limpiar el lugar para frustrar la única condición de la herencia. Pero la heredera Olivia y su colección de animales se le meten bajo la piel, y descubre que la apuesta de póquer que lo metió en este lío no es lo único que cambiará las reglas del juego.

Lo Que Una Mujer Necesita

La estrella de cine Bryan quiere fama y fortuna, no una repetición de su «normal» y austera infancia. Después de la publicidad que rodeó la muerte de su esposo, lo que Beth necesita es una vida normal para ella y sus hijos, y la estrella de cine que perdió una apuesta para limpiar su casa —con los paparazzi pisándole los talones— no lo es. Pero a medida que el coqueteo se convierte en seducción, Bryan necesita convencer a Beth de que es más hombre que un sirviente. O un actor. Porque está interpretando el papel principal en una historia de Cenicienta a la inversa, y podría ser el papel de su vida.

Lo Que Una Mujer Merece

Liam no tiene paciencia con las mujeres que gastan el dinero de un hombre sin pensar en el trabajo real. Pero para cumplir su apuesta, Liam no solo deberá tolerar a la socialite, Cassidy, sino que tendrá que limpiar su desorden cuando el padre de ella le corte el grifo. Sin dinero y sin un hogar que Liam pueda limpiar, a Cassidy no le queda más remedio que aceptar una oferta de trabajo: como la nueva sirvienta de Liam. Pero cuando salten chispas entre ellos, ¿será amor verdadero o solo otro romance desastroso?

¡Qué Mujer!

MaryAlice Catherine está lista para limpiar la casa de la amiga de su abuela, solo para descubrir que el nieto engreído de la mujer, de quien ella estuvo enamorada en su infancia —y él lo supo todo el tiempo—, está viviendo allí y ella está avergonzadísima. Jared lo recuerda de otra manera; Mac siempre fue una pequeña mandona, pero no va a dejar que ella lleve la batuta ahora. Pero con los dos viviendo en una casa, no se sabe quién saldrá ganando.

Lo Que Un Tipo Quiere

Beckett está listo para pagar su apuesta de póquer perdida. Simplemente no se dio cuenta de que tendría que hacerlo con su corazón. Jennifer es la que se le escapó y ahora está justo frente a él. En su casa. La que él está aquí para limpiar. Jennifer no puede creer que el chico malo de la preparatoria del que estuvo muy enamorada esté en su casa, pero si hay algo que su exmarido le enseñó, es que no puede confiar en el chico malo. Hasta que Beckett pone todas sus cartas sobre la mesa y resulta ser alguien por quien Jennifer puede apostar, después de todo.

Aquí está Judi

A la galardonada y exitosa autora Judi Fennell le encanta reír y le encanta el amor, así que no es de extrañar que haya un poco de ambas cosas en cada libro que escribe. Descubre sus cuentos de hadas con un giro inesperado para tener una muestra de sus desenfadadas e irónicas comedias románticas y paranormales. Desde tritones en la costa de Jersey Shore, hasta genios con alfombras mágicas, pasando por strippers à la Magic Mike, y empleados domésticos muy masculinos cuyo lema es *Satisfacción garantizada*, siempre hay risas y amor por encontrar.

Y, en su abundante (?) tiempo libre, ayuda a otros autores con todos los aspectos de la escritura y la autopublicación con su empresa de maquetación, diseño de portadas y material promocional, servicios editoriales, consultoría y audiolibros: www.formatting4U.com.

Judi vive en las afueras de Filadelfia con una colección de amigos de cuatro patas, y el día en que esas criaturas empiecen a A) cantar, B) coser ropa o C) limpiar la casa…, ¡será el día en que se retire de la escritura!

253